"그럼 등에 발라줄 수 있을까?"

"네, 네엡……!"

빨리하지 않으면 이 예쁜 등이 햇볕에 타버릴 것이다.
아니, 햇볕에 그을린 나나미도 근사할 거라 생각하지만,
그건 그거고 이건 이거다.

두근두근 라운드걸 모습♪

ROUND

"생일 축하해, 나나미."
"고마워, 요신."

그때의 나나미는,
야경에 지지 않을 정도로 눈부신 미소를 짓고 있었다.

커버 그림, 본문 일러스트 | **카가치 사쿠**

Contents

무언가를 보고한다는 것은 굉장한 용기가 필요한 법이다. 상대방에게 무언가를 전달하기란 생각보다 훨씬 어려운 일이다.

초등학교 때의 노래 발표회 같은 것과 비슷하지 않을까. ……조금 다른가?

노래 발표회에서는 틀리면 어쩌지, 실패하면 어쩌지…… 그런 기분이 마음속에 피어오르다가 결국 만족스러운 결과를 내지 못하기 마련이다. 그런 점에서는 굉장히 비슷하다.

무언가를 상대에게 보고함으로써…… 미움받지는 않을까, 싫어하진 않을까 하는 생각을 한다. 생각이 좀 지나친 걸지도 모르겠지만.

그래서 나는 가능한 한 솔직하고 솔직하게, 돌리지 않고 있는 그대로 전하고 싶다고 늘 생각한다. 인간이란 자고로 솔직함이 제일이다. ……적어도 나는 그렇게 생각한다.

나도 그런 사고방식을 하게 된 것은 나나미와 사귀게 된 이후부터지만.

하지만 그때의 나는 깨닫지 못했다. 너무 솔직한 것도 때로는 상대를 불안하게 만들 수 있다는 것을.

그것이 내 작은 실수의 시작이었는지도 모른다.

◇ ◇ ◇ ◇ ◇ ◇ ◇ ◇ ◇ ◇

"요신, 보충 수업하느라 고생 많았어요."

"아, 감사합니다."

나나미가 꾸벅 고개를 숙여와 나도 덩달아 고개를 숙였다. 그렇다, 나나미의 말대로 내 보충 수업이 오늘로 무사히 종료되었다.

이걸로 나는 여름 방학이 끝날 때까지 학교에 갈 필요가 없다. 단지 그것뿐인데 해방감이 굉장했다.

보충 수업 중에는 이런 생활도 나름대로 편하고 좋다고 생각했는데, 막상 보충 수업을 끝내고 보니, 역시 없는 편이 더 낫다.

보충 수업 기간에도 결과적으로는 같이 점심을 먹거나, 데이트하거나 했지만.

어쨌든 이걸로 마음 놓고 나나미와 함께 있을 수 있어.

다만 나는 보충 수업 마지막에 들었던 말을 나나미에게 아직 하지 못했다.

모처럼 함께 보내는 시간인 만큼 되도록 즐거운 화제만 나누려고 하다 보니 쉽사리 말을 꺼낼 타이밍을 잡지 못한 것이다.

무거운 마음은 되도록 드러내지 않고 있었고, 좀 더 진정된 후에 해도 되지 않을까 하고 미루다가 여기까지 와버렸다.

이젠 정말 말하지 않으면 안 될 것 같은데…….

새삼 나에게 편지 사건을 담백하게 보고했던 나나미가 얼마나 대단한지 실감한다. 나도 제대로 해야겠지…….

"그럼 건배할까? 다시 한번 수고했어! 건배~♪."

"응, 수고했어. ……건배."

내가 수고했다고 대답할 처지인지는 모르겠지만 나나미랑 가볍게 잔을 부딪쳤다. 잔이 부딪치며 '쨍' 하는 가벼운 소리가 주위를 울렸다.

새삼스럽게 말할 것도 없지만, 우리들은 보충 수업이 무사히 끝난 것을 축하하고 있다. 지금 있는 곳은 나나미의 방이 아니라 전에 왔던 노래방이다.

테스트 후 모임 리벤지라고나 할까. 나도 개인적으로 나나미에게 보고하기에는 노래방이 편했다. 아직 말하지 못했지만.

나나미가 나랑 같이 부르고 싶다고 말하는 바람에…….

참고로 함께라는 것은 듀엣을 말한다. 저번과는 다르게 노래 몇몇을 외워왔으니 아마 부를 수 있을 것이다.

그건 그렇고…….

"음…… 음…… 꿀꺽……. 푸하, 맛있다~."

나나미는 목을 울리며 잔 속의 음료를 들이켜더니 잔에서 입을 떼고 숨을 단숨에 숨을 내쉬었다. 보는 사람이 통쾌할 정도다.

원샷을 해서 그런지 나나미가 잠시 깊게 숨을 들이마셨다.

"아니, 왜 그렇게 술처럼 마시는 거야."

"분위기가 날 것 같아서. 요신도 해봐."

나는 나나미가 시키는 대로 잔에 입을 대고 안에 든 액체를 단숨에 들이켰다.

보글보글한 탄산이 입안에 퍼지면서 그대로 톡톡 튀는 기분 좋은 자극과 함께 액체가 목구멍으로 미끄러져 내려갔다. 살짝 기분 좋은 것 같기도 하다.

원샷은 별로 해본 적이 없는데 이런 쾌감도 있는 걸까 생각하며, 다 마셔서 텅 빈 잔에서 입을 뗐다.

그리고 나나미와 마찬가지로 숨을 깊이 들이마셨다. 이건 멈추려고 해도 멈출 수가 없네. 원샷을 하는 어른이 있는 것도 이해가 갈 것 같았다.

어째서인지 옆에 있던 나나미가 짝짝 박수를 치고 있다.

"오오~, 잘 마시네~."

"술도 아닌데……."

박수받는 상황에 살짝 민망함이 들었다. 노래방은 주변이 어두우니 지금 내 뺨에 열기가 돌고 있다는 것은 들키지 않았을 것이다.

"그러고 보니 술은 원샷하면 안 된다고 들은 것 같은데, 주스도 안 되나?"

"글쎄? 그래도 몸에 썩 좋을 것 같지는 않네."

"그것도 그런가. 아, 한 잔 더 주문할까? 똑같은 걸로 괜찮아?"

"아. 응. 고마워."

나나미가 전화기를 들어 음료를 추가로 시켜줬는데, 그 때 내 눈앞에는 그녀의 무방비한 등이 드러나 있었다. 전화 중일 때의 등은 정말 무방비하구나…….

"네, 부탁드립니다……. 흐약?!"

"아…….."

전화를 마치려던 나나미가 이상한 소리를 냈다.

나나미의 그 목소리를 들은 나는 나도 모르게 몸을 경직시켰다. 이상한 소리를 내버려서 그런지 나나미는 들고 있던 전화기를 마치 내동댕이칠 것 같은 엄청난 기세로 내려놓았다.

달칵하는 소리가 울리고, 서로가 침묵했다.

전화를 내려놓은 나나미가 느리게 몸을 돌렸다. 나나미의 얼굴이 서서히 드러남과 동시에 내 고동도 서서히 올라갔다.

당연히 그녀의 눈썹이 치켜 올라가고, 얼굴이 붉어져서 화가 났다는 것을 바로 이해할 수 있었다.

응, 이건 내가 잘못했다.

아니 그, 나나미의 무방비한 등이 보이길래 검지로 쓱 만지고 말았다. 위에서 아래로 쓰다듬어버리고 말았어…….

성희롱이라고 해도 부인할 수 없었다. 아니, 성희롱*은 본래 노동 현장에서 쓰이는 말이니까 여기서는 적절하지 않은가? 이런 건 아무래도 상관없나.

나나미의 표정을 본 나는 황급히 세우고 있던 검지를 집어넣었다.

완전히 무의식이었다. 장난을 쳐보고 싶다는 마음이 분명 들긴 했지만, 설마 진짜로 실행할 줄은 몰랐다. 변명이지만.

나나미는 화난 표정으로 나에게 조금씩 다가왔다. 마치 고양이 같다. 사냥감을 눈앞에 둔 고양이. 타이밍을 가늠하듯 나나미가 몸을 약간 웅크렸다.

왠지 나나미에게 고양이 귀와 꼬리가 보이는 것만 같다. 고양이 귀를 한 나나미…… 잘 어울리겠다. 언제 안 해 주려나.

내가 현실도피 하는 도중에 나나미가 나를 향해 뛰어들었다. 비유가 아니라 정말 로켓처럼 나에게 안겼다.

허리 근처를 끌어안은 나나미의 기세를 멈추지 못한 난 그대로 중심을 잃고 개인실 안의 소파로 쓰러져 버렸다.

나나미에게 떠밀린 형태가 된 나는 저항해도 좋을지 망

---

*일본에서는 주로 직장 내 성적 괴롭힘을 의미한다.

설이고 말았다. 강제로 밀리긴 했지만, 소파의 쿠션 덕분인지 통증은 없다.

부드러운 그녀의 몸이 나와 닿아있다는 것이 느껴졌지만, 그녀는 몸을 일으키지 않고 그대로 내 허리에서 미끄러지듯 이동했다.

내 가슴 언저리에 얼굴을 파묻은 채 그녀가 그 두 손을 내 등에 돌렸다.

뭘 하는……? 그렇게 생각한 것도 잠시. 곧바로 무엇을 하려는 것인지 이해했다.

"으힉?!"

나나미는 내 등에 손가락을 대더니 그대로 휙 위에서부터 아래로 쓰다듬었다. 아니, 쓰다듬는다고 말해도 되나, 이걸? 손가락 하나니까…… 뭐지? 훑는다?

일반적인 간지럽힘과는 달리 등을 훑는 것은 오싹오싹하고 온몸에 소름 돋는 감각이 들었다. 웃음소리도 나오지 않고, 이상한 소리밖에 안 나온다.

어느새 스르륵 올라온 나나미의 얼굴이 내 귓가에 있었다. 끌어안고 있는 듯한 자세로 나나미가 내 귓가에 속삭인다.

"복수……."

귀가 오싹오싹하고, 등도 오싹오싹하고, 알 수 없는 기묘한 저릿함이 온몸으로 퍼졌다. 뇌까지 저릿해지는 감각. 이것을 쾌감이라고 해도 좋은 걸까.

……아니, 이대로는 위험했다. 적어도 나나미가 하는 대로 놔두면 위험하다고 판단한 나는 그만 몸에 힘을 주고 말았다.

그러자 내 몸이 아무런 저항 없이 그 자리에서 회전했다. 그보다 뭔가 잡아당기는 듯한 느낌이 들었다. 혹시 나나미가 당긴 건가?

중학교 때 있었던 유도 수업에서 경험자에게 내던져진 감각과도 비슷했다. 즉, 나는 내 의지로 저항한 것처럼 됐고, 나나미에게 저항하는 형태가 되었다.

소파 위에서 재주 좋게 회전한 나는…… 아니, 우리들은 조금 전과 반대의 상황이 되었다. 그러니까 내가 위이고 여자친구가 아래. 그대로 나는 몸을 일으켜 나나미를 내려다보았다.

나나미는 머리를 흐트러뜨린 상태에서도 어딘가 즐거운 듯 미소 짓고 있었다.

"꺄악, 당해버렸다~."

딱히 당황한 기색도 없이 연극적인 말투로 비명을 지른 나나미가 두 손을 들었다. 교복 끝이 딸려 올라가며 그녀의 배가 살짝 드러났다.

"일부러 그러는 거야……?"

"아, 눈치챘어?"

당연히 눈치채지. 우선 나는 나나미의 몸을 너무 압박하지

앉기 위해 허리를 세우고 나나미의 몸에서 조금 떨어졌다.

자세는 좀 힘들지만, 근육 트레이닝이라고 생각하면…….

나도 나나미도 움직이는 걸 갑자기 멈춰서 그런지 살짝 숨이 차올라 있었다. 한동안 말없이 서로를 바라보는데, 그 침묵을 깬 것은 나나미였다.

"무슨 일 있었어?"

그것만 말하고는, 나나미가 무척 상냥한 시선을 내게로 향해왔다. 그 말에 나는 심장이 덜컥 내려앉는 것을 느끼면서도 "눈치챘어?"라고 순순히 대답했다.

나나미는 당연히 눈치채지, 하고 기쁜 얼굴로 웃더니 아래에서 누운 채 나를 맞이하듯 손을 활짝 펼쳤다.

둘러대려 해도 어쩔 수 없겠지. 반은 체념과 비슷한 마음이 내 안에 솟아올랐다. 그보다 이런 상황인데도 마음이 너무 차분했다.

나나미의 말 덕분에 냉정해진 걸까? 아니, 이런 상황에서 냉정하고 말 것도 없지만. 어느 쪽이냐 하면 냉정해질 수 없는 구도였다.

나는 손을 펼친 나나미의 품에 빨려 들어가듯 자연스럽게 그녀를 껴안았다. 그리고 그 타이밍에 방문이 열렸다.

"음료수 준비해 드리겠……."

점원의 말이 거기서 딱 멈췄다. 말과 동시에 움직임도 멈춰 있었다. 쟁반에 올린 음료를 떨어뜨리지 않은 것에 감탄해야 할까.

나는 황급히 일어나 점원 쪽으로 돌아섰다. 그랬다, 여기긴 노래방이다. 뭘 자연스럽게 빨려 들어갔던 거야, 난.

살짝 화려한 외모를 가진 점원은 뒤늦게 정신을 차린 듯 쟁반 위에 올려져 있던 두 개의 음료를 테이블에 올려두고는 싱긋 웃었다.

나나미는 누운 채로 고개를 들었고, 나는 나나미의 옆에 앉은 채 점원에게 감사의 인사를 하는데…….

"손님, 죄송하지만 그런 행위는 삼가주세요."

"아, 아니에요, 그…… 서로 끌어안고 있었던 것뿐이지 그런 행위를 하려던 건…….."

나도 모르게 부정했지만, 변명밖에 되지 않는 꼴이었기에 결국 나도 나나미도 점원에게 사과했다. 말할수록 무덤을 파는 느낌이었달까…….

우리들의 사과에 점원은 빙긋 미소를 지으며 그대로 떠나는가 싶더니, 문을 열고 고개만 살짝 돌렸다.

한 번 더 쐐기를 박는 걸까 싶었는데…….

"아, 그렇지. 가게 안에서는 안 되지만, 그런 행위를 하고 싶다면 강변에 있는 호텔을 추천할게요. 고등학생이라도 사복을 입으면 쉽게 안 들키거든요."

"네엣?!"

우리가 동시에 지른 외침에도 아랑곳하지 않고 점원은

그것만 말하고는 나가버렸다. 노래방이었음에도 방안은 쥐 죽은 듯 조용했다.

으음, 호, 호텔……?

그런 행위라니……. 그런 식으로 보였다는 건가?

갑자기 뭔가가 생생해지며 직접적인 존재감을 드러냈고, 나는 음료를 마시는 것조차 잊은 채 굳어버렸다.

점원은 이미 없다.

나나미는 괜찮을까 싶어 시선만 움직여 나나미 쪽을 힐끗 바라보았다. 나나미는 얼굴이 새빨개진 채로 굳어 있다.

어쩌지, 이 공기……?

젠장, 점원은 신경을 써준 거겠지만……. 그보다 점원은 어떻게 그런 걸 알고 있는…… 더는 생각하지 말자.

나나미는 나를 힐끗 쳐다보더니 고개를 푹 숙여 얼굴을 숨겨버렸다. 그런 나나미의 반응을 보고 나도 부끄러워지고 말았다.

기분 탓인지는 몰라도 나나미가 나에게서 좀 떨어진 것 같기도 했다. 강변에 있는 호텔…… 으음. 쓰진 않을 거지만 왠지 오랫동안 잊지 못할 것 같다.

노래방에 있었음에도 나도 나나미도 그렇게 한동안 입을 다물고 말았다.

방 안에 가득 찬 어색한 침묵을 먼저 깬 것은 나였다.

침묵이라고 해도 딱히 아무 소리가 없었던 것은 아니다. 단지 우리가 말을 한마디도 안 하니 방 안이 무척 조용히 느껴졌을 뿐이다.

"그, 그러고 보니까 말이야, 보충 수업 끝 무렵에 반장이 나나미에 대한 얘길 꺼냈었어."

스스로 생각하기에도 잘못된 화제를 골랐다는 느낌이 들었지만, 그래도 언젠가는 해야 할 말이었다.

……실제로는 뭔가 말하지 않으면 안 된다는 마음에 당황해서 입 밖으로 나온 것뿐이지만.

"나에 대해?"

"아, 응…… 그으……."

나나미가 어리둥절한 표정을 지었고, 나는 내가 말해놓고도 잠시 말을 머뭇거렸다.

아니 뭐, 그대로 전할 수밖에 없겠지. 하지만 말하기 어려운 것은 확실하다. 마치 고자질을 하는 느낌이 들어서 마음이 불편했다.

나는 마치 추가 붙기라도 한 것처럼 움직이지 않는 입에 힘을 주고 천천히, 천천히 나나미에게 반장한테 들은 말을 전했다.

한마디 한마디를 확실하게, 그때를 떠올리면서.

『나…… 알고 있어……. 바라토 씨가 너에게 고백한 이유.』

확실히 그런 말투였다. 떠올리면서 말해서 그런지 그녀를 흉내 내듯 아주 조금 연극적인 말투가 된 것 같기도 했다.

내 말을 들은 나나미는 크게 눈을 뜨는가 싶더니 약간 슬픈 얼굴로 눈썹을 축 늘어뜨렸다. 나도 그 표정을 보고 조금 슬픈 기분이 들었다.

잠시 생각에 잠겨 있던 나나미가 불쑥 중얼거렸다.

"내가 고백을 한 이유라……."

작게 중얼거리는 그 목소리는 방안에 흐르는 소리에 의해 금세 지워졌지만, 내 귀에는 착 달라붙기라도 한 듯 남아있었다. 고백한 이유…… 그건 하나밖에 없다.

"뭐, 나는 이미 알고 있으니까, 별로 의미는 없지."

나나미는 빨대로 천천히 음료를 마시며 한숨을 내쉬었다.

그리고 반 이상 남은 음료 잔을 테이블에 놔두고 몸을 내던지듯 크게 뒤로 젖히며 다리를 들어 올린다.

갑자기 다리를 올린 탓에 그 움직임이 바람이 되어 내 뺨을 어루만졌다. 그리고 치마가 살짝 휘날리면서 허벅지 부분이 드러났다.

주위는 어두웠지만, 그것만은 확실히 보였다.

시선이 거기에 쏠려버린 나를 개의치 않고 나나미는 두 다리를 익숙하게 굽히더니 그대로 소파 위에서 쪼그려 앉았다.

그렇게 앉으면 정면에서 속옷이 보이지 않을까.

다행히 나는 나나미 옆에 있어서 나에게는 보이지 않는다. 그래서 나나미도 이런 자세를 한 거겠지만, 이걸 다행이라고 해도 좋을지 어떨지는 모르겠다.

……팬티 보이는데? 아니, 굳이 말할 건 아닌가. 그런 분위기도 아니고……. 아까와는 다른 의미에서 공기가 무거워진 느낌이다.

나나미는 쪼그려 앉은 자세 그대로 내 쪽을 향해 고개를 갸우뚱하며 물었다.

"이야기를 다시 문제 삼으려는 건 아니지만, 반장이 말하는 이유는 아마도 벌칙 때문이겠지."

"나도 그렇게 생각해. 한 달 만에 헤어질 거라고 생각했다는 식의 말도 했었으니까."

"그래, 거기까지 알고 있는 건가."

조금 불안해 보이는 그 말을 듣고 나는 그녀에게 살짝 다가갔다. 그 사실을 깨닫자 나나미는 쪼그려 앉은 자세 그대로 내 쪽으로 몸을 기울였다.

넓은 소파라고는 하지만 재주가 참 좋다.

"이제 와서 새삼스럽지만, 정말 잔인한 일을 저질러버렸지, 나. 지금 생각하면 왜 그런 짓을 했을까 싶어."

"그건 이제 됐어. 나는 용서했고, 나도 비슷한 일을 했잖아."

그런가, 하고 나나미는 몸을 움직였다.

기분이 가라앉아 있을 땐 과거의 후회가 밀려온다……라는 말을 들은 적이 있다. 아마 지금의 나나미는 그런 상태인 거겠지.

이럴 때는 어떻게 대응해야 할까.

"하지만 그 일이 없었다면 나나미가 나한테 고백하는 일은 없었을 테고, 내가 나나미한테 고백할 일은 더더욱 없었을걸?"

"어? 요신, 나한테 고백 안 해줬을 거야……?"

"아니, 그렇게 충격받은 일은 아니잖아? 내가 '나나미 씨 좋아합니다. 사귀어 주세요'라고 말했다 한들……."

"'네, 물론이죠'라고 대답했을 거야."

도중에 말이 잘려버린 나는 말문이 막혔다. 아니, 그게 아니야, 나나미. 그렇게 생각하면서도 바로 튀어나온 긍정의 대답에 나는 나도 모르게 쑥스러움을 느꼈다.

아는 건지, 모르는 건지…….

"그게 아니라, 옛날의…… 아무런 접점도 없던 시절의 나나미에게 내가 고백했다고 해도 나나미는 내 고백을 받아주지 않았을 거 아냐?"

다시 말하고 나니 좀 슬프지만, 내 질문의 의도를 깨달은 나나미가 아, 하고 짧게 대답하더니 무척 못마땅한 표정을 지었다.

"그때는…… 거절했겠지. 예전의 나라면 미안하다고 말했을 것 같아."

"왜 그런 얼굴을 해?"

"상상이라도 요신의 고백을 거절한다고 생각하니까 과거의 내가 미워져서……."

과거의 자신에게 그런 생각을 하는구나……. 이건 이거대로 애정의 깊이를 보여주는 거라 볼 수 있겠지.

……나도 지지 않도록 더 노력해야겠다. 방심하면 나나미의 사랑에 먹혀버릴 것 같은 기분이 든다.

지나친 생각인가?

"그렇지? 정상적인 계기로 다가갔다면 나와 나나미는 사귀지 않았을 거야."

사귀지 않는다. 그 한마디에 내 등에 오한이 끼쳤다. 나나미와 사귀지 않는 나…… 지금으로서는 상상도 할 수 없다.

그러니까 설령 제삼자가 보기에 틀렸다고 해도……. 우리끼리만 틀리지 않으면 된다. 그러니까 반장의 등장은 새삼스러운 것이었다.

나나미는 마음이 좀 진정되었는지 으음, 하고 낮게 신음했다.

"역시 반장이 편지를 넣은 건가?"

"타이밍으로 봐서는 가능성이 높다고 생각해."

확실하게 본인이 넣었다고 단언한 것은 아니지만 아마 그럴 것이다. 그것을 나에게 말한 이유는 잘 모르겠지만…….

뭔가 사정이 있을 것 같지만, 그렇다 해도…….

"반장은 성실한 성격이니까. 그렇다면 내가 한 일을 용서하지 못하는 것도 납득은 가…….."

나나미에게 이런 어두운 표정을 짓게 만든 것은 조금 마음에 들지 않았다. 물론 나나미도 잘못한 점이 있다는 것을 알고 느끼는 감상이었다.

"반장이 그렇게 성실해?"

나는 겉으로는 그런 기분을 드러내지 않으며 반장의 인상을 물었다. 반장을 잘 몰라서 그런 것도 있었지만.

"응, 엄청 성실해. 조금 특이한 부분도 있지만 불량한 남자애들한테도 기죽지 않고 주의 주는 모습을 본 적도 있고, 정의감도 강한 것 같아."

"불량한 애들이라니, 그건…….."

성실하다고는 해도 그건 좀 위험하지 않을까? 애초에 불량아가 우리 학교에도 있었구나……. 접점이 없다 보니 내가 모르는 것뿐인가.

"그래서…….."

나나미가 우물거렸다. 나는 그 모습에 고개를 갸우뚱하면서도 그녀를 바라보며 다음에 나올 말을 기다렸다. 나나미가 천천히 내 쪽으로 시선을 돌렸다.

"그래서 요신, 반장과는 언제 만나? 나도 저기…….."

"어? 만날 생각은 없는데."

반사적으로 담담히 말하는 나에게 나나미는 놀란 표정을 지어 보였다. 그렇게 놀랄 일인가? 그렇게 생각하면서도 나는 말을 이었다.

모처럼 나나미와 앞으로 함께 지낼 수 있는데, 굳이 반장과 만날 날을 만든다는 건 말도 안 되는 일이지.

"안 만나는 거야……?!"

"아니, 그렇게 놀랄 일이야……?"

"그, 요신은 신경 안 쓰여? 실제로는 어떤 이야기를 할지, 사실은 다른 걸 생각하고 있는 게 아닐지…….."

사실 신경은 별로 안 쓰인다. 내가 몰랐다면 이런 느낌은 들지 않았겠지만 말이다.

……나나미가 말하는 다른 생각이라는 게 뭔지는 잘 모르겠지만.

"애초에 언제 만나자는 약속도 안 했어."

"그래? 그럼 만난다는 건…….."

"연락처는 받았거든. 괜찮다면 연락하라면서."

"어? 연락처 받았구나…….."

어라? 나나미한테 그 말을 안 했었나? 딱히 숨길 것도 아니었기에 나는 나나미에게 그 연락처가 적힌 종이를 보여주었다. 사실 사용법도 잘 모른다.

나나미는 흥미롭다는 얼굴로 그 종이를 찬찬히 바라보

았다.

"근데 그거 나한테 말해도 괜찮아?"

뒤늦게 정신을 차린 나나미가 좀 당황하며 말했다. 딱히 입막음을 당한 것도 아니고……. 아니, 아닌가. 내가 나나미한테 말할 줄은 몰랐겠지.

"나나미가 싫으면 이건 버릴게. 그렇게까지 갖고 있을 것도 아니니까."

"음…… 일단 연락은 해줬으면 좋겠어. 언제 만날지는 요신에게 맡길게. 나도 같이 이야기를 듣고 싶지만 역시 어렵겠지."

내가 나나미한테 반장이 건네준 연락처를 보여주자, 나나미는 뜻밖의 말을 했다. 틀림없이 버려달라고 할 줄 알았는데.

게다가 또 연락은 해줬으면 좋겠다니……. 으음, 무슨 생각인지는 나중에 물어보기로 할까?

"그러면 여기서 등록해두고 연락까지 바로 할게. 나나미도 눈앞에서 하는 게 안심되겠지?"

"늘 생각하는 거지만 요신은 정말 엄청난 행동력을 갖고 있단 말이지……."

뭔가 살짝 어이없어하는 것 같은 느낌인데 기분 탓인가?

나는 그대로 나나미의 눈앞에서 반장의 연락처를 등록하고…… 나나미가 보는 앞에서 그녀와 만날 날을 정하기로 했다.

이때 나나미가 하고 있던 걱정을 나는 짐작조차 하지 못했다.

결국 반장과는 여름 방학이 끝난 뒤 학교에서 만나기로
했다.

나나미가 보는 앞에서 나나미 이외의 여자와 연락을 한
다는 것은 굉장히 이상한 경험이었다. 여름 방학 중에는
만나지 않는다는 것이 나의 결론이다.

나나미는 몇 번이고 나한테 진짜 그걸로 괜찮겠냐며 확
인해 왔지만, 나도 몇 번이고 나나미에게 그거면 됐다고
대답했다.

반장도 진짜 그걸로 괜찮겠냐며 나한테 몇 번이고 물어
봤다. 설마 나나미와 반장의 말이 겹칠 줄은 예상하지 못
했다.

애매하게 놔두는 것도 좋지 않다고 생각해서 반장에게
여자친구 이외의 여성과 여름 방학 중에 단둘이 만날 생각
은 없다고 전했더니…… 마지막에는 결국 납득해 주었다.

이로써 반장과의 이야기는 적어도 여름 방학 중에는 생
각할 필요가 없게 되었다.

다만 나나미는 반장에 대해 뭔가 다른 것을 걱정하는 것
처럼 보이기도 했다. 그게 무엇인지는 잘 모르겠지만…….

그거에 대해서는 또 다른 타이밍에 이야기하도록 할까.

사실 현재의 나에겐 나나미 외의 다른 것에 노력을 쏟고 싶지 않은 이유가 있었다. 그래서 여름 방학 동안에 만나지 않겠다는 결론이 나온 것이기도 했다.

그것은 무엇인가 하면…… 나에게는 첫 경험이고, 나나미에게는 처음이 아닌 경험에 대한 일이다.

딱히 숨길 일도 아니니 바로 말하자면, 아르바이트다. 첫 아르바이트.

"뭔가 긴장되기 시작했어……."

새삼스레 첫 아르바이트라고 생각하니까 괜히 더 긴장되는 것 같다. 내일부터 첫 아르바이트…… 기묘하게도 나나미의 아르바이트 시작과 같은 타이밍이다.

참고로 아르바이트하는 곳은 쇼이치 선배에게 소개받은 학교 근처의 양식당이다. 선배가 아는 사람이 하는 곳인데 비교적 평판도 좋다고.

음식점 아르바이트……. 내가 할 수 있을까? 딱히 가릴 처지는 아니지만, 여러모로 불안하다.

"벌써……?! 그렇게 긴장할 필요 없어……."

나나미는 조금 당황한 얼굴로 쓴웃음을 지어 보였다. 익숙해서 그런지 그녀는 완전히 평소와 같은 모습이었다. 내일부터 하는 아르바이트에 부담은 없어 보였다.

"아니 그, 난 알바를 해본 적이 없잖아. 태어나서 처음 경험하는 건 늘 긴장되니까…… 뭔가 좀 떨리는 것 같아."

"지금부터 그렇게 긴장하면 병날지도 몰라."

"나나미는 처음에 긴장하지 않았어?"

"처음은…… 그렇게 긴장하지 않았던 것 같아. 하츠미네랑 다 같이 있어서 그런가? 오히려 요신한테 고백할 때나, 첫 데이트 쪽이 더 긴장됐던 것 같아."

무척 든든해지는 말이었다. 하지만 그렇긴 하다. 첫 데이트 같은 것의 긴장감에 비하면…… 아니, 난 뭔가 그때보다 더 떨리는 것 같은데.

그때의 나는 여러 의미로 가득 차 있었기 때문에 긴장할 새도 없었다는 말이 더 정확할지도 모른다. 그런 의미에서 지금은 좀 여유롭다는 걸까.

여유는…… 없는데…….

"긴장되면 가슴 만져볼래?"

"어째서?! 그보다 얼마 전에도 이런 대화를 했던 것 같은데……."

"그때도 요신은 만지지 않았지? 아, 근데 이거 이상한 의미는 아니야. 심장 소리를 들으면 편안해진다는 말을 들은 기억이 있어서."

"아, 그건 나도 들은 기억이……. 아니, 근데 왜 나나미가 만지는 쪽을 대변해 주는 거야. 그렇게 당당하게 말 안 해도 돼."

나나미는 듣고 보니 그러네, 하며 한쪽 눈을 찡긋하고 혀를 쏙 내밀었다. 실로 사랑스럽고 깜찍한 몸짓이다.

……조금 아쉬운 마음도 들지만, 역시 지금 여기서 만지는 건 공정하지 않다고 할까. 심지어 지금은 밖이니 더욱 불가했다.

나와 나나미는 현재 아르바이트 전 마지막 데이트를 하고 있었다. 방금까지 같이 영화를 보았고 지금은 점심을 다 먹은 참이었다.

뭐가 좋을까 고민하고 있을 때 나나미가 라멘을 먹고 싶다고 해서 세련된 체인 라멘 가게에 와 있다.

여름 방학이라 꽤 더웠는데, 더울 때 먹는 뜨거운 라멘이 최고라나.

그 기분은 안다. 잘 알지만…….

"그나저나 라멘을 먹어서 그런지 덥다……. 봐봐, 땀이 고여서……."

나나미는 두 손으로 가슴을 꼭 오므리더니 마치 가슴골을 보여주듯 몸을 앞으로 숙였다. 주위에 사람은 많이 없지만, 밖에서 그런 행동은 좀…….

오늘의 나나미는 상체는 시원해 보이는 얇은 옷에, 아래는 길쭉한 다리 선이 예쁘게 드러난 타이트한 팬츠를 입고 있었다. 멋있긴 한데, 이렇게 보니까 야하다…….

아까까지는 서로 땀을 흘리면서 라멘을 먹느라 그렇게

까지 신경을 쓰지 못했는데, 진정되고 나자 상당히 눈에 들어온다.

"요신, 땀 닦아줘……."

"거기 땀을 닦아달라니, 얼굴 같은 거라면 몰라도 가슴은 밖에서는 도저히 무리예요. 좀 봐주세요."

"밖이 아니라면 닦아줄 거야~?"

씨익 치아를 드러내며 웃은 나나미가 즐겁다는 듯 몸을 움직였다. 움직일 때마다 땀이 나나미의 몸에서 미끄러져 떨어지며 물방울이 옷에 흡수되어갔다.

물론 밖이 아니라면…… 무리려나. 가슴을 닦아보고 싶긴 하지만, 그렇게 되면 어떤 일이 벌어질지…….

"참고로, 가슴 밑부분 쪽에도 땀이 고인단 말이지……. 잘 닦아두지 않으면 빨개지는 일도 있어서 매번 힘들어."

……또 내 안에 이상한 지식이 늘어난 것 같았다.

가슴 밑부분에 땀이 고인다니, 어떻게? 내 가슴을 내려다보았지만, 아래에 땀이 고인다는 느낌을 전혀 모르겠다.

묘하게 호기심이 동하긴 하지만 다음에 보여달라고 하면 안 되겠지? 아까와 같은 반응이라면 그나마 낫지만, 경멸 어린 시선으로 바라본다면 굉장히 우울해질 것 같다.

"고생이 많겠네……."

"맞아, 고생이야. 여자애들은 고생이야……."

왠지 여기서 지적을 했다간 더 무덤을 파버릴 것 같아서 나는 그 이상 가슴에 관한 화제는 파고들지 않았다. 한동안 머리에서 떠나지 않을 것 같지만.

근데 가슴 밑부분에 땀이 난다는 건 대체 어떤 거지……? 아니, 생각하지 마. 생각하는 거 아냐. 아, 하지만 시선은 거기로 가버리고 만다. 젠장…….

그렇게 생각하다가 마침 나나미와 눈이 딱 마주쳤다. 더 정확히는 내 시선에 맞춰 나나미가 내 눈을 들여다보는 상황이었다.

틀림없이 또 씨익 웃지 않을까 싶었는데, 나나미는 나에게 다정한 미소를 지어 보였다.

"긴장 좀 풀렸어?"

"응?"

조금 전까지 어딘가 장난스러운 분위기를 풍기던 음색이, 지금은 굉장히 온화한 음색으로 바뀌어 있었다. 그 말에 나는 어리둥절하면서도 심장 부근에 손을 가져갔다.

조금 전까지 있었던 이상한 감각은 완전히 줄어들어 있었다. 아직 조금 남아있긴 하지만 진정이 안 될 정도는 아니다. 이거라면 문제없을지도 모른다.

적당한 긴장감은 필요하다는 말도 있으니까.

"응, 아직 조금은 긴장되지만, 괜찮은 것 같아."

"다행이다. 나도 요신을 보고 기분 좋아졌으니까 서로 윈윈이네."

"내가 당황하는 모습이 그렇게…… 재밌었어?"

"음, 재밌다고 할까, 귀엽다? 꼭 끌어안고 싶어졌어. 꼭 끌어안고 착하지, 착하지~ 하고 쓰다듬어주고 싶어졌어."

……나나미의 귀여움의 기준도 좀 달라진 느낌이다. 아니, 방금 한 말을 들으면 혹시 모성인가?

나나미한테 착하지, 하고 쓰다듬을 받는다……. 언젠가 우울해졌을 때 받고 싶을지도.

아무튼 이거라면 내일부터 있을 아르바이트도 힘낼 수 있을 것 같다. 나나미와 떨어지는 것은 꽤 오랜만이지만, 분명 괜찮을 거다.

그리고 우리는 계산을 마치고 가게에서 나왔다. 참고로 더치페이……. 첫 월급을 받으면 나나미한테 맛있는 걸 사주고 싶었다.

가게를 나오자마자 내 옆으로 온 나나미가 내 팔에 자신의 팔을 끼우려…… 도중에 멈췄다.

어? 분명 팔짱을 낄 거라고 생각했는데 무슨 일이지? 혹시 더워서 팔짱을 안 끼고 싶은 건가?

어쩔 수 없지만 좀 섭섭하네.

내가 속으로 살짝 실망하는데, 나나미가 팔을 붕붕 흔들었다.

"떠오른 김에 마지막 마무리를 해볼까?"

"마무리……?"

내가 고개를 갸우뚱하는데, 나나미가 자신의 손바닥 위에 손가락으로 무언가 쓰더니 나에게 내밀었다. 예쁜 나나미의 손바닥과 길고 가느다란, 예쁜 손가락이 보였다.

언제 봐도 예쁜 손가락이다. 내 손가락과는 전혀 다르다. 그런 생각을 하며 넋을 잃고 말았다.

나나미, 오늘은 손가락에 아무런 액세서리를 안 했네. 조만간 반지 같은 것도 선물해 주고 싶다. 반지…… 반지라. 끼는 날이 올까…….

멍하니 그런 생각을 하고 있는데, 나나미에게서 예상 밖의 단어가 튀어나왔다.

"자, 마지막으로 마셔~. 원샷!"

마시라고?

뭘 마시라는 건가. 물?

하지만 나나미는 별다른 마실 만한 것을 들고 있지 않았다. 음료도 따로 안 샀고…….

"자판기에서 뭐 사 마시자고?"

내 말에 나나미는 아니라며 손바닥을 귀엽게 좌우로 흔들었다. 나는 그 흔들리는 손바닥을 바라보고 다시 나나미와 시선을 마주했다.

"아니, 손바닥에 사람 인(人) 세 번을 쓴 다음 삼키면 긴장이 풀린다잖아?"

"아~ 그런 게 있지. 그래서 이 손은 뭐야?"

"그러니까 자, 이 손바닥까지 삼키면 완벽한 거지~. 얼른, 사양하지 말고."

그 말에 점점 더 고개가 기울어졌다. 나나미는 한껏 상기된 얼굴로 자신의 손바닥을 내게로 향하고 있다. 손바닥을 삼키라니…… 이걸?

"응? 안 삼켜?"

의아한 얼굴로 고개를 기울인 나나미가 손바닥을 팔랑팔랑 흔들었다.

"……어떻게 삼키는 건데?"

"으음, 덥석 문다거나, 키스한다거나……."

아니, 진짜 삼키라고? 어떻게 할까 고민하고 있는데, 나나미가 잠시 우물거리더니 마지막 말을 작게 덧붙였다.

"……핥는다거나."

그건 좀 매니악하지 않을까?

아니, 아니다. 그게 아니야. 지적할 장소가 틀렸잖아, 나. 거기가 아니라, 더 크게 지적할 부분이 있지 않은가.

어쩌면 내 쪽이 틀렸을지도 모르니까. 확인은 중요하다. 무슨 일이든 확인한다는 것은 중요한 작업이다. 인식의 차이를 메울 수 있으니까.

나는 조심스러운 손길로 나나미의 손바닥을 가리키며 머뭇머뭇 입을 열었다.

"그건 보통 자기 손바닥으로 하지 않아……?"

"뭐……?"

손바닥을 향한 자세 그대로 나나미가 굳어졌다.

나도 말문이 막혀버렸다.

둘 사이에 기묘한 침묵이 흘렀고, 나나미가 잠시 자신의 손바닥을 나와 자신을 향해 이리저리 움직이는가 싶더니……

"됐으니까 얼른!"

"아, 네."

나나미가 강행돌파했다.

응, 이건 내가 잘못한 것 같다. 섬세함……과는 또 조금 다를지도 모르겠지만, 배려가 부족했다.

일단 어떻게 할까. 핥는 건 차마 엄두가 안 나고, 삼키는 시늉을 할 거라면 차라리 키스하는 편이 나을까……?

……아니, 핥는 건 어렵지만 키스는 쉽다니? 나도 점점 물들어가는 건지도 모르겠다.

나는 나나미의 손을 조심스럽게 잡고 그 손바닥에 입술을 가져갔다.

부드럽고 촉촉하고, 마치 비단결 같은 나나미의 피부에 입술을 가져가자 그 매끄러운 감촉을 짧은 시간이나마 느낄 수 있었다.

스윽 떨어져서 나나미와 시선을 마주하니, 갑자기 민망함이 밀려왔다.

굉장히 새삼스러운 이야기이지만, 이거 엄청나게 부끄럽네! 뭔가 소녀만화라든가, 그런 전개에서 나올 법한 행동 같은데?!

나나미도 얼굴이 빨개졌다. 뭐, 응, 그렇게 되겠지.

무심코 걷는 속도도 빨라졌다. 마치 이 뺨의 열기는 걷는 속도가 빨라서 그런 거라고 변명하듯이, 나도 나나미도 한동안 말없이 그렇게 걸었다…….

참고로 다른 사람 손에 써서 먹여주는 게 바라토가에서는 표준이었다고 한다.

평소에는 토모코 씨가 겐이치로 씨에게 해 주거나 반대로 겐이치로 씨가 토모코 씨에게 해 주거나 한다고.

그래서 나도 나나미가 긴장했을 때는 내 손바닥에 글자를 써서 먹여주겠다고 약속했는데…….

그것이 실제로 실행될지 어떨지는…… 신만이 안다고 할 수 있겠지.

◇ ◇ ◇ ◇ ◇ ◇ ◇ ◇ ◇ ◇

처음이라는 것은 긴장감도 들지만 알 수 없는 묘한 고양감…… 두근거리는 기분도 함께 솟아오른다.

신기하게도 그날이 오지 않았으면 좋겠다는 생각과 듦

과 동시에 빨리 왔으면 좋겠다는 생각도 드는 것이다.

손가락 끝이 차가워지고 저릿저릿 떨렸다. 마음의 동요가 그런 식으로 몸에 드러났다. 그걸 해소하고 싶어서 차라리 빨리 오라는 생각이 들기도 했다.

"오늘부터 신세를 지게 된 미스마이 요신입니다! 잘 부탁드립니다!"

나는 가능한 한 기운차게 소리를 지르며 그 기세 그대로 고개를 숙였다.

오늘은 나의 첫 아르바이트, 당일이다. 그렇기 때문에 가능한 한 활기찬 목소리를 냈다. 긴장해서 무리하는 것도 있지만 첫인상은 중요하다.

"잘 부탁해요. 점장인 키나오시 히토시예요."

"저희야말로 잘 부탁해요. 아내인 키나오시 라이카예요."

상냥해 보이는 부부가 나를 향해 고개를 숙였다. 검은 머리를 짧게 자른 온화한 인상의 남성과 밝은 갈색 머리 단발에 살짝 처진 눈이 인상적인 상냥해 보이는 여성이다.

이곳은 부부가 운영하는 양식당으로, 나는 몰랐는데 의외로 학교에서 가까운 곳에 자리하고 있었다.

우리 학교 선생님이 점심에 식사하러 오기도 하고, 가까워서 그런지 가끔 학교에 배달도 해준다고 했다.

"이거 참, 시베츠 군은 여름 방학 동안 시프트가 적어져서 정말 살았어. 들어보니 여친을 위해 알바를 하고 싶다고?"

명랑하게 웃어 보인 점장이 갑자기 내 아르바이트 목적을 입에 담았다. 쇼이치 선배…… 물론 말하지 말라고 한 건 아니지만 설마 그것까지 다 말할 줄은 몰랐는데.

"죄송합니다. 동기가 불순해서……."

"아냐, 아냐. 훌륭해. 시베츠 군은 뭐라고 했을 거라 생각해?"

"……농구용품을 사고 싶어서가 아니었을까요?"

"우리 가게 오므라이스가 맛있어서 여기서 일하고 싶다더라고."

……선배, 뭔가요, 그 이유는.

아니, 나도 아르바이트 면접 같은 건 해본 적이 없으니 그런 이유도 정상일지 모른다. 여기선 면접 없이 채용되어 버렸는데, 어쩌면 그것이 평범한 걸까?

"그 자리에서 바로 채용했지. 엄청 재밌었어."

아, 응. 아마 이거 아니다. 엄청 재밌었다는 것은 지원 동기로서는 평범하진 않은 것 같다.

그보다 이 점장님도 선배한테 듣던 대로 특이한 사람 같았다.

"미안해. 남편은 재미있는 사람을 굉장히 좋아해서, 채용 기준이 그거거든. 평범한 사람은 재미없으니까 채용하지 않는대."

사모님에게 사과를 받고 말았다. 아니, 저는 채용을 해 주셨으니 그 기준에 대해서는 의견을 말하기 어렵습니다만.

다만…….

"전 엄청 평범한데요? 그 기준으로 따지면 채용되지 못했을 것 같은데……?"

나는 아주 평범한 남자 고등학생이다. 쇼이치 선배처럼 농구를 잘한다는 식의 특징도 없고, 아무런 재미도 없는데…….

그렇게 생각했는데, 점장님이 눈을 빛내며 열변을 토하기 시작했다.

"무슨 소리야! 인싸 여고생과 사귀는 평범남이라니, 만화에나 있을 것 같은 인물이 재미없을 리가 없잖아! 미스마이 군도 아주 재밌어!"

네에……? 그런 말을 들으면 반박할 말도 없다…….

"그렇게 됐으니 가게를 열기 전까지 네 이야기를 좀 들려줘. 면접을 안 봤으니까 그 대신으로!"

점장님의 거침없는 거리감에 나는 살짝 기가 질리고 말았다. 나에 대한 이야기를 들어도 딱히 재미없을 텐데. 무슨 말을 하면 좋지…….

그렇게 생각하고 있던 내 몸에 갑자기 알 수 없는 무게가 실렸다.

"으윽……?!"

쓰러지지는 않았지만, 균형을 잃은 탓에 몸이 살짝 비틀거렸다. 갑자기 뭐야?! 어?

뭔가 무겁고 따뜻하고 매우 부드러운 것이 내 등에 닿았다. 가까스로 몸의 중심을 잡고 옆을 보니, 거기에는 얼굴이 있었다.

여자 얼굴이다.

심지어 꽤 화려한.

"안뇽~. 구텐모르겐~. 난 대3. 네가 새로 온 알바생 후배야? 앞으로 잘 부탁해~♪."

내 얼굴 옆에서 브이자를 만들면서 예이~ 하고 어딘가 유쾌한 어조로 나에게 말을 걸어온다. 내가 멍하니 있자 여자는 곧 나에게서 떨어지더니 춤추듯 빙글빙글 돌았다.

그대로 두리번거리며 주위를 둘러보더니 의아한 얼굴로 고개를 갸우뚱한다.

"어? 오늘 시베는 없어?

"나오, 시베츠 군은 오늘부터 쉬어."

"아, 그랬나? 그렇구나~. 그래서 도우미로 이 소년이 와준 거구나."

갸루다, 이 사람 갸루다. 심지어 나나미나 오토후케 씨 같은 쪽과는 또 다른 타입의 갸루다. 딱 보기에도 뭔가 굉장한 자유인 같아.

머리색도 화려하고, 피부도 그을려 있고, 위나 아래나 이곳저곳이 다 크고 액세서리도 잔뜩 달고 있다. 뭔가 타투도 있는데? 하트 모양 타투가 가슴팍에 언뜻 보인 것 같다.

어, 어떡하지. 어떻게 대해야 하지?!

혼란스러워하는 나에게 갸루 씨가 휙 오른손을 내밀어 왔다.

"유타리 나오예요. 다시 한번 앞으로 잘 부탁해~."

"아, 미스마이 요신입니다. 저야말로 잘 부탁드립니다."

내민 손을 거부할 수도 없었기에 나는 그 손을 마주 잡았다. 여자친구가 있기 때문에 악수는 할 수 없다고 말하는 것도 이상하겠지…….

……아르바이트가 끝난 뒤에 나나미한테 물어볼까? 세이프인지 아웃인지. 아니, 이건 세이프라고 생각하지만. 그래도 나중에 나나미한테는 확실하게 말해두자.

유타리 씨는 내 손을 잡은 채 고개를 오른쪽으로 왼쪽으로 기울였다. 뭘 하는 걸까 생각했는데, 조금 졸려 보이는 눈으로 입을 연다.

"미스마이…… 미스마이……. 미스는 귀엽지 않고 마이라고 불러도 될까?"

"어? 어?"

"난 나오라고 불러도 돼. 나오나오도 괜찮아."

……굉장히 거침없이 거리를 좁혀온다. 어쩌지, 지금까지 내 주위에는 없었던 타입의 갸루다. 물론 갸루는 그 셋밖에 모르지만.

거리감을 줄이는 방법이 터무니없이 빠르다.

이것이 인싸인 건가? 지금까지의 인싸 이미지가 뒤집히는 느낌이랄까. 어쩌면 그동안 만났던 사람들은 이런저런 이유로 적당히 봐주고 있었는지도 모른다.

악수한 상태로 내가 아무 말도 못 하고 있자 유타리 씨가 살짝 불안한 얼굴로 고개를 더욱 기울였다. 이미 몸 전체가 기우뚱해지고 있었다.

"싫어? 싫다면…… 스마가 더 좋으려나?"

"잠시만요. 머릿속 처리가 못 따라가고 있으니까 좀 더 천천히 부탁드릴게요."

한심하지만 나는 포기 선언을 했다.

아니, 더는 정보량이 너무 많아서 처리가 안 되고 있었다. 내 스펙은 공교롭게도 아주 낮다. 이 이상은 정보 과잉이야…….

이 사람은 지금까지 만나본 어떤 사람 중에서도 압도적으로 개성이 강한 사람이었다.

……거기까지 생각한 뒤, 방금은 조금 실례되는 말투였다고 생각한 나는 곧바로 정신을 차렸다. 사과하려는데 그녀는 딱히 신경 쓰는 기색도 없이 이 한마디만을 중얼거렸다.

"그렇구나, 미안해?"

헤실거리며 웃는 그 표정은 기묘하게도 어딘가 어린아이 같아 보였다.

◇◇◇◇◇◇◇◇◇◇

나의 첫 아르바이트는 폭풍과 같은 기세로 지나갔다.

건네받은 앞치마를 두르고 요즘은 드물어진 손으로 적
는 주문표를 들고 손님들의 주문을 받는다.

여름 방학 기간이라 손님은 거의 오지 않을 줄 알았는
데, 학생은 여름 방학이지만 사회인인 사람들은 여름 방학
이 아니었기 때문에…….

점심때가 되자마자 정장 차림을 한 사람들이 우르르 몰
려들었다. 이 양식당은 꽤 인기 있는 가게여서 그 한 시간
은 전쟁터라고 해도 무방할 정도였다.

나는 따라가는 것만으로도 벅찼다. 어쨌든 주문을 받고
점장님께 전하고 요리를 운반하고…… 사전에 배운 것들
을 떠올리면서 필사적으로 일을 소화하기 바빴다.

이렇게 열심히 움직인 것은 오랜만일 정도로 열심히 했다.

하지만 익숙한 사람은 이미 익숙한 것인지…….

"아, 하시, 오랜만이네~. 오늘 정식은 커틀릿이니까 그
거 빼고 주문해~."

"어째서, 나오?! 나도 카츠 먹고 싶은데?!"

"으응? 의사 선생님한테 튀김 그만 먹으라는 말 들었잖
아, 이제 괜찮아졌어?"

"괜찮아, 괜찮아! 약도 먹고 있고 가끔은 괜찮다고 했어. 그러니까 나도 정식으로 부탁해."

"알았어~. 그쪽 일행분은~? 처음이지? 오늘은 하시가 쏘는 건가? 좋겠다. 밥도 사주고. 나도 누가 사줬으면 좋겠다~."

그런 식으로 유타리 선배는 잡담을 나누면서도 완벽하게 일을 소화해냈다. 단골과 잡담을 나누는 모습으로 봤을 때 이 가게의 간판 직원인 것 같았다.

확실히 겉모습은 화려하지만, 앞치마가 잘 어울려서, 그 부분은 나나미와 조금 닮은 것 같다고 생각했다.

감사하게도 선배는 자기 일을 소화하며 내 일까지 도와주었다.

물 내오기나 식탁 닦기, 요리 운반 등 너무 바빠서 눈이 돌아가는 와중에도 나에게 다음에는 무엇을 해야 하는지 정확하게 지시해 준다.

"마이~, 테이블 비었으니까 손님 안내해줘~."

"네!"

"오, 좋은 대답이야~."

내가 중요하게 생각한 것은 씩씩하게 대답하는 것. 이는 나나미에게 조언을 받은 덕분이기도 했다.

처음에는 일도 서툰데 기운만 넘치면 불쾌하게 여기지 않을까 생각했는데, 그건 나나미의 말에 의하면 반대라고 한다.

아직 서툴기 때문에 더 기운 넘치게.

역시 아르바이트 경험자의 말은 달랐다. 나나미도 첫 아르바이트 때 그렇게 배웠다고 한다. 씩씩하게 행동하면 뭔가 실수를 해도 도와주기 더 쉽다고.

공부하는 것과는 또 다른 마음가짐이 필요하다는 생각과 동시에, 일이라는 것은 힘들다는 사실을 지금 체감하고 있었다.

아빠, 엄마, 열심히 일하느라 고생이 많으십니다.

후반부엔 그런 식으로 부모님을 향한 감사와 존경심이 진심으로 솟아올랐다. 두 사람은 더 이른 시기부터 늦게까지 일을 해오셨으니까…….

그리고 순식간에 점심시간이 끝났다.

런치타임의 마지막 손님을 배웅한 뒤 매장은 한시적으로 문을 닫았다. 이 가게는 저녁 영업 전까지 휴식과 준비를 위해 일단 문을 닫는다고 했다.

거기서 처음으로 나는 팽팽히 당겨져 있던 긴장의 끈을 놓을 수 있었다.

"와, 덕분에 살았어. 미스마이 군."

"처음치고는 정말 잘하던데."

"그, 그런가요? 도움이 됐을까요……?"

점장님과 다른 사람들이 하는 칭찬의 말에 나는 무심코

표정을 풀었다. 지금까지 겪어보지 못한 피로감으로 숨이 차 있었기에 반쯤 억지로 미소를 지어 보였다.

손님이 모두 사라지고 난 가게 안에 앉자 어쩐지 몸의 힘도 단숨에 빠져버린 기분이었다.

이거, 더는 못 일어설 것 같은데?

이 세상의 사회인…… 그렇게나 오랜 시간 일하고 있다니, 존경스럽다.

"진짜로 진짜. 마이 엄청나게 씩씩하고 좋았어~. 단골 손님들도 다 칭찬했고."

칭찬받는 것은 무척 감사한 일이다. 어쩐지 그 말만으로도 피로가 조금 풀린 기분이 들었다.

그리고 그 타이밍에 꼬르륵…… 하고 내 배가 울렸다. 점심을 안 먹고 움직여서 그런지 이 타이밍에 배고픔이 엄습했다.

오오, 뭔가 의식하니 맹렬하게 배가 고프다…….

"아하하, 좋은 소리네. 그럼 우리도 식사할까? 뭐 먹고 싶어?"

"난 오늘의 정식으로! 계속 커틀릿 먹고 싶었어."

"나오, 안타깝지만, 오늘의 정식은 매진돼 버렸어……."

사모님의 말에 유타리 선배는 소리도 내지 못할 정도로 충격을 받고 말았다. 확실히 맛있어 보이긴 했지, 커틀릿…….

노릇노릇하게 튀겨진 카츠에 토마토소스와 레몬이 올라

가고, 그와 함께 풍성한 채소까지 곁들이면 더할 나위 없겠지.

"미스마이 군은 뭐로 할래?"

"아, 음…… 저는…….'

받은 메뉴판을 보자 한 가지 요리가 내 눈에 들어왔다.

"그럼 오므라이스로 부탁합니다."

"알았어. 조금만 기다려줘."

쇼이치 선배가 면접에서 말했다고 하는 오므라이스. 좀 궁금하긴 했다. 런치 때도 맛있어 보인다고 생각했기 때문에 먹을 수 있다는 사실이 순순히 기뻤다.

맛있다면 나나미와 함께 이곳에 먹으러 와도 좋을 것 같다.

다만 아르바이트 하는 곳에 여자친구를 데려온다는 건 좀 그런가? 그런 건 매너 위반이라거나, 뭐 그런 게 있나? 다음에 물어볼까…….

"그러고 보니까 말이야, 마이는 시베의 후배지? 둘이 어떤 관계야? 마이도 혹시 농구 해?"

직원 식사를 기다리는 사이, 유타리 선배가 의자에 앉아 스마트폰을 만지작거리며 나에게 말을 걸어왔다. 좀 더 정확히 말하면 스마트폰이 아니라 나에게 눈을 돌리고 있었기에 스마트폰은 그냥 들고 있다는 느낌이다.

시베…… 시베츠 선배를 그렇게 부르는 사람은 처음 본

것 같다. 선배는 그렇게 불리는 것에 대해 어떻게 생각하고 있을까. 의외로 신경 안 쓸 가능성이 더 높을까.

그나저나 나와 쇼이치 선배의 관계라……. 친구라는 건 알고 물어보는 거겠지. 그렇다면 그 외의 것을 듣고 싶어서 물어보는 걸까.

근데 이걸 대체 어떻게 설명하지? 나는 잠시 고민하다가 결국 가장 무난하게 애매한 대답을 하기로 했다.

"아니요. 농구부는 아니에요. 그…… 사소한 일로 알게 됐거든요."

"아, 그렇구나~. 시베는 남을 잘 챙겨주거든. 의외로 맹한 캐릭터인데 후배들이 잘 따르고 있는 것 같고~."

여기서 '여친을 걸고 승부해서 비겁한 수로 이겼습니다'라고 말하기는 어려웠다. 애초에 왜 그런 일이 벌어졌느냐고 묻는다면 설명할 자신이 없었다.

"유타리 선배는……."

"뿌우, 그 호칭은 하나도 안 귀여운데~ 나오나오 아니면 나오짱이라고 불러줘~."

"죄송합니다, 여자친구가 있어서 여자친구 외의 다른 여자는 이름으로 부를 수 없어요."

"아, 알바하는 이유가 여친을 위해서라고 했나? 데이트 자금을 위해서라니, 보기 좋네. 음…… 그럼 유우짱이라고 불러도 되는데~?"

그것은 타협점이 될 수 있는 걸까? 확실히 성의 일부분이긴 하지만……. 난 나나미조차 이름 뒤에 '짱'을 붙여 부른 적은 한 번밖에 없는데.

분명 한 번…… 있었을 거다.

유타리 선배는 묘하게 기대가 담긴 눈을 나에게 향하고 있었다.

어쩌지…… 하고 나는 망설였다. 하지만 아르바이트 장소에서 이런 요청을 거절하면 앞으로의 인간관계에 문제가 생길 것 같다는 느낌도 들었다.

선후배의 상하관계라고 엄격히 말할 정도는 아니지만, 역시 완강히 거절하면 분위기도 좋지 않겠지.

하지만 초면의 여성을 스스럼없이 부르는 것도 좀……. 뭐, 토모코 씨나 사야는 이름으로 부르지만 나나미의 가족이니까 예외겠지?

좋아. 내가 생각한 결론은…….

"유우 선배는……."

"그렇게 나오다니~. 마이는 성실남이네. 맘에 들어, 그 성실함!"

뭔가 감탄을 받고 말았지만, 나의 타협점은 이것이 한계였다. 역시 여자친구 이외의 여성 이름에 '짱'을 붙여서 부를 순 없었기에, 성씨를 줄이고 거기에 선배를 더해 부르는 것으로 허락을 받았다.

유타리 선배…… 유우 선배의 반응을 보는 한 아무래도 문제는 없어 보였다. 이제부터는 유우 선배라고 부르자.

"유우 선배는 쇼이치 선배와 어떻게 알게 됐어요?"

"응? 시베랑은 소꿉친구야~. 어렸을 때부터 계속 같이 지냈어."

소꿉친구?!

나는 얼굴에 놀라움이 드러나지 않게 마음속으로만 소리를 질렀다.

소꿉친구란 존재를 가진 사람을 처음 봤을지도 모른다. 하지만 선배는 그런 말을 한마디도 하지 않았는데……. 굳이 말할 정보도 아니라서 그랬나?

"소꿉친구인데 같이 일하는 건가요? 뭔가 신기한 인연이네요."

"나랑 언니랑, 오빠랑, 시베 네 명 다 소꿉친구야~."

유우 선배는 자신과 주방에서 요리하고 있는 점장님, 함께 있는 사모님을 가리켰다.

그렇구나. 이 가게는 선배의 지인이 하는 가게……라고 들었는데, 더 정확히는 전원이 소꿉친구인 가게였다는 건가.

언니, 오빠라고 불렀다는 건…… 혹시 사모님과 자매인건가? 아까부터 뭔가 자매 같은 느낌이 나는 것도 같았다.

"아, 이건 언니 옛날 사진. 엄청 화려했어~. 봐봐, 이거~. 완전 귀엽고 야하지? 시베가 늘 언니랑 결혼한다고 말했을 정도야~."

뭔가 은근슬쩍 쇼이치 선배의 과거 연애 사정이 드러나는 발언을 들은 느낌이다. 혹시 선배가 나나미한테 고백했던 건 그런 경험도 원인 중 하나였을까.

다음에 기회가 되면 물어봐야겠다.

"참고로 유우 선배는…… 고등학생인가요?"

"어? 그렇게 젊어 보여~? 난 대학생이야~. 팔팔한 여자 대학생이라고 할 수 있지~."

선배는 기분 좋은 얼굴로 브이자를 그려 보였다. 대학생이었구나. 그렇다는 건 쇼이치 선배가 제일 연하인 건가.

뭔가 선배가 막내 포지션이라는 게 어색하게 느껴지기도 했다.

그 후에도 유우 선배는 나에게 여러 가지 화제를 던져 주었다. 학교에서의 쇼이치 선배는 어떤지, 내 여자친구……나나미의 일이라든지.

말을 잘하는 사람은 듣는 것도 잘하는 걸까. 나는 직접 나서서 유창하게 말을 하지는 못하지만, 선배와의 대화는 비교적 부드럽게 이어지는 느낌이었다.

……이것도 나나미와의 경험 덕분이라고 생각하긴 하지만.

"자, 기다렸지~. 미스마이 군의 오므라이스와 나오의 나폴리탄이야. 그리고 이거. 첫날부터 수고했으니 디저트도 서비스."

그렇게 잡담을 나누고 있는데 점장님과 사모님이 음식을 가져다주었다. 좋은 냄새와 따뜻한 김이 피어오르는 것만 봐도 무척 먹음직스러워 보이는 오므라이스였다.

디저트는 무려 푸딩이었다. 심지어 직접 만든 것인지 시판보다 더 진한 색을 띠고 있다. 쪄서 만든 푸딩인가?

우와, 뭔가 푸딩은 오랜만에 먹는 것 같은데. 평소에 잘 안 먹지만 이렇게 양식당에서 나오면 은근 기쁘단 말이지.

나나미에게도 보여주고 싶다. 사진 찍어둘까……? 그렇게 생각했는데 생각해보니 스마트폰은 로커에 넣어두고 왔었다.

기껏 완성된 요리를 앞에 두고 스마트폰을 가지러 가는 것도 왠지 실례인 것 같고…… 사진은 다음에 찍을까. 아, 유우 선배는 바로 찍고 있다……. 손이 빠르네.

"아, 마이도 사진 찍어줄게~. 자, 포즈 해봐~."

"예?"

나는 순간 브이자를 내보였고, 유우 선배는 스마트폰으로 사진을 한 장 찍어주었다. 갑자기 찍은 거라, 혹시 이상한 얼굴을 하지는 않았겠지?

나중에 사진을 보내준다고 말한 유우 선배는 잘 먹겠습니다. 인사하고 부탁했던 철판 나폴리탄을 먹기 시작했다. 생각지도 못한 곳에서 나나미에게 보여주고 싶은 사진을 찍을 수 있었다.

식기 전에 나도 먹어야겠다.

"잘 먹겠습니다."

나는 손을 한번 모아 인사하고 눈앞의 오므라이스를 향해 나이프를 가져갔다.

위에 올려진 달걀에 나이프를 집어넣자 달걀이 와르르 좌우로 갈라지며 아래의 라이스를 감싸주었다. 부드러운 오믈렛 타입 오므라이스…… 이런 건 처음 먹어본다.

이건 외관부터가 두근거리네. 그런 생각을 하며 나이프에서 숟가락으로 바꿔 든 나는 오므라이스를 퍼 올렸다.

촉촉한 반숙 상태의 달걀 아래엔 버터라이스. 그리고 소스는 단순한 케첩이 아니라 토마토소스 같았다. 빨간색과 노란색, 흰색이 선명한 색감을 그리고 있다.

숟가락 위에 담긴 한 덩이를 나는 그대로 입으로 집어넣었다. 달걀의 달콤함과 토마토소스의 새콤함이 입안에 퍼졌다. 자칫 느끼할 수 있는 달걀의 맛을 새콤함이 꽉 잡아주었다.

이로 몇 번 씹자 달콤한 달걀향과 말랑말랑한 버터향이 코를 스쳐 지나갔다. 그리고 조금 뒤 허브가 들어간 토마토소스의 향이 느껴졌다.

식자재의 맛이 입안에서 서로 섞여 나갔다. 저마다 절묘한 균형으로 서로의 맛을 해치지 않고 펼쳐졌다.

이건…….

"맛있어……."

나도 모르게 말이 흘러나왔다.

배고픈 배에 이 맛은 눈물이 날 정도로 맛있었다. 첫 노동 후라 그런지 감동도 한층 더했다. 무한정 먹을 수 있을 것 같기도 했다. 숟가락이 멈추질 않는다.

"오빠, 베이컨 바꿨어? 평소보다 향이 강한 베이컨이네."

"바로 알았네. 좋은 녀석이 들어와서 써봤거든. 어때?"

"응. 완전 맛있어~. 이 베이컨이라면 심플하게 시금치랑 볶아도 맛있을 것 같아. 아, 다음엔 시금치랑 베이컨 그라탕을 먹고 싶어!"

유우 선배도 나폴리탄을 맛있게 먹고 있었다. 무척 행복한 얼굴이다.

맛에 대한 여러 감상을 전하자 점장님 내외도 미소로 화답해 주셨다. 정말 다들 사이가 좋구나…….

역시 이 가게에는 나나미와 함께 먹으러 오고 싶었다. 정말 맛있고 분위기도 좋다. 데이트 때 같이 오면 좋아해 주려나…….

……나나미는 지금 뭘 하고 있을까. 물론 아르바이트하고 있겠지만. 어떤 느낌일까 궁금하다.

역시 그쪽 아르바이트도 힘들까? 조금 전까지 나 역시 진땀을 흘리며 일한 탓에 나나미도 마찬가지로 고생하고

59

있는 게 아닐까 무심코 생각하게 된다.

왠지 떨어져 있어서 그런지 나나미 생각만 하게 되네. 쓸쓸함과는 조금 다른, 뭔가 이상한 감각이다.

항상 같이 있다가 갑자기 떨어져서 그런가?

생글생글 웃으며 나폴리탄을 먹는 유우 선배…… 아직 첫날이긴 하지만 선배와도 잘 지낼 수 있을 것 같다.

오히려 내가 발목을 잡지 않도록 더 노력해야지.

"응? 마이, 왜 그래? 아, 이 나폴리탄도 먹어볼래? 고등학생은 한창 식욕이 왕성할 때니까 말이지. 자, 아 해봐."

"미스마이 군 부족했어? 사양하지 않고 말해 주면……."

정신을 차려보니 내 눈앞에 나폴리탄이 내밀어져 있었다. 아, 멍하니 보고 있어서 먹고 싶은 거라고 오해했구나. 아니, 그럴 생각은 없었는데.

그건 그렇고 너무 담백하게 먹여주려고 하네, 유타리 선배. 이 사람 역시 거리감이 너무 이상하지 않나? 그 점은 좀…… 내가 조심해야 할 것 같다.

"죄송합니다, 여자친구가 있어서 이런 건 사양할게요."

미안하다는 생각은 들었지만, 역시 여기서 내민 포크에 입을 가져갈 수는 없었다. 사과하면서도 확실하게 거부 의사를 나타냈다.

기분 나쁘게 했다면 사과하려고 했는데, 선배와 다른 사람들은 뭔가 감탄한 듯 멍한 얼굴을 하고 있었다.

"오오, No라고 할 수 있는 고등학생이다⋯⋯!"

"여자친구 있다고 거절하는 애, 오랜만에 봤어⋯⋯."

어, 드문 일인가⋯⋯? 이게 보통 아니야?

여자친구가 있으니 여자를 대하는 방식에 일정한 거리나 선을 그어야 한다고 생각하는데, 아무래도 그런 건 드문 부류인 것 같다.

"미안해, 미스마이 군. 동생이 아무한테나 거리감이 좀 가까워서⋯⋯."

아, 역시 여동생이었구나. 사모님은 유우 선배의 머리를 가볍게 툭 때리더니 난처한 얼굴로 미간을 좁혔다.

맞은 선배는 딱히 대수롭지 않다는 얼굴로 혀를 쏙 내밀며 주눅 든 기색도 없이 밝게 웃었다.

"에엥, 다 같이 사이좋게 지내는 편이 좋잖아. 러브러브 앤드 피스라는 말도 있고."

"너는 거리감이 이상해. 그것 때문에 문제가 생긴 적도 있었잖아."

"뿌우~! 언니도 엄청 화려했던 시절이 있었으면서~! 피부도 완전 태우고 오빠랑⋯⋯."

사모님이 선배의 입을 틀어막았고, 선배가 거기에 저항한다. 그 모습을 점장님은 생글생글 웃는 얼굴로 식사하면서 바라보고 있다⋯⋯.

기분 좋게 투닥투닥하는 모습을 나도 조금은 흐뭇한 마

음으로 바라보았다.

그런 두 사람을 내버려 두고 점장님이 나를 돌아보았다.

"정말로, 오늘 덕분에 살았어. 요리는 입맛에 좀 맞아?"

"정말 맛있어요. 이렇게 맛있는 오므라이스는 처음 먹어 본 것 같아요."

"그거 기쁘네. 하지만 처음이라고 말해도 돼? 여친 요리 가 더 맛있지 않나?"

"아~, 아뇨. 여친이 만든 오므라이스를 먹어본 적이 없 어서 그런 것뿐이에요."

점장님은 그렇다면 이해가 간다는 듯 어깨를 으쓱이며 웃었다. 다음에 나나미랑 같이 오므라이스를 만들어볼까? 점장님께 만드는 법을 배워보고 싶은 마음도 들었다.

"그러고 보니 미스마이 군의 여자친구는 어떤 사람이야?"

"음…… 굉장히 귀여운 사람이에요."

어떤 사람이냐고 물어보는 말에 나는 어떻게 설명해야 할 지 난감했다. 귀엽고, 상냥하고, 함께 있으면 즐겁고……. 여러 가지 칭찬의 말은 떠오르지만, 남에게 어떻게 설명해 야 할지 생각하면 좀 망설여졌다.

갸루입니다, 라고 설명해도 될지 어떨지도 모르겠고…….

다만 점장님의 그 말에 투닥투닥 기분 좋게 싸우고 있던 두 사람이 갑자기 내 쪽으로 이동해오는 것이 보였다.

척척 맞는 호흡으로 내게 다가온 두 사람은 똑같은 타이밍으로 입을 열었다.

"어떤 사람인지 보고 싶어!"

동시에 들려온 목소리가 신비로운 이중주처럼 내 귀에 닿았다. 설마 보고 싶다고 할 줄은 몰랐는데.

첫날이지만 다들 상당히 거리낌 없이 다가오네……. 이 것이 인싸들의 평범함인 걸까. 선배에게도 이런 부분이 있 긴 했지.

지금은 스마트폰이 없어서 보여줄 수 없는데……는 변 명으로 쓰기 어렵겠지. 스마트폰은 그저 가져오면 그만이 니까.

일단 나는 체념하고 폰을 가지러 로커로 갔다. 로커에 넣어둔 스마트폰을 켜니 나나미에게 연락이 와 있었다.

아르바이트 중에는 연락이 어렵다고 하지 않았나……?

그렇게 나나미에게서 온 메시지를 무심코 열었다가 나 도 모르게 이상한 소리를 내버렸다. 정말, 완전히 예상 밖 의 메시지였다.

"흡?!"

거기에는 나나미의 사진이 전송되어 있었다.

라운드걸 의상을 입은 나나미의 사진이.

"이, 이게 뭐야? 백그라운드의 보조 업무라고 하지 않았나……? 왜 이런 걸 입고 있지?! 게다가 사진까지……?!"

사진에 찍힌 것은 나나미뿐만이 아니었다. 같은 의상을 입은 오토후케 씨와 카모에나이 씨도 있다. 뭔가 홍보용 사진처럼 셋이 함께 포즈를 취하고 있다.

아니, 보니까 나나미는 오토후케 씨한테 달라붙어 있을 뿐이다. 두 사람은 완전 신나 보이지만…….

나는 다시 한번 나나미의 모습에 시선을 떨어뜨렸다.

아니…… 나나미, 잘도 이런 걸 입었구나…….

상의는 수영복보다 천 면적은 크지만, 가슴골과 어깨가 대담하게 드러나 있었다. 가슴골 부근에는 엑스자를 그리듯 끈이 교차하고 있다.

아래는 반바지다. 배 주위는 대담하게 노출했고, 심지어 반바지 위로도 끈이 나와 있었다. 보여주는 속옷인가? 끈이 상당한 각도로 올라가 있다.

그렇다 치더라도 허벅지가 다 보일 정도로 짧았고, 수영복이라고 해도 믿을 수 있을 정도로 노출도가 높았다. 라운드걸은 이런 의상을 입고 있구나.

전체적으로 검은색 의상이지만, 각각의 의상에 달린 라인이나 색깔이 달랐다. 나나미는 파랑, 오토후케 씨는 빨강, 카모에나이 씨는 오렌지…….

그리고 무엇보다도 허리 부근, 배꼽 옆에 하트 모양의 문신 같은 것이 달려 있었다. 수영복 때는 없었으니까 아마 스티커일 것이다.

그 하트 색깔도 각각 다르게 해서 의상 색깔과 어울리게 맞춘 것 같았다. 타투 스티커 같은 거겠지.

나는 그대로 나나미의 모습에서 시선을 떼고 하늘을 올려다보았다.

"나나미, 완전히 플래그였네……."

나나미가 자기는 보조니까 의상을 입을 일은 없다고 말한 게 플래그였던 것 같다.

아니, 물론 현실적인 문제는 다르겠지만, 그래도 그런 생각이 자꾸만 들었다. 그 말로 나나미가 입을 미래가 정해진 기분이었다.

……이거 괜찮을까? 억지로 입은 건 아니겠지?

억지로 입었다면 두 사람을 용서하지 못할 것 같다. 그러니까 어느 정도는 나나미도 이해하고 입고 있는 거겠지. 그렇다 해도 섹시함이 도가 지나치다.

"아, 이런. 다들 기다리고 있을 텐데……."

뒤늦게 정신을 차린 나는 그대로 스마트폰을 들고 사람들이 있는 곳으로 돌아갔다. 조금 서둘러 돌아가며 기다리게 했다고 말하는 나에게 세 사람은 무슨 일이 있었느냐며 물어보았다.

"잠깐 여친에게 연락이 와서요."

"그래? 연락에 답장 안 해도 괜찮아? 우리는 신경 안 써도 돼."

그러고 보니 사진의 임팩트가 너무 강해서 정작 중요한 연락 내용은 보지 못했다. 이런 사진을 보내온 이유 같은 것이 적혀있을 수도 있다.

……설마 도움을 요청했다든가? 만약 그런 거라면 전속력으로 달려가야지. 간다고 해도 뭘 할 수 있을지는 모르겠지만…….

아니, 이런 사진을 보냈으니 그런 것도 아닌가……? 애초에 나나미가 싫어하는 것을 그 두 사람이 할 리도 없고…… 없겠지?

의문이 꼬리에 꼬리를 물었지만, 나는 굳게 마음을 먹고 나나미에게서 온 메시지를 확인했다. 조마조마한 마음으로 사진을 내려 문자를 본다.

『요신에게. 아르바이트는 열심히 하고 있나요? 저는 열심히 하고 있습니다. 열심히 할 수밖에 없는 상황이 되어버렸습니다. 여자애 중 하나가 빠지는 바람에 나도 의상을 입게 됐어. 근데 의상은 입은 사람만 받을 수 있다고 하니까, 기대하고 있을 요신을 위해서라도 열심히 입고 있을게! 일단 사진 먼저 보내. 돌아가면…… 기대해줘!』

……왠지 모르게 자포자기의 심정이 담긴 메시지가 전송되어 있었다. 아니, 아마도 자포자기 상태인 거겠지, 이거.

그 메시지를 본 나는 머리를 감싸고 말았다. 사람은 후

반에 하는 말이 진짜 본심이라는 말을 들은 적이 있다.

적당한 말로 원 쿠션을 둔 다음 마지막으로 본심을 말하는 것이다.

즉, 이 메시지의 후반 쪽이 나나미의 본심. 그것이 의미하는 것은…….

이거, 나 때문 아니야?!

아니, 이걸 내 탓이라고 하는 게 맞는지는 모르겠지만. 적어도 나나미는 나를 위해 최선을 다해 의상을 입은 것이다. 기합이 너무 들어갔잖아.

이래저래 당황하고 있는데 사진이 한 장 더 전송되었다.

……가슴 아래에서 양손을 꼬고, 가슴을 꽉 모은 채 윙크하고 있다. 하지만 식은땀이 조금 나는 걸 보면 무리하고 있는 거 아닐까?

자세히 보면 윙크하는 눈도 경직되어 있고.

응. 감사합니…… 아니, 아니야. 왜 감사하는 거야, 난. 물론 그렇게 말하고 싶어지긴 하지만.

젠장, 지금 사진으로 앞으로의 일을 기대하고 있는 나 자신에게 미약한 자기혐오를 느꼈다. 건전한 고등학생이니 그 정도는 봐줬으면 좋겠지만.

"무, 무슨 일이야, 미스마이 군……?"

갑자기 머리를 감싸는 나를 세 사람이 걱정스럽게 바라보았다. 맞다, 지금은 아직 아르바이트 하는 곳이었지. 걱정을 끼쳐버렸네.

"음, 아무래도 아르바이트 장소에서 결원이 발생해서, 여친이 예정 밖의 일을 하게 된 것 같아요. 걱정을 끼쳐서 죄송합니다……."

"아~ 그런 경우도 있지. 힘들겠네."

"네, 그래서 알바 중인 여친 사진이 와 있어서 깜짝 놀랐어요."

"오? 나도 보고 싶어~. 유니폼은 대체로 귀엽잖아? 오빠, 우리도 귀여운 유니폼 만들자~. 메이드복 같은 걸로. 마이 여친 알바 장소는 어디야?"

귀여운 유니폼?

이 의상은…… 귀여운 유니폼이라고 해도 되는 것일까?

아니, 확실히 귀여울지도 모른다. 여자들은 이런 노출도 높은 의상조차 귀엽다고 말하는 이미지가 내 안에는 있었다. 편견일지도 모르지만.

하지만 나나미도 오토후케 씨네도 비교적 노출도가 높은 의상을 귀엽다고 말할 때가 있으니까 완전히 틀린 말은 아닌 것 같다.

"어떤 거야, 어떤 거~?"

내가 생각에 잠겨 있는데, 유우 선배가 깡충깡충 뛰듯이 내 뒤로 돌아와서는 스마트폰을 들여다보았다.

우연히, 정말 우연히도 나는 나나미의 사진을 화면에 표시해 두고 있었기 때문에 딱 보이고 말았다. 다만 뭐, 선배도 갸루니까 그렇게까지 신경은 안 쓰려나.

아니, 오히려 선배는 나나미의 모습을 보고 더 들떠서 흥분하지 않을까. 이런 것도 좋다고 하면서.

하지만 선배에게서는…… 아무런 말도 나오지 않았다.

침묵이다. 그 모습에 나는 고개를 갸우뚱했지만, 점장님 내외는 쓴웃음을 짓고 있다. 마치 늘 있는 일이라는 듯이.

선배는 조용히, 아주 조용히 내게서 한 발자국 떨어지더니, 마침 그곳에 있던 의자에 털썩 주저앉아 버린다.

자세히 보니 새빨개진 얼굴로 내 쪽을 바라보고 있었다.

"이, 이건 유니폼으로는…… 좀 안 맞겠다……. 그보다 마이 여친…… 엄청나게…… 그…….."

머뭇거리면서 말을 고르는가 싶더니, 한참 뒤에 입을 열었다.

"……야하네."

……골라서 나온 말이 그건가요, 선배.

하지만 그런 식으로 얼굴을 붉힌 선배의 모습이 아주 조금 나나미와 겹쳐 보였다.

"그럼 수고하셨습니다."

"미스마이 군, 수고했어. 내일도 잘 부탁해."

"마이, 수고했어~. 또 봐."

아르바이트를 마친 나는 나나미의 아르바이트 장소로 가고 있었다. 오늘 나나미는 늦은 밤까지 아르바이트하기에 만나지 못할 것이라고 말했고, 나도 그럴 생각이었다.

하지만 안 되겠다. 보고 싶어졌다는 이유도 있지만, 그 의상을 입고 있다는 것이 가장 큰 이유였다.

나나미한테 가지 않으면 경기장에 있는 선수들한테 헌팅을 당하지 않을까. 그런 걱정이 내 안에서 고개를 내민 것이다.

그래서 이렇게…… 나답지는 않지만, 견제라고 할까, 나나미의 남자친구라는 것을 어필하기 위해 가려는 것이다. 남자친구까지 있는데 손을 대려고 하지는 않을 테니까.

아르바이트하는 사람들도 스캔들과 관련해서는 지켜야 하는 선이 있겠지만. 응, 그래도 걱정되니까 만나러 가야겠다.

첫 아르바이트가 끝난 상태임에도 나나미를 만나러 가는 길이라 그런지 조금의 피로도 느껴지지 않았다. 오히려 당장이라도 달려갈 수 있을 정도의 기분이었다.

뭐지, 첫 아르바이트라서 반대로 기분이 고양된 걸까?

전철로 이동하는 동안 나는 스마트폰 안의 사진을 몇 개 확인했다. 나랑 가게 사람들 사진이다. 좋은 기회라며 사진을 찍어준 것이다.

넷이서 찍은 사진과 셋이서 찍은 사진 등 이것저것. 그다지 큰 가게는 아니지만, 낮에는 기본적으로 4명, 저녁 영업에서는 여기서 더 인원이 늘어난다고 한다.

나는 저녁 시간대는 알바를 넣지 않았기에 만나지 못한 사람도 있을 것이다. 낯을 가리는 성격 탓인지 그 부분이 조금 다행스럽게 느껴졌다.

그래도 점장님이나 다른 분들도 다 좋은 사람들이었으니, 아마 저녁 영업 때 일하는 사람들도 좋은 사람들일 것이다.

참고로 유우 선배는 그대로 저녁 영업도 한다고 했다. 자칭 밤에도 인기 있는 간판 직원이라고. 하루 종일 아르바이트…… 고생이 많다. 일을 한다는 건 정말 힘든 거구나.

찍은 사진을 보고 나는 미소를 지었다. 사진은 나나미한테 보여줘도 된다고 했고, 다음에 서비스 줄 테니까 나나미와 함께 먹으러 오라는 말까지 들었다.

무척 감사한 제의라 꼭 그러겠노라 대답하긴 했지만, 왠지 모르게 아르바이트 하는 곳에 여자친구와 간다는 것은 민망한 느낌이었다.

아니, 아르바이트 중에 오는 것보다는 낫겠지……? 아르바이트 때라면 일하는 모습을 보이는 거니까 왠지 더 부끄럽다.

거기까지 생각하다가 문득 떠올랐다. 그래, 그건 나나미도 마찬가지 아닐까?

사실 『아르바이트 끝났으니까, 잠깐 들러도 될까?』라고 메시지를 보냈는데, 아직 읽지 않았다.

이건…… 혹시 싫어하는 게 아닐까? 나나미도 의외로 수줍음이 많고, 그런 차림을 한 자신의 일하는 모습을 나에게 보이고 싶지 않은 것은 아닐까.

어쩌지, 알바가 끝나서 기분은 고양됐지만, 머리는 제대로 돌아가지 않았나 보다.

내가 추가로 메시지를 보내려고 화면에 시선을 떨어뜨린 순간, 메시지에 읽음 마크가 붙었다.

……메시지가 읽힌 순간 심장이 철렁 내려앉고 몸이 떨려왔다. 메시지에 삭제 기능도 있었던가? 그쪽을 쓸 걸 그랬네…….

읽은 뒤에도 한동안 나나미에게서 대답은 없었고, 나는 스마트폰을 조작하던 손을 멈추고 화면을 바라보았다.

삐익, 하는 이명과도 비슷한 소리가 내 안에 울려 퍼졌고, 이어서 심장 소리, 전철 안의 소리가 귀에 들려왔다. 긴장감 때문인지 목이 탔다.

아마 시간으로 따지면 몇 초 정도였겠지만, 나나미에게서 답장이 오기까지의 시간이 무척 길게 느껴졌다.

그리고 그녀에게서 답장이 왔다.

『어, 올 수 있어?! 와줘, 와줘! 잠깐이라면 만날 수 있을 테니까, 뒷문으로 불러주면 마중 나갈게!』

그 메시지를 보고 나는 안도하며 가슴을 쓸어내렸다. 오지 말라고 했다면 아마 당장에 서운함을 느꼈을 것이다.

하지만 신경은 쓰였기 때문에 만일을 위해서 나는 나나미에게 확인했다.

『괜찮아? 일하는 모습을 보이기 싫다든가, 그런 건 없어?』

『그건 좀 부끄럽지만, 내가 안에서 일하는 모습은 볼 수 없잖아. 만나는 정도라면 아무렇지도 않아.』

그렇구나, 하긴 그렇지. 의상을 입은 나나미가 하는 일은 라운드걸이니까, 시합 사이에 링을 도는 일이지. 그건 확실히 못 보겠네.

아아, 다행이다. 이대로 나나미를 만날 수 있다는 생각에 아까까지의 불안감이 거짓말처럼 사라지고 마음이 가벼워졌다.

그러자 그 타이밍에 다시 사진이 전송되었다.

거기에는 어떻게 했는지는 몰라도, 『기다릴게♡』라는 글씨를 들고 의자에 앉은 라운드걸 차림의 나나미 사진이 있었다.

노출된 긴 다리를 꼬고 앉아 키스를 날리는 포즈를 취하고 있다. 에어컨 때문인 건지 겉옷을 걸치고 있어서 노출도는 떨어졌지만, 그것이 오히려 멋있게 보였다.

순수하게 나나미를 만나고 싶어서일까, 아니면 이 의상을 입은 나나미라서 만나고 싶다고 생각하는 걸까…… 아니, 전자다 전자. 순수하게 만날 수 있기 때문에 기쁜 것이다.

일단 전철에서 내린 나는 경기장을 목표로 달렸다. 경기장……이 아니라 뭐라고 해야 하지? 체육관도 아니고…… 시설? 회관?

음, 뭐라고 해도 상관없나.

장소는 꽤 넓은…… 대형 시설이다. 여기, 본 적이 있다. 분명 학교의 한 동아리가 여기서 무슨 대회에 참가한다면서 게시물이 붙어 있었던 것 같은데…….

전혀 관심이 없어서 기억은 안 나지만. 확실히 농구부는 아니었다.

『도착했어.』

『오케이~! 뒷문으로 와줘~. 마중 나갈게~.』

그녀의 말에 이끌리듯 나는 정면에서 뒤쪽으로 돌아갔다. 거기에는 경비원이 서 있어서 그 이상 가는 것은 어려울 것 같아 그 자리에 멈춰 섰다.

뒷문은 경비원이 상주하는 곳 바로 옆에 자동문이 있었고, 카드키를 찍는 곳도 보였다. 그리고 자동문 너머로 문이 하나 더 있었다.

이중 시큐리티라는 걸까. 문 너머에 또 문이 있는 것은 학교에서는 좀처럼 볼 수 없는 광경이라 신선했다.

그리고 자동문 너머의 문이 천천히 열렸다.

그리고 나는 말을 잃었다.

아니, 정말로 굉장하다.

굉장하다는 말 외엔 할 말이 없었다.

문 너머로 나온 나나미는 나를 발견하자마자 기쁘게 손을 올려 붕붕 흔들었다. 상의도 걸치지 않은, 어깨나 이런저런 곳이 드러난 모습의 나나미가 말이다.

나도 살짝 손을 들어 좌우로 소심하게 흔들었다.

그 모습을 보고 나나미의 얼굴에 점점 더 화색이 돌았다.

사진으로 이미 봤는데도 실물은 박력이 다르네…….

박력이라는 말을 써도 되는 건지는 잘 모르겠지만, 박력이라는 말 외엔 표현할 말이 없었다. 의상을 입고 있는 나나미라는 존재에 압도당하는 느낌…….

자동문이 열리고 나나미가 빠르게 걸어 다가왔다.

나도 모르게 웃음이 흘러나왔다.

그 후의 행동은 예상외였다.

나나미는 그 기세 그대로 나를 안았다.

……뭐야, 무슨 일이야?!

"보러 와줘서 고마워~!"

그래서 끌어안은 거야? 아, 뭔가 경비원이 힐끔힐끔 이쪽을 보고 있다. 죄송합니다, 이런 곳에서.

나도 남의 시선이 있어서 그나마 냉정을 유지하고 있는

것이지, 아마 아무도 없었다면 크게 당황했을 것이다.

마주 안아도 되는 걸까, 어떻게 하지……. 고민하는 사이에 손이 허공에 애매하게 떠 있는 상태가 되고 말았다.

뭐랄까, 얇은 옷차림이라 그런지 나나미의 피부 감촉이나 체온 같은 것이 굉장히 강하게 느껴졌다.

그리고 안고 나서 깨달았는데, 이 의상…… 등이 완전히 훤히 드러나 있다. 자칫 뒤에서 보면 거의 다 벗은 것처럼 보이지 않을까……? 이 상태에서 마주 끌어안는다면 확실히 내 손은 나나미 피부에 닿을 것이다.

한참을 고민하던 나는 결국 손바닥이 나나미의 살갗에 닿지 않도록 주의하며 가볍게 끌어안았다.

그것을 기다린 것일까, 나나미는 내가 마주 껴안자마자 잠시 내게서 떨어지더니 고개를 기울이며 미소를 지어주었다.

"여기선 좀 그러니까 안으로 들어가자."

"어, 들어가도 돼?"

"응. 오히려 남친이 온다고 하니까 애들이 데려오라고 그랬어."

애들이라니, 아르바이트 동료를 말하는 건가?

내가 당황하고 있자 나나미는 그대로 내 손을 끌고 안으로 들어갔다.

안쪽은 학교의 복도가 조금 더 어두워진 느낌이라 묘하

게 무기질적인 인상이었고, 드문드문 스태프들의 모습이 보였다.

그 스태프분들도 손을 잡고 걷는 나와 나나미를 힐끔거리고 있다.

……그렇게 눈에 띄나? 아니, 나나미가 눈에 띄는 거겠지.

"그건 그렇고 깜짝 놀랐어. 갑자기 그런 옷을 입고 있어서."

"많이 놀랐지? 나도 깜짝 놀랐어. 갑자기 결원이 생겨서 들어가달라는 부탁을 받았거든……. 결국엔 의상과 아르바이트비 때문에 받고 말았지만."

나나미는 혀를 쏙 내밀고는 아주 조금 즐거운 표정을 짓고 있었다. 뺨을 살짝 물들이고 있는 것을 보아 아직 부끄러움은 남아있는 것 같았다.

그야 이렇게 대담한 의상이라면 당연히 부끄럽겠지…….

아, 맞다. 중요한 말을 깜빡했네.

"나나미."

"응? 왜?"

"귀여워. 의상 잘 어울려."

내 말을 듣고 나나미는 눈을 깜빡이며 말을 잇지 못했다. 그리고 서서히 그 표정이 미소로 바뀌더니, 눈을 내리깔고 얼굴을 붉힌다.

시시각각 표정이 바뀌어서 보고 있으면 질리지 않는다.

"……갑자기 뭐야. 기쁘지만! 완전 기쁘지만!"

"아니, 이런 건 보자마자 말해야 하니까."

"으……. 뭔가 요신, 조금씩이지만 확실하게 여자한테 익숙해지는 것 같아. 장래에 플레이보이가 되는 건 아닐까……."

뭐야, 그게. 장래에 플레이보이가 된다니. 장래 이야기는 유치원이나 초등학생에게 하는 말이잖아……? 뭐, 애초에 그렇게 되지도 않겠지만.

"그렇게 말하면 나나미도 남자한테 조금씩 익숙해지고 있는 거 아냐? 그런 의상 옛날이었다면 쉽게 안 입었을 거 아냐."

"그렇지 않아~. 귀여운 의상은 몇 번을 입어도 아무렇지도 않았는걸. 그리고 그런 의상은 딱히 남자를 위해서 입는 게 아니었으니까."

그런가. 하긴 내가 입고 싶은 의상을 입는 것이 최고일 테니까. 거기에 대고 불평하는 것도 좀 그렇지. 취향이라면 어쩔 수 없다…….

하지만 역시 여자에게 귀여운 것이 남자에게는 좀 섹시한 의상이 되는 경우가 많은 느낌이다. 그 부분은 좀 걱정되는데.

"그럼 귀엽다고 말하지 않는 편이 나았을까?"

"그것도 싫어어……. 그래서 복잡한 심경이야~. 귀엽다는 말은 계속 듣고 싶은데, 요신에게는 섹시하다는 말도 듣고 싶거든."

……그래도 괜찮아? 성희롱 같은 게 되지는 않을까?

하지만 섹시하다는 말은 어쩐지 하기가 어렵네. 나나미, 섹시해. 응, 입에 담기는 좀 어렵다. 귀엽다는 말은 할 수 있는데.

"아, 하지만 착각하지 말아야 할 게 있어."

"응? 착각?"

"이 옷은 요신을 위해서 입고 있는 거야."

그리고 나나미는 씨익 하고 치아를 보이며 장난스럽게, 소악마처럼 웃어 보였다.

……응, 훌륭하게 반격당했네.

그대로 말문이 막혀버렸지만, 마침 타이밍이 딱 좋았다. 나나미가 어떤 문 앞에서 걸음을 멈추더니 그대로 문을 두드렸다.

똑똑똑.

노크는 세 번. 얼마 지나지 않아 안에서 목소리가 들려왔다. 누구의 목소리인지는 모르겠지만 여자 목소리다.

나나미는 그대로 내 손을 잡아끌고 방으로 들어갔다. 방에 들어가기 직전 방문에 있는 글자가 눈에 들어왔다.

스태프 대기실

아무래도 이곳이 나나미 일행의 대기실인 듯했다. 그렇

다면 오토후케 씨 일행과 셋이 함께 있는 걸까? 그렇게 생각하고 방안을 확인하는데…….

"와와! 이 사람이 바라토 남친이야~? 뭔가 평범하네? 평범한데?"

"그래? 꽤 귀여운데? 응, 나는 좋은 것 같아. 마음에 들어. 가능하겠어."

"하지 마. 남의 남친 잡아먹는 거 아니야, 이 변태야."

놀랍게도 평소의 세 명 이외에도 여성들이 더 있었다. 모두 다른 색의 같은 의상을 입고 있고…… 저마다가 나를 마치 음미하는 듯한 시선을 보내온다.

시선을 다른 쪽으로 돌리자 오토후케 씨와 카모에나이 씨가 살짝 어색하게 앉아 있었다. 남자는…… 아, 있다. 소이치로 씨와 모르는 미남이 한 명.

그렇게 넓은 대기실도 아닌데 이렇게 많은 인원이 있으면 좁지 않을까? 우선은 소이치로 씨에게 인사해 두자.

"소이치로 씨, 오랜만이에요. 바쁘신데 방해해서 죄송합니다."

"아냐, 아냐, 잘 와줬어! 오랜만이야 요우, 수영장 때 이후로 처음이지? 나나랑 알콩달콩하게 잘 보내고 있어?"

"네, 나나미에겐 확실하게 좋아한다고 전했고, 여름 방학에도 많은 추억을 만들 예정이에요."

"오우……. 놀릴 생각이었는데 자연스럽게 그런 말이 술

술 나오는구나. 나도 본받는 편이 좋을까……?"

놀렸던 거구나. 나나미의 오빠나 다름없는 입장이니 틀림없이 걱정해서 물어보는 거라 생각했다. 진지하게 대답한 스스로가 살짝 민망해졌다.

소이치로 씨는 시합하는 날이라고 들었는데 조금 텐션이 높아 보인다. 여전히 좋은 근육을 가지고 있다. 벗기 쉽게 입은 것인지 셔츠 한 장에 아래는 반바지 차림이다.

그 옆에는…… 역시나 또 한 명의 잘생긴 격투가가 있었다. 얼굴에는 상처가 있고 금발인데, 묘하게 그 상처가 잘 어울리는 얼굴이었다. 하지만 거리에서 만나면 난 확실히 도망칠 것 같은 타입의 사람이다.

소이치로 씨는 비교적 부드러운 얼굴이라 괜찮았지만, 이쪽 사람은 보면 살짝 위축되는 느낌이다. 뭔가 날 노려보고 있고. 기분 탓……은 아니네, 이거.

일단 안녕하세요, 하고 인사했더니 평범하게 안녕하세요, 하고 인사를 되돌려주었다.

의외로 좋은 사람인가?

"이렇게 야한 여자들의 관심을 한 몸에 받는 와중에 느닷없이 소우 군에게 인사하다니……. 재미있는 남자야…… 가능하겠어……."

"아니, 아는 사람한테 먼저 인사하는 게 보통이잖아. 왜 갑자기 이리로 올 거라 생각하는데."

뭔가 이상한 방향에서 내 화제가 나오고 있었다. 그쪽 여성분들에게도 인사를 드려야겠다. 응, 인사는 중요하지. 그렇게 생각했는데…….

"자, 다들 가볼까~. 다음엔 우리 4명이 나갈 차례니까 대기 장소로 가자~. 잊은 물건은 없지?"

오토후케 씨가 일어나 내가 모르는 세 사람을 끌고 갔다. 내 쪽으로 힐끔 시선을 돌리며 윙크를 해왔기 때문에 나는 미소 지으며 감사를 전했다.

"아, 다음은 우리구나. 보이러 가는 건가, 보인다는 건 기분 좋지……."

"하츠미 잠깐만, 귀여운 남자애한테 인사만 하게 해줘! ……은근슬쩍 옷 잡아당기지 말고! 알았어! 유혹 안 할게, 안 할게!"

"그래, 그래~. 소란 피워서 미안해~. 아, 바라토 남친 분은 편안하게 있다 가~."

나에게 가치를 매기는 듯한 시선을 보내던 세 여자는 그 상태 그대로 오토후케 씨에게 끌려가며 방에서 사라졌다.

마지막으로 편안히 있다 가라고 말한 사람에게 나는 가볍게 인사를 했다. 상대는 엄지손가락을 척 치켜올렸고, 다른 한 명의 여자에게 치사하다는 말을 들으며 사라져 갔다.

……으음, 다들 개성이 굉장히 뚜렷하네.

"카모에나이 씨는 안 가봐도 돼?"

"나랑 나나미 로테이션은 다음이거든~. 그러니까 미스 마이는 최고의 타이밍에 온 거지. 지금이라면 나나미랑 잔뜩 얘기할 수 있을 테니까."

"그랬구나. 그럼 확실히 타이밍은 잘 잡았네."

"근데 분명 오늘 나나미는 행사가 끝날 때까지 있어야 해서 못 만난다고 하지 않았나? 왜 일부러 온 거야~? 보고 싶어서~?"

그 질문에 나는 순간적으로 대답을 하지 못했다. 아니, 물론 보고 싶어서 온 것이기도 한데…….

그 이상으로 걱정이라는 감정이 더 컸다. 그걸 솔직하게 전하면 무겁게 느껴지거나, 나나미를 믿지 않는다고 여기진 않을까. 그런 생각도 좀 들었다.

다만 그것에 대해서는 나나미도 카모에나이 씨와 같은 의견인지, 살짝 고개를 갸우뚱한 채 내 얼굴을 들여다보고 있었다.

어떻게 설명할까……. 생각을 마친 나의 결론은 역시 생각한 것을 전부 전한다는 것이었다.

"그…… 보고 싶었다는 것도 맞는 말인데, 걱정도 돼서."

"걱정? 무슨 걱정? 돌아가는 거라면 소우 오빠가 데려다 줄 테니까 괜찮은데?"

"그쪽 걱정이 아니라, 그…… 나나미는 귀엽잖아."

"갑자기 애인 자랑이 나왔어!"

카모에나이 씨는 낄낄 웃으며 앉아 있던 의자를 빙글빙글 회전시켰다. 장난치듯 의자를 돌리는 그녀를 보며 나는 말을 이었다.

……나나미가 순식간에 얼굴이 빨개진 것 같지만, 지금은 신경 쓰지 말자.

"그런 귀여운 나나미가 이렇게 섹시함의 극치나 다름없는 의상을 입고 있는 거니까. 나는 보는 순간에 뇌가 마비됐는데, 아마 주위 사람들도 그러지 않을까 생각해."

"뇌가 마비됐구나……."

불쑥 중얼거리는 나나미의 목소리가 들려왔지만, 일단 지금은 내가 온 목적을 이어서 말하자. 이대로면 아마 대화가 진행되지 않을 것이다.

소이치로 씨도 어딘가 흥미진진한 얼굴로 나를 보고 있다. 옆에 있는 다른 사람도 나를 보고 있었다. ……노려보고 있는 것 같지만.

"내가 제일 걱정되는 건 헌팅이지. 나나미가 그걸 따라간다는 건 절대 있을 수 없는 일이라고 생각하지만, 내가 걱정하는 건……."

거기서 한번 말을 끊었다.

생각하면서, 그리고 말을 하면서 내 안의 마음을 정리해 나갔다. 미리 그런 생각을 하고 온 것은 아니다.

하지만 말로 풀어내면서 서서히 자신의 마음이 정돈되어갔다.

그래, 내가 걱정하고 있던 것, 우려하고 있던 것은 나나미가 헌팅을 당해서 따라간다거나, 헌팅에 응한다거나 그런 쪽이 아니었다.

내가 걱정했던 것은…….

"요즘은 꽤 나나미도 남자에게 익숙해진 것 같지만, 그래도 역시 헌팅 자체가 무섭지 않을까. 그렇게 생각했어."

내가 걱정했던 것은, 바로 그것이었다.

복장이 문제라고 생각할 수도 있겠지만, 이런 차림이라고 해서 헌팅당해도 되는 건 아니다.

그것이 내가 나나미에게 품었던 걱정.

"그렇다면 첫날에 내가 와서 남자친구라는 사실을 알리고 견제해 두면 어느 정도는 억제할 수 있지 않을까 생각했거든. 그래서 나도 모르게 달려왔어."

물론 그 정도로 헌팅이 제로가 되지는 않는다는 것도 알고 있다. 남자친구가 있다는 것을 알면서도 나라면 괜찮겠지, 생각하고 헌팅하는 녀석이 있을지도 모르고.

어쩌면 나에게 적의의 화살이 날아올 수도 있다. 그렇지만 나나미의 불안을 조금이라도 덜어줄 수 있다면, 여기서 내가 나선 의미는 충분히 있다고 생각한다.

그것이 내가 하고 싶었던 것이었다.

말하고 난 뒤에야 비로소 그것을 자각하다니, 나도 아직 멀었구나…….

"뭐, 그런 이유인데…… 답이 됐을까?"

"응, 평소의 미스마이라는 걸 잘 알았어. 나나미는 이미 빨갛게 익었고, 둘이 아주 불타오르네~."

카모에나이 씨가 히죽거리며 웃었고, 나나미는 나에게 딱 달라붙었다. 등에 부드러운 것이 닿고 있습니다. 냉정해져라, 나.

"고마워……."

등 뒤에서 들려온 그 작은 감사의 말 한마디로 모든 것이 보답받는 기분이었다.

그 사이에 힐끔 소이치로 씨를 바라보자, 소이치로 씨는 어째서인지 웃고 있고……. 어? 뭔가 옆 사람은 부들부들 떨고 있는데?

옆에 있는 사람이 몸을 떨더니 나를 째릿 노려보았다. 그 모습에 살짝 위축되자, 그가 대뜸 괴성을 질렀다.

"바라토, 진짜로 남친이 있었던 거냐고오오오오!"

옆에 있던 그 사람은 결국 울음을 터뜨렸다.

와아……. 연상이 저렇게 펑펑 우는 모습은 처음 봤다. 왠지 옛날에 있던 이모티콘 같은 느낌으로 땅에 두 손을 짚고 꺼이꺼이 울고 있다.

"그래서 말했잖아. 나나한테는 엄청 사이좋은 남친이 있다고."

"젠자아아아앙! 왜 내가 귀엽다고 생각한 애는 이미 다 남
친이 있는 거야아아아! 인기가 많아지고 싶어서 강해진 건
데 왜 인기가 없는 거냐고오오오오!"

목소리가 크네……. 뭔가 방 전체가 징징 울리는 것 같다.
오랜 시간 듣고 있으면 고막이 파괴될 것 같을 정도로 목
소리가 크다.

카모에나이 씨는 귀를 막으면서 의자에서 폴짝 뛰어내
렸다. 의자 소리는…… 울음소리에 지워져 전혀 들리지 않
았다.

"그럼 잠시 단둘이 있게 해줄게~. 소우 오빠 가자~."

"그럴까. 야, 계속 울어도 상관없으니까 일단 나가자."

"흑…… 히끅……. 네……."

세 사람은 그대로 나와 나나미를 남겨두고 대기실에서
나갔다.

여러 가지 의미에서 미안하다고는 생각했는데, 두 사람
이 나간 뒤에 들린 카모에나이 씨의 말에 그것조차 날아가
버렸다.

"아, 야한 짓은 안 하는 게 좋아~. 아마 카메라는 없지만,
목소리가 다 들리니까~. 어떻게든 하고 싶으면 목소리는
참아줘~."

우리들이 그 말에 무언가 대답하는 것보다도 빨리 카모

에나이 씨는 떠나버렸다. 떠날 때 문틈으로 손을 뻗어 팔랑팔랑 흔들면서.

결국 라운드걸 차림을 한 나나미와 나만 남았다.

한동안 나도 나나미도 입을 다문 채 말없이 대기실에 있는 의자에 둘이 함께 앉아 있었다. 서로 마주 보는 듯한 자세로, 마치 대치하듯 무언을 관철한다.

그 침묵을 나는 의도적으로 깼다.

"미안해, 나나미. 왠지 믿지 못하는 것처럼 돼 버려서. 걱정돼서 그랬어."

"아니, 요신의 마음은 기뻐. 굉장히 기뻐. 걱정해줘서 고마워."

그 한마디에 안도하여 가슴을 쓸어내렸다. 그런데…….

"사실 나도 요신이 걱정됐어."

"어? 내가?"

나나미는 그렇게 말하더니 스마트폰 화면에 있는 사진을 보여주었다. 그것은 내가 나나미에게 답장으로 보낸, 알바하는 곳 사람들과 함께 찍은 사진이었다.

"이 사람 엄청 미인이잖아. 옷도 평범하게 입고 있는데 묘하게 섹시하고, 설마 이런 사람이 알바 장소에 있을 줄은 생각도 못 했어."

"아, 하지만 유우 선배는 좋은 사람이었어. 알바에 익숙하지 않은 날 많이 도와줬고 생각했던 것보다 더 성실하더라."

"흐음…… 유우 선배라고 하는구나. 그렇게 의지가 되는 사람이었어?"

기분 탓인지 나나미가 조금…… 아주 조금 삐진 것 같았다. 어쩌지, 설마 사진을 보고 그런 오해를 할 줄은 몰랐다.

화가 난 건가 싶었는데 그런 것이 아니었다.

나나미는 갑자기 무언가 떠오른 듯 의자에서 일어나더니, 내 의자에 앉았다. 정확히 말하면 나와 똑바로 마주 보는 자세로 내 위에 올라탔다.

정면으로, 나의 시야에 그녀의…… 가슴이…….

"하지만, 걱정되니까…… 마킹해 버려도 돼?"

어? 어? 어어……?!"

혼란스러워하는 나에게 나나미는 요염하고 기분 좋아 보이는 미소를 지어왔다. 우리가 서로에게 마킹하게 되는 건 또 다른 이야기다.

어쩌다 이렇게 됐지? 사람들은 이 말을 평생 몇 번 할까? 나는 이미 인생에서 몇 번째인지도 모를 '어쩌다 이렇게 됐지'를 오늘도 말하고 있었다.

"……뭐, 요신이 기뻐해 줬으니까 괜찮겠지?"

오토 오빠에게 소개받은 아르바이트 장소, 격투기 행사. 나는 처음에는 그곳의 판매 스태프로 일할 예정이었다. 굿즈 같은 걸 파는 곳에서.

그러던 것이 지금은 이렇게 링 위를 행진하고 있으니 참 알 수 없는 일이다.

여자애 중 한 명이 빠지면서 자리가 났고, 아르바이트비가 더 크다고 해서 나는 마지못해 그 부탁을 승낙했다. 의상은 입는 사람만 받을 수 있다고도 하고…….

그런데 지금 와서 든 의문이지만, 무리해서 라운드걸 6명을 채울 필요 없이 결원이 있어도 5명이면 충분히 할 수 있었던 거 아닐까……?

선수 사진을 찍을 때 좌우로 라운드걸이 나란히 서기 때문에 그때의 밸런스나 모습을 고려해서 6명으로 했다고 하는데…… 5명이라도 괜찮은 거 아냐?

화려한 스포트라이트를 받으며 나는 라운드가 적힌 판자를 들고 링 위를 천천히 걸었다. 그러는 사이에 주위의 시선이 온몸에서 느껴졌다.

나는 요신과 만나지 않았더라면 이런 식으로 아르바이트를 받을 일도 없었겠지, 하고 멍하니 생각했다.

이 무수한 시선……. 예전에 통학 때나 고등학교 때도 느끼던 시선이 더 강해진 것 같아서 등골이 좀 오싹했다.

하지만 그런 시선을 받으면서도 일을 잘 해내고 있으니, 나도 성장했네.

응, 이건 자화자찬인가. 딱히 들뜬 것이 아니라, 그런 식으로 나는 일부러 기분을 끌어올리고 있었다.

그런데 지금은, 지금만큼은 그 자화자찬 없이도 제대로 할 수 있을 것 같았다.

왜냐하면…… 나는 걸으면서 힐끔, 시선을 어떤 자리로 돌렸다.

거기에는 한 남자가…… 요신이 의자에 앉아 나를 보고 있었기 때문이다.

살짝 볼을 물들인 채, 링을 올려다보는 자세로 나라는 존재에게 시선을 향하고 있다. 오직 한 곳만을…… 나를 응시하고 있다.

그 시선 하나만으로 다른 수백 개의 시선을 무시할 수 있었다. 그가 한 명 있다는 사실만으로 이렇게 마음가짐이 바뀌는 걸까. 더 봐줬으면 좋겠다.

요신을 입장시켜준 오토 오빠에게는 감사한 마음이다. 잠깐만 보고 가라면서…… 사양하는 요신에게 슬쩍 자리를 마련해 준 것이다.

……나중에 혼날지도 모른다고 했던가? 뭐, 그 부분은 오토 오빠에게 맡기자. 그것보다도 내가 일하는 모습을 요신에게 보여줘야지.

나는 아무도 모르게 그에게만 살짝 윙크를 보낸다.

그의 주위가 살짝 술렁인 것 같지만, 내게 윙크를 받은 요신의 얼굴이 점점 붉어졌다. 그래도 변함없이 나에게 미소를 지어주었다.

내 가슴 속에 따뜻한…… 뜨겁다고 해도 좋을 정도의 마음이 차올랐다.

밖으로 꺼내진 않으면 화상을 입을 것만 같은 그 마음을, 분명 나는 언젠가 그에게 부딪히겠지. 언젠가 그 마음으로 그를 불태워서 돌이킬 수 없을 정도의 화상을 입힐지도 모른다.

화상을 입은 그에게 다정히 대해 주고, 치료해 주고, 위로해 주고, 남은 상처를 사랑스럽게 보듬어주고…… 그리고 또다시 반드시 그를 불태울 것이다. 늪과 같은 내 마음을 밀어붙일 것이다.

그런 확신과도 비슷한 예감이 내 안에는 있었다.

어딘가 시의 한 구절 같은 생각을 해 버렸지만, 그래도 그런 말로 자신을 타이르지 않으면 견딜 수 없었다.

밖으로는 꺼내지 않지만, 나에게는 그런 마음이 소용돌이치고 있었다. 말로 표현해 두지 않으면 이유도 모른 채 폭주해 버릴 것만 같다.

최근에서야 이런 생각이 들었다. 난…… 꽤 마음이 무거운 여자라고. 어쩌면 남성을 불편하게 느꼈던 것은 이런 마음을 거부당하면 어쩌나 하는 걱정 때문이었을지도 모른다.

지금 생각하면 그렇다는 거고, 애초에 착각일 수도 있었다. 이 떼어내려야 떼어낼 수 없는 감정이 무엇인지에 대한 설명이 필요해서 그런 것뿐일지도.

자신이 이렇게 무거운 여자라고는 생각하지 않았다. 조금 더, 쿨한 것까지는 바라지 않아도 담백한 여자라고 생각했다.

어느 쪽이 좋고 나쁜지는 모르겠지만 말이다.

적어도 그런 나를 요신은 받아주고 있다는 뜻이고…….
그러지 않았다면 난 어떻게 됐을까. 아마 한참 전에 망가졌을지도 모르겠다.

……뭐, 지금의 내가 이런 마음이 드는 것에는 여러 가지 이유가 있다. 그것 때문에 아까 요신 위에 과감하게 올라타기도 했다.

올라탄다고 하니 좀 야하게 들릴지도 모르지만. 야한 짓은 안 했다. 그냥 이렇게, 그의 무릎 위에 앉아서 마주 보고……

으음, 이 의상으로는 좀 선을 넘은 걸까?

해버린 이상 어쩔 수 없다. 다음에 할 때는 좀 더 신중하게, 여러 가지를 생각한 뒤에 하는 걸로 하자.

이유, 이유다. 왜 그런 일을 했는지, 그 이유를…… 나는 요신에게 아직 말하지 못했다.

그는 뭐든 다 얘기해 주는데 난 말을 하지 않는다니 좀 비겁하게 느껴지기도 하지만, 이 마음은 쉽게 꺼내기 힘들다.

어쨌든 지금의 내 생각은 확실한 기우이기 때문이다.

이 마음의 계기는 분명 그 편지일 것이다. 반장이 나에게 보낸, 벌칙이 아직 끝나지 않았냐고 물어보는 편지.

다만 편지를 나에게만 보냈다면 분명 이런 마음은 들지 않았을 것이다.

문제는 그 후다. 그 후 반장은 요신에게 말했다. 내가 왜 그에게 고백했는지 알고 있다고 '그에게' 말했다.

요신은 어차피 이미 아는 일이라고 아무렇지 않게 흘려 넘겼지만, 그때 내 안에는 한 가지 의심이 피어올랐다.

왜 나한테도, 요신한테도 알린 걸까.

애초에 나에게만 말했다면 됐을 일이다. 아니면 요신에

게만 말하든가. 굳이 그러지 않은 이유는 혹시……. 그러면서 나는 하나의 생각에 도달했다.

혹시 반장도 요신을 좋아하는 게 아닐까……?

그런 의심이다.

보통이라면 생각조차 하지 않을, 농담조차 되지 않을, 가능성조차 없다고 생각할 이야기. 애초에 요신은 반장의 이름조차 몰랐다. 그러니 그럴 리가 없다.

평소였다면 그렇게 생각했겠지. 평소였다면.

하지만 나는 나라는 존재를 알아버리고 말았다. 요신에 대해서는 몰라도, 그와 함께 있으며 그를 좋아하게 된 자신을.

내가 그렇게 됐는데, 남이 아닐 거라고 어떻게 단정할 수 있지?

물론 내가 유별나게 가벼웠을 가능성이 크긴 하지만, 그렇다고 다른 사람들이 그렇지 않을 거라는 보장은 없다.

한번 의문을 품기 시작하자 나머지는 가능성만으로 충분했다.

증거가 있는 것도 아니고 딱히 그런 기색을 느낀 것도 아니다. 하지만 한번 의심하기 시작하자 반장의 지금까지의 행동 전부가 수상해 보였다.

혹시 보충 수업을 받은 것도 요신과 함께 있기 위함이 아닐까, 같이 점심을 먹지 않은 것은 나와 함께 있기 싫어서 그랬던 것이 아닐까…… 하고.

긍정할 근거도, 부정할 근거도 없으니까 더 복잡했다. 의심이 꼬리에 꼬리를 물고는 사라져 간다. 적어도 어느 한쪽으로 치우쳤다면…….

그런 생각을 하다 보니 순식간에 링을 다 돌았다. 살짝 당황한 나는 링에서 내려가 대기 공간으로 돌아갔다.

아쉽게도 요신 근처는 아니었지만.

지금 요신은 일반석에 몰래 섞여 있으니, 거기에 이런 차림으로 난입하면 소동이 벌어질 것이다. 그러니 참아야 한다.

우연히 비게 된 자리고…… 요신이 계속 있을 수 있는 것도 아니니까.

"저기 있지…… 바라토, 바라토."

우리들이 링에서 내려온 후 얼마 지나지 않아 경기가 재개되었다. 오토 오빠는 메인 이벤트라서 아직 나갈 차례는 아니었지만, 이 시합 역시 굉장히 뜨거운 열기였다.

나는 힐끔, 링이 아닌 요신 쪽으로 시선을 돌렸다. 처음엔 경기에 당황했던 그도 뜨거운 열기 덕분인지 진지한 시선을 보내고 있었다.

귀여워.

저도 모르게 몸이 움직인다거나, 주위 사람들과 맞춰 환호성을 지르거나, 익숙하지 않은데 최선을 다하는 모습이 너무 귀여웠다.

남자에게 귀엽다고 말하면 좋아하지 않을지도 모르지만, 그래도 나는 큰 소리로 외치고 싶었다.

요신은 귀엽다.

물론 멋있는 점도 많고 두근두근할 때도 있지만……

"저기요, 바라토…… 듣고 있어~?"

"예? 어? 아, 뭔가요?"

그런 생각에 너무 집중한 나머지 작은 소리로 말을 걸어오는 것을 깨닫지 못했다. 옆에 있는 라운드걸 언니가 말을 걸고 있었다. 분명…… 리나 씨였나?

"뭐야, 엄청 집중해서 보던데 그렇게나 시합이 재밌어?"

"아, 아뇨, 저기……."

"아, 남친을 보고 있었어?"

이런, 들켜버렸다. 리나 씨는 그런 나를 어딘가 흐뭇하게 바라보았다. 근데 아까 요신한테 잘생겼다고 하지 않았나, 이 사람…….

어떻게 대해야 할까 고민하고 있는데, 내 태도에서 그것이 드러나 버렸는지 리나 씨는 왜인지 섹시하게 다리를 꼬며 어깨를 으쓱했다.

"혹시 내가 남친한테 잘생겼다고 해서 경계하는 거야? 괜찮아, 난 남의 남친은 안 건드리거든~. 놀리기는 하지만."

"그런 건가요? 아니, 놀리는 것도 피해 주셨으면 좋겠는데요……."

"헤어지면 덥석 잡아먹을 거야."

"헤어지지 않을 건데요?!"

리나 씨가 작은 소리로 키득키득 웃었다. 안심은 했지만 그만큼 경각심도 늘어난 기분이다. 과하게 섹시한 언니……. 요신이 알바하는 곳 사람이 떠올랐다.

새삼스럽게 조금 불안해졌다.

"그건 그렇고, 남친 씨 재밌더라. 바라토에게 푹 빠져있다는 느낌이야. 나한테는 시선조차 안 주고……. 살짝 자존심 상했어."

"……그랬어요?"

"아까 대기실에서 말이야. 어떻게 한 번을 안 보더라. 보통은 이런 차림을 하고 있으면 한 번 정도는 힐끔거리기 마련인데. 아, 다시 생각하니 또 우울해지려고 하네……."

좀 기쁘다. 그때 대기실에는 나보다 예쁘고 귀여운 사람들뿐이었으니까, 요신의 시선이 그쪽으로 향하는 것은 어쩔 수 없다고 생각했다.

하지만 의식적인지 무의식적인지는 모르겠지만, 요신은 시선을 돌리지 않은 것이다…….

나 외에는.

어쩌지, 너무 기뻐. 슬금슬금 입꼬리가 올라가는 것이 느껴졌다. 나는 요신의 시선을 느끼고 있었지만, 정말 나밖에 안 보고 있었구나……

좀 부끄럽다는 생각도 들었지만 이런 차림을 해서 다행이라는 생각도 살짝 들었다. 아니, 뭐, 받아서 돌아간 다음 나중에 보여주려고는 했지만 말이다.

하지만 나 혼자 있을 때 나를 봐주는 것과 모두가 있는 가운데 나밖에 보지 않는 건 조금 느낌이 다르지.

보인다는 게 기분 좋다는 느낌을 아주 조금 알 것 같았다.

……안 되지 안 돼, 이런 걸로 우월감 같은 걸 느끼면 안 된다. 응, 어디까지나 요신은 내가 여자친구라서 봐준 것뿐이야. 제대로 자각하자.

에헤헤, 그래도 기쁘다.

"바라토는 보고 있어도 질리지 않네. 시시각각 표정이 바뀌어서 귀여워. 응, 가능하겠어."

갑자기 알 수 없이 등골이 오싹해졌다. 어, 어? 뭐지? 두리번거리며 주위를 둘러보았지만, 딱히 이상한 시선은 느껴지지 않았다.

"리나 씨, 방금 뭐라고 하셨나요?"

"아~니? 아무것도~?"

뭔가 작은 소리로 말한 것 같았는데, 기분 탓인가? 뭐, 상관없다.

오늘은 기분 좋은 날이다. 덕분에 내 안에 있던 알 수 없는 답답함도 어디론가 날아가 버렸다. 오늘은 같이 돌아가기는 어렵겠지만, 요신과 데이트하는 것이 벌써 기대됐다.

앞으로 남은 아르바이트도 힘내서 하자. 아르바이트 기간은…… 행사 기간이 3일이니까 3일 후에는 데이트를 할 수 있을 것이다.

아르바이트비도 바로 받을 수 있고, 옷도 받을 수 있고…… 좋은 일들뿐이다. 아르바이트비가 나오면 요신이랑 여행을 간다든가…… 단둘이…….

이 옷을 갖고 여행…… 여행지, 숙박, 이벤트…….

"남친 씨는 식당에서 알바한다고 했나?"

내가 망상에 빠져 있자 리나 씨가 못 말린다는 얼굴로 쓴웃음을 지었다. 응, 손님도 있는 장소니까 이런 행동은 적당히 해야지.

나는 들뜨려는 마음을 억누르면서 일단 망상을 뒤로 미뤘다.

"맞아요. 오늘은 첫 알바를 마치고 돌아오는 길에 들른 것 같아요."

"와아, 첫 알바구나. 그럼 일하는 모습 보고 싶지 않아? 평소와 다른 모습은 갭이 있어서 두근거리기도 하고……."

"보고 싶긴 해요. 사진은 보내줬는데 일하는 곳은 아니었고, 앞치마 두른 모습은 귀여워서 좋았지만……."

"앞치마 차림에 흥분했어?"

"왜 얘기가 거기로 가는 거예요?!"

……흥분까지는 아니었을 것이다. 응, 귀엽다고 생각했을 뿐이야. 생각만 했을 뿐이니까.

"그렇게 귀여우면 좀 보여줘, 사진~. 나한테만 몰래~."

부끄러워하는 기색도 없이 작게 손을 모은 리나 씨가 귀엽게 졸라왔다. 정말, 남에게 폭탄 발언이나 해놓고, 이 야한 언니를 정말 어쩌면 좋을까.

이러니저러니 해도 이런 발언을 용서하고 마는 것은 내가 쓸데없는 호인이라 그런 걸까, 아니면 가벼워서 그런 걸까…….

지금은 경기 중이니까 나중에 보여주겠다고 했더니 리나 씨는 살짝 토라진 얼굴로 입술을 삐죽거렸다. 아무리 그래도 대기실이 아니니까…….

리나 씨도 토라진 것은 장난이었는지, 곧 경기로 시선을 돌렸다. 정말로 가만히 있으면 미인인데……. 쓸데없이 야하긴 해도…….

이런, 나도 시합 제대로 봐야지.

그로부터 얼마 지나지 않아 나와 리나 씨의 출연이 끝나고 교대 시간이 돌아왔다. 겨우 휴식……. 걷는 것뿐인데도 시선을 받아서 그런지 피로감이 굉장했다.

대기실로 돌아오자마자 그녀가 곧바로 사진을 졸랐다.

뭐, 잠깐이라면 상관없겠지……. 나는 요신이 보내준 사진을 스마트폰에 띄운 다음 리나 씨에게 보여주었다.

살짝 애인을 자랑하는 기분이다. 나중에 요신에게는 멋대로 보여줘서 미안하다고 사과해야지. 이런 부분에서 사과하는 것은 중요하다.

호들갑을 떨며 내 스마트폰 화면을 보는 리나 씨, 그러다가 그 새된 목소리가 점차 사그라들었다. 어? 왜 그러지?

그녀는 스마트폰에 함께 찍힌 여성을 보고…… 그 사람을 가리키며 중얼거렸다.

"이 여자……."

"아, 그 사람은 요신 알바하는 곳의 선배라는데, 아는 사람이에요?"

"저기…… 응……. 그러니까, 그으……. 아는 사람은 아니고 내가 일방적으로 좀 아는 것뿐인데……. 으음……."

갑자기 뭔가 말하기 어렵다는 듯 머뭇거리며 리나 씨의 시선이 이리저리 굴러다닌다. 그 모습에 나는 고개를 갸우뚱했다. 뭐지? 말하기 어려운 일인가?

"……어디까지나, 어디까지나 소문인데……."

더듬더듬 말을 이어가던 리나 씨는 말해도 좋을지 망설이는가 싶더니, 주위를 살피다가 조심스럽게 입을 열었다.

신중히 말을 고르는 듯한 모습에 고개를 갸우뚱한 나는 그녀의 말을 차분히 기다렸다.

그리고 들었다.

그녀의 말은, 작았지만 묘하게 울리는 느낌이었다.

"이 여자애, 고등학교 때 여친 있는 남자만 노려서……
그…… 가로채는 걸로 유명했던 애거든……."

어디까지나 소문이지만 말이야, 소문.

그렇게 못을 박는 리나 씨의 말을, 나는 제대로 이해하
지 못했다.

무사히 첫날 아르바이트도 끝나고 나는 내 방으로 돌아
왔다.

그 후로 요신은 끝까지 나를 기다려 주었다. 먼저 가도
된다고 했는데, 오토 오빠가 대기실에서 기다려도 된다고
말해줬다고 한다.

그래서 돌아올 때는 함께 돌아왔다. 오토 오빠 차를 타고
말이다.

뒷자리에서 꽁냥거려도 된다는 말을 듣긴 했지만, 역시
오토 오빠 앞에서 너무 노닥거리는 것도 그러니까 최대한
자제했다.

덕분에 나는 여유롭게 요신과 수다를 떨 수 있었다.

리나 씨에게 들은 것에 대해선 묻지 못한 채.

그 일이 머리 한구석에는 있었지만, 아무래도 요신을 앞에 두면 물어보기 어렵다……. 그보다는 말이 도저히 나오지 않았다.

자신도 신기한데, 정말 입이 떨어지지 않는단 말이지.

"하아……."

한숨을 한번 내쉬었다.

내 의지는 왜 이리 약한 걸까. 아까 속 시원하게 물어봤더라면 이런 기분은 들지 않았을 텐데.

아까까지는 요신과 함께라서 즐거웠는데…… 그와 헤어지고 난 뒤 내 기분은 축 가라앉았다. 가라앉았다고 할까, 답답한 기분이었다.

……헤어진다는 표현도 지금은 좀 싫었다. 아니, 일반적인 표현이지만 헤어진다는 글자만으로 싫은 기분이 들었다. 자주 쓰지 말자.

리나 씨는 나에게 그 말을 한 직후 과할 정도로 사과해 주었다. 그렇게까지 충격을 받을 줄은 몰랐다며 나를 끌어안으며 사과했다.

내가 그렇게나 충격받은 얼굴이었나?

안겼을 때는 뭔가 엄청 부드럽고 냄새도 좋아서 기분은 좋았지만, 마음은 별로 좋지 않았다. 나는 또 혼자 한숨을 내쉬었다.

"소문이라……."

소문이라는 것은 정말 성가시다. 그것이 진실인지 아닌지 판별할 방법이 없으니까. 전에 요신이 말했었지, 아니 땐 굴뚝에 연기 나랴. 하지만 그 반대의 속담도 세상에는 있다고.

요신은 묘하게 속담 같은 걸 잘 알고 있네. 그런 걸 좋아하나?

아무튼 그 정도의 소문이라면 덜컥 믿는 것은 위험했다.

위험하다는 건 알고는 있지만…….

"으……."

나는 스마트폰 안에 있는 여성을 바라보았다. 요신이 보내준 아르바이트생과 함께 찍은 사진. 연상 여성이 2명, 연상 남성이 1명, 내 남자친구가 1명인 4명의 사진.

나도 여기 있고 싶다. 자연스럽게 그런 생각을 해버리고 만다. 아르바이트, 나도 소개해달라고 할 걸 그랬어~.

손가락 끝으로 스마트폰 속의 요신을 만지자 옆의 여성에게도 손가락이 닿았다.

묘하게 화려해 보이지만 동시에 굉장히 어른스러워 보이기도 했다. 무척 예쁜 사람이다. 그런 사람이 천진난만한 얼굴로 그와 함께 웃고 있었다.

유우 선배…… 요신이 그렇게 불렀었나? 첫날부터 요신이 애칭으로 부르다니 무척 신기했다. 금방 친해진 걸까? 의지가 되는 선배라든가……?

……설마 선배한테 그렇게 부르라고 강요받은 걸까?

아니, 그럴 리가 없다. 요신은 의외로 매사에 확실하게 말하는 타입이니까. 노라고 말할 수 있는 남고생이다.

그러니까 뭐, 요신은 그 선배에게 악감정은 없을 것이다. 알고 있지만, 사람의 마음이란 신기한 것이어서…… 이 답답함은 쉽사리 걷히지 않았다.

이 사진 속에서 거리감이 묘하게 가까워 보이는 것도 답답함의 원인이었다. 아니, 가깝잖아. 뭔가 묘하게 가깝지 않아?

소문…… 역시 사실일까…….

한동안 나는 생각이 빙글빙글 돌고 말았다. 빙글빙글, 머릿속에서 같은 생각이 돌고 있었다. 생각의 미로에 빠진 느낌이었다.

아아, 정말!

나는 그대로 머릿속의 미로에서 탈출하듯 목욕을 마치고 거의 알몸인 채로 침대에 뛰어들었다. 입고 있는 것은 속옷뿐. 잠옷은 나중에 입을 거니까 상관없다.

낮에 비슷한 차림을 해서 그런지 딱히 부끄럽지는 않다. 사람은 이런 식으로 익숙해져 가는 걸까. 아니면 일종의 자포자기일지도 모른다.

좋아, 이 차림으로 요신에게 전화해야겠어!

못된 장난을 칠 때와 비슷한 기분으로 나는 스마트폰을

만졌다. 그에게 전화를 걸어서…… 걸어서…… 어라? 안 받네?

늘 내가 전화하면 바로 받아주는데 오늘은 왠지 반응이 늦다.

혹시 목욕 중이라든가…… 아니면 벌써 잠들어 버린 걸까? 첫 아르바이트를 하면 몸이 피곤하니까. 어쩌면…….

그렇게 생각하고 있는데, 전화가 통화상태가 되고…… 상대방이 전화를 받을 수 없다는 기계음이 들려왔다. 역시 잠든 걸까?

그에게 전화가 걸리지 않았던 적은 없는데. 그런 생각을 하면서 나는 조금 상심한 채 전화를 끊었고…….

곧이어 그에게서 전화가 걸려왔다.

이런 건 처음일지도 모른다. 화면에 표시되는 그의 이름을 보고 나는 그대로 전화를 받았다.

"여보세요? 요신, 미안해. 자고 있었어?"

"아니, 깨어있었어. 미안해, 전화를 못 받아서…….”

"아니, 괜찮아. 알바 첫날이라 피곤했지?"

"그것도 있는데, 유우 선배한테 잠깐 연락이 와서…….”

쿵 하고 심장이 크게 울린 기분이었다. 아까 목욕한 지 얼마 안 돼서 그런가, 땀이 났다. 잠옷을 입고 올 걸 그랬나?

전화기 저편에서 요신이 무어라 말하고 있었다. 어쩐지 그 목소리가 너무 멀게 느껴졌다. 귓가에 들리고 있음에도,

내 안에는 그 말이 절반도 안 들어왔다.

그리고 간신히 무슨 말을 하는지는 이해했다…… 아마도.

"……그렇구나, 아르바이트 연락……."

"응, 내일은 늦게까지 일해줄 수 없겠냐고……."

아르바이트 연락이라면 평범한 일이다. 평범해. 나도 알
바하는 곳에서 연락 정도는 오니까. 갑자기 말하는 것보다
미리 말해 주는 것이 오히려 더 낫다.

어? 근데 그런 건 보통 경영자나 점장님한테서 오는 거
아닌가? 왜 선배한테……?

아니, 애초에…….

"연락처 교환했었어?"

"아, 응. 나나미한테 보낸 사진 같은 것도 유우 선배가 찍
어준 거야. 그거 받으려고 했어. 아르바이트 연락도 있다고
해서……. 어? 말 안 했나?"

"아니, 들었어. 응, 들었어."

그래, 요신은 일부러 나에게 확인까지 해 주었다. 선배
와 연락처를 교환해도 되겠냐고. 딱히 그 정도는 상관없다
며 나도 허락했다.

내가 허락해 놓고 그 사실을 잊고 있었다. 아니, 무의식
중에 잊고 싶었던 걸지도 모른다. 스스로가 싫어진다.

그런 나의 가라앉은 마음이, 내 입에서 이런 말이 나오
게 만들고 말았다.

"싫어."

확실하게, 나는 그 말을 전했다. 그 한마디만을, 그에게
던져버렸다.

가끔이지만 마음이란 댐과 비슷하다. 평소에는 막아 둘
수 있지만, 일정 이상의 허용치를 넘어서면…… 멈출 수
없게 된다.

스스로 멈추려고 해도 멈출 수 없다. 그런 일이…… 나
에게 일어났다.

"싫어, 싫어, 싫다고…… 요신, 알바…… 가지 마…… 싫
어…….."

"어, 어? 나나미, 왜 그래?"

"싫어……. 알바 가지 마…… 싫어어……."

"진정해 나나미. 대체 무슨 일이야?"

나도 내가 무슨 말을 하는지 모르겠다. 지리멸렬하고 일
관성 없는 거부감만 꼬리에 꼬리를 물고 튀어나왔다.

내가 정신적으로 이렇게 약했나?

기분은 엉망진창이고, 입에서는 연달아 영문을 알 수 없
는 말이 나오는데…… 머릿속에서 묘하게 냉정한 자신이
그것을 바라보고 있는 감각도 들었다.

어쩐지 내가 아닌 다른 누군가가 내 입으로 말하는 기분

이었다. 너무나, 너무나도…… 괴로워.

눈물이 나고 말았다. 기껏 목욕했는데 다시 들어가야 하나? 내일 눈이 빨개지진 않을까? 화장으로 가려야겠다.

크게 우는 것도 아니다. 오열하는 것도 아니다. 하지만 눈물이 넘쳐흘렀다. 나도 내 마음을 모르겠다.

나를 달래주려고 요신은 계속해서 나에게 다정한 말을 건네주고 있었다. 그게 너무 미안하고, 괜히 더 슬퍼져서…….

"……미안, 미안해……. 머리 좀 식힐게……. 다음에 봐, 요신."

거기까지만 말하고 아직 무어라 말을 이으려던 그를 무시하고 나는 통화를 끊었다. 이렇게 대응한 것도 처음이었다.

……한 번 더 목욕하고 나서 기분을 전환해야겠다. 내일은 나도 아르바이트를 하러 간다. 아르바이트, 힘내서 해야지. 다른 사람에게 폐가 될 테니까. 하지만 몸이 안 움직인다.

통화가 종료된 스마트폰을 나는 꿈쩍도 하지 않고 눈물 젖은 눈으로 바라보았다. 한동안 그렇게 멍하니 있는데 폰으로 메시지가 왔다.

『나나미가 뭘 싫어하는지 지금의 나는 모르겠지만, 나나미를 슬프게 하면서까지 알바를 계속할 생각은 없어. 하지만 개인적으로는 계속하고 싶기도 해.』

너무나도 다정한 그 메시지에, 그를 신경 쓰이게 만든

이 상황에 자기혐오가 들었다. 나는 거기에 '괜찮아, 알바 열심히 해'라고만 답장을 보냈다.

그래, 아르바이트를 갑자기 그만두면 다른 사람에게도 폐가 되니까, 그 부분은 제대로 해야겠지. 일이니까.

짜악 하고 자기 두 뺨을 때린 나는 마음을 가다듬었다.

이때의 나는 상상도 하지 못했다.

요신과 사귀고 나서 처음으로…… 그의 목소리를 듣지 않고 지내는 날들을 보내게 될 거라고는.

나중에 후회해도 소용없다는 말이 있는데, 이 경우도 그런 걸까? 나는 도대체 어떻게 해야 했을까? 자문자답해도 답이 나오지 않았다.

나나미와 연락하지 못한 지 이틀이 지났다. 정확히는 통화를 못 하고 있다고 해야 할까. 메시지 교환은 하고 있다.

하지만 이상하게도 전화는 받지 않는다.

그 통화 이후로 벌써 나나미의 목소리를 이틀째 듣지 못하고 있다. 이것은 사람에 따라서는 금단 증상이 나타날지도 모르는 일이다.

『별일이네, 너희들이 싸움을 다 하고.』

『싸움인가요, 이게……?』

가벼운 마음으로 바론 씨와 피치 씨에게 이야기해보니 이런 답변이 돌아왔다. 이게 싸움인가?

내가 일방적으로 나나미를 화나게 해서 나나미가 전화를 안 받고 있다고……? 아니, 화가 난 건 아닌 것 같다. 문자에는 평범하게 답해 주니까.

무려 매일같이 사진을 보내주고 있었다. 덕분에 내 스마트폰에는 나나미의 라운드걸 사진이 꽤 늘어났다.

의상은 같지만, 화장이나 타투 등으로 분위기가 매일 달라진다.

"저로서는 싸운다는 느낌이 없어요……."

『뭐, 싸울 때는 메시지를 읽지 않은 경우도 있으니까, 화가 난 게 아닐 수도 있겠네.』

『저도 아빠랑 싸우면 한동안은 말 안 해요. 메시지도 안 보내지만, 나중엔 미안하다고 사과해요.』

살짝 피치 씨의 사생활이 엿보였지만, 역시 그게 보통이겠지. 나나미는 반응해 주니까 화가 난 건…… 화가 난 건 아닐 거라 생각한다.

하지만 전화는 받아주지 않는다. 대체 무슨 일일까……. 아니, 짐작이 가는 부분은 있다. 너무 많았다. 마지막으로 나나미와 이야기를 했을 때 그녀는 이렇게 말했던 것이다.

『싫어.』

이 한마디에 모든 것이 집약된 것은 아닐까. 나나미는 나의 무언가가 싫어서 아르바이트를 가지 말라는 말까지 했다.

차라리 그냥 평범한 싸움이었다면 더 낫지 않았을까.

……아니, 난 전혀 싸워본 적이 없기 때문에 싸웠으면 그거대로 큰일이 됐을지도 모른다.

설마 여기서 내가 인간관계에 소홀했던 것에 대한 후폭풍이 올 줄은 몰랐는데.

나는 대체로 혼자였고, 초등학생 때도 별로 타인과 엮이지 않았다. 기억하는 범위 안의 이야기지만……. 그렇기 때문에 싸우는 방법도 잘 모른다.

상대방을 미워한다거나, 질린다거나, 그런 감정의 단편은 알아도 싸울 정도로 친해진 사람은 전혀 없었다.

싸울 줄 모른다는 것은 다시 말해 화해할 줄도 모른다는 뜻이다.

어쩌면 아빠나 엄마와도 제대로 싸운 적이 없지 않을까. 아니, 있을지도 모르지만, 친구와의 싸움과는 또 다른가.

하물며 연인과의 싸움 따위는 전혀 모른다.

이것도 첫 경험……이지만, 기쁘지 않다.

전에 많이 싸우고 많이 화해하자는 말을 하긴 했었지만, 설마 이렇게까지 정신에 타격이 올 줄은 몰랐다.

사이좋게 싸운다는 말도 있지만, 애초에 이번 일이 싸움인지 아닌지조차 모르겠다. 하지만 나나미랑 이런 상황이 된 것은 상당히 괴로웠다.

평범하게 미안하다고 사과하고 그것으로 끝. ……그럼 좋겠지만. 아마 그렇게 되지는 않겠지.

"제가 뭘 잘못했는지 모르는 상태에서 사과하는 건 좀 아니겠죠?"

『그건 그렇죠. 반대로 화날 것 같아요.』

『난 뭐가 잘못인지 모를 때는 솔직하게 물어봐.』

그렇지. 그 정도는 나도 안다.

나도 모르게 사과하고 싶은 마음이 들긴 하지만, 뭐에 대해서 미안하다고 생각하는지 이해하지 못한다면 불에 기름을 붓는 격이다.

정보가 턱없이 부족하다. 나나미가 무엇을 싫어했는지. 아니, 아마 내 아르바이트와 관련된 뭔가가 싫었던 거겠지만, 아르바이트의 어떤 점이 싫었던 걸까.

……역시 유우 선배 때문에?

하지만 선배는 쓸데없이 거리가 가깝긴 해도 아르바이트 중에 그렇게까지 이상한 짓은 하지 않는다. 여자친구랑 같이 밥 먹으러 오라는 말도 해줬고.

으음.

『뭐, 속 터놓고 얘기하는 수밖에 없지 않을까?』

"그 방법밖에 없는 거 같네요. 작전을 좀 생각해볼게요."

바론 씨네와 상의를 한 덕분에 내 안에 정보도 조금 정리된 기분이었다.

우선 나나미와 대화를 해보자. 속을 터놓고 무엇이 싫은지, 무엇을 불안하게 생각하는지, 그 불안을 나는 어떻게 마주할 수 있는지. 순서대로 정리한다면 이 정도일까.

너무 복잡하게 생각하면 엇나갈 것 같으니까 단순하게 생각하자.

모처럼의 여름 방학이다. 나나미와 어색한 상태로 있는

것은 싫다. 그래서 나는 나나미와 함께 있기 위한 행동을 개시했다.

그래, 행동만이 있을 뿐이다. 탁상공론만으로는 아무것도 할 수 없다. 그렇다고 무작정 움직이는 것 역시 아무것도 할 수 없다. 그래서 생각하고, 또 생각한 다음 그것을 행동으로 옮긴다.

"그럼 해볼까……."

나는 어떤 사람에게서 온 메시지를 보고 그것에 대해 긍정의 대답을 보냈다. 비교적 늦은 시간이었지만 답장은 바로 왔다.

그리고 나나미한테도 연락을 해서……. 응, 나나미 쪽도 문제없다. 안도감에 마음을 살짝 놓으면서, 나는 자신의 가슴속에 언젠가와 같은 긴장감이 오가고 있다는 것을 깨달았다.

화해라는 게 이렇게나 긴장되는 일인가.

응, 괜찮아…… 괜찮아. 분명 괜찮을 거야. 힘내라, 나.

혼자 조용히 결의를 마친 나는 아무것도 없는 허공을 바라보며 손을 뻗고 힘을 줘서 주먹을 만들었다. 마치 무언가를 다짐하듯.

나는 나나미와…… 함께 밤을 보낼 것이다.

◇ ◇ ◇ ◇ ◇ ♡ ◇ ◇ ◇ ◇ ◇

조금 나른한 몸에 이제 막 일어났을 때 느껴지는 잠의 기운이 몰려왔다. 나도 모르게 하품이 나올 뻔한 것을 간신히 참는데, 옆에서 귀여운 하품 소리가 들려왔다.

나는 그 모습을 보려고 힐끔 시선만 움직였다.

"후야아암~ 졸려어……."

평소에는 거의 들을 수 없는 나나미의 혀 짧은 소리가 내 귀에 닿았다. 나는 나도 모르게 입술 끝을 올리고 말았다. 웃었다는 걸 알면 좀 화낼지도 모르겠다고 생각하면서.

나나미가 내 옆에 있다. 그것만으로 안도감이 굉장했다.

그녀는 눈을 가볍게 비비며 꾸벅꾸벅 인사를 하기 바빴다. 눈물을 흘리며 졸음을 견디지만, 방심하면 금방이라도 잠들 것 같은 분위기였다.

나도 그 하품에 덩달아 하품을 했다.

나나미와 마찬가지로 눈물이 나서 그 눈을 가볍게 문질렀다. 문득 시선이 느껴져 옆으로 고개를 돌리자, 나나미가 하품하는 나를 보며 미소 짓고 있었다.

하지만 나와 시선이 마주치자 그녀는 고개를 돌려버렸다. 뭔가 야생동물을 마주쳤을 때와 비슷한 느낌이었다.

……요컨대 몹시 졸리다. 그도 그런 게, 현재 시각은 아침 5시.

지금 우리들은 차 안에 있다. 꽤 넓은 차…… 패밀리카라고 하나? 아무튼 그런 것을 타고 있다. 넓은 차내 옆에 나나미가 있고, 둘 다 수마와 싸우고 있었다.

　설마 이렇게 아침 일찍 나설 줄은 몰랐는데…….

　"그렇게 무리할 거 없이, 나중에 합류해도 됐는데……."

　"……싫어, 나도 같이…… 갈 거라구우."

　"저도 이왕이면 아침부터 참여하고 싶어서요."

　운전석에서 들려온 목소리에 나와 나나미가 대답하자, 그 목소리의 주인…… 소이치로 씨가 기쁜 얼굴로 그러냐고만 중얼거렸다.

　마치 고집부리는 아이 같은 나나미의 모습에, 나는 평소와 같구나 싶어 또 조금 안심했다. 말투도 더 귀여워졌네.

　"후암……."

　나나미는 또 하품했다. 나도 또 휩쓸릴 것 같았다.

　졸음을 쫓기 위해 창밖을 내다보자 하늘이 서서히 밝아오고 있었고, 이른 아침이라 그런지 주위에는 차가 한 대도 없었다. 이런 길이면 달리는 것도 즐거울 것 같다.

　언젠가는 새벽 드라이브 같은 것도 해보고 싶다. 내가 생각해도 참 단순하지만.

　밖을 보며 기분 전환이 된 나는 나나미에게 말을 걸었다.

　그때 내가 얼마나 용기를 냈는지는 분명 아무도 모를 것이다. 평소 같으면 아무 생각 없이 할 수 있는 말인데, 이렇게나 큰 용기가 필요하다니.

조마조마한 마음으로 말을 꺼냈다.

"나나미, 졸리면 한숨 자는 게 어때? 깨워줄 테니까. 아, 무릎베개라도 할래?"

"아…… 아니, 괜찮아, 일어나 있을래……."

이것이 나와 나나미가 한 오랜만의…… 한 사흘만인가? 아니, 이틀만? 아무튼 오랜만의 대화였다.

제대로 된 대화에 남몰래 가슴을 쓸어내렸다.

마치 한 달 넘게 못 본 것 같은 착각이 들었다. 정말 다행이다, 같이 차를 타서. 그리고 옆에 앉아줘서.

거기까지는 안심할 수 있었는데, 문득 깨달았다.

나나미가 나한테 다가오지 않는다.

평소 같았으면 이렇게 가까이 있을 때 나나미는 나한테 붙어 왔을 것이다. 하지만 지금은 미묘하게 한 걸음…… 두 걸음 정도 떨어져 있고, 그 이상은 나에게 접근해 오려고 하지 않았다.

그러고 보니 방금 내가 무릎베개를 제안했는데도 완곡하게 거절당하고 말았다. 평소 같으면 무릎베개를 해 줄까 물어보면 당장 다이빙할 기세로 왔을 텐데…….

이것은 안도하고 있을 때가 아닌 거 아닌가? 나나미와 이렇게 거리가 벌어져 있는 건 처음 있는 일 같은데…….

……아니, 잠깐만, 나.

애초에 그걸 평범하다고 생각하는 것이 평범한 걸까? 내가 말하고 내가 부정하는 것처럼 돼 버렸지만, 내가 오늘 이 상황을 이상하게 느끼는 것도 조금 이상한 거 아닌가?

혹시 세상 커플들의 거리감은 사실 이쪽이 더 평범한 거 아닐까?

여기까지 와서 실감한 것인데, 지금까지의 나에게 있던 평범함의 기준이 상당히 무너진 기분이었다. 평범하게 생각하면 차 안에서 무릎베개는 하지 않겠지.

하지만 만약 그것이 평범한 것이라면…… 좀 쓸쓸하다.

야아, 완전히 물들었네. 어쩌면 나에겐 집착 기질 같은 것도 좀 있는 것이 아닐까. 나나미와 더 많이 붙어 있고 싶다.

인간이란 한번 사치를 알면 그것을 빼앗기는 것에 굉장한 거부감을 느낀다는 말을 들은 적이 있는데…… 어쩌면 이것이 바로 그런 경우일지도 모른다.

나는 지금까지 나나미와 사치스러운 나날을 보내고 있었다.

실감하고 있다고 생각했는데, 실감하지 못하고 있었다. 당연하다고 생각했던 것이 사실은 당연한 것이 아니었다.

이것은 의외로 중요한 깨달음일지도 모른다.

그런 갈등을 느끼며 곁눈질로 힐끔 나나미를 보니, 나나미도 똑같이 나를 곁눈질하고 있었다.

눈이 마주치며, 살짝 흠칫 놀라고, 그것을 얼버무리듯

웃어넘긴다.

나나미도 이번에는 시선을 피하지 않고 웃어주었다. 하지만 웃는 얼굴이 조금 어색한 느낌이었다.

곰곰이 생각해보니 내가 나나미한테 먼저 다가가는 일은 자주 없었다. 늘 나나미가 먼저 다가왔던 것 같다.

내가 먼저 다가갈 때도 있었겠지만, 그렇게까지 강하게 기억에 남아있진 않았다.

남자가 먼저 하면 성희롱처럼 보이는 일도 있을 수 있겠지만. 애초에 성희롱이라는 말이 학생들 간의 연애에서 적용되는 말이 맞는 건지도 모르겠다.

결정했다. 이번 일이 해결되고 나면 내가 먼저 나나미에게 다가가자.

그런, 어딘가 불순해 보일 수도 있는 결의를 나는 나나미 옆에서 마쳤다.

자, 다시 한번 상황을 설명하자면, 우리들은 지금 소이치로 씨의 차에 타고 있다. 나와 나나미는 뒷좌석에, 오토후케 씨네는 앞 좌석에. 지금 차 안에는 내가 아는 사람밖에 없다.

다들 나와 나나미를 힐끔거리며 신경 쓰고는 있었지만, 적극적으로 말을 걸어오진 않았다. 거기서 우리들을 단둘이 있게 해 주려는 마음이 느껴졌다.

이 보답은 꼭 하겠습니다.

오늘 우리들은 무엇을 하느냐…… 결론부터 말하자면 캠핑이다.

캠핑…… 대자연 속에서 텐트를 치고 고기를 굽거나, 어른이라면 술을 마시거나 하며 야외에서 즐기는 인싸 이벤트. 대체로 텐트에서 묵는다.

그런 인싸 이벤트에 내가 참전하게 되었다.

실은 이틀 전, 나나미의 아르바이트 첫날에 소이치로 씨에게 회식을 겸해 캠핑을 나갈 생각인데 나와 나나미도 함께 가지 않겠느냐는 권유를 받았었다.

전원이 가는 것은 아니고 소이치로 씨의 친구나 라운드 걸 사람들 등 갈 수 있는 사람들끼리 가는 모임이었다.

그런데도 꽤 많은 인원이었기에 나는 어떻게 할까 고민했다. 적어도 내가 누군가와 함께 나가는 인원으로는 역대 최대 수준이었다.

모르는 사람이 한가득……. 꼬리를 말 이유는 충분했다.

나나미에게도 물어봤더니 내가 간다면…… 하는 식으로 드물게 대답을 머뭇거렸다는 말을 전해 들었다. 그런 곳에서도 영향을 미쳤다는 사실은 그때 처음 알았지만.

답장은 전날이라도 괜찮고 당일이라도 데리러 갈 수 있다고 해서, 어제 나나미에게 참여하자고 권유하여 함께 가기로 했다.

너무 갑작스러워서 민폐는 아닐까 생각했는데, 소이치

로 씨는 이미 나와 나나미가 가는 것을 전제로 준비하고 있었다고 했다. 성미가 급하다.

우리가 거절하면 어쩌려고 그랬을까.

나중에 알았는데 소이치로 씨는 나나미와 함께 캠핑해 보고 싶었던 모양이었다. 들어보니 나나미는 캠핑만큼은 늘 불참이었다고.

하긴 캠핑은 남자가 하는 이미지가 있으니까, 나나미였다면 참가를 망설이는 것도 이해가 갔다. 나 역시 캠핑은 인싸 남자의 행사라는 이미지가 있다.

최근에는 여러 영향으로 여자들도 부담 없이 하는 것 같지만, 그래도 고정관념이라고 할까, 이미지는 거의 지워지지 않았다.

사실 나도 캠핑은 해본 적이 없다. 적어도 기억하는 범위에서는 없다. 아니, 왜냐하면 그렇잖아……. 굳이 밖에 나가서 밥을 먹을 필요는 없으니까.

여행이라면 모를까, 평소에 편하게 잘 지내고 있는데 일부러 불편함을 자청하는 것에 무슨 의미가 있단 말인가.

그리고 단순히 귀찮다는 마음도 있었다.

애초에 캠핑은 의미를 생각하는 것이 아니라 그 자체를 즐기는 거겠지만, 아마 나처럼 생각하는 사람도 있지 않을까?

그런 내가 왜 돌연 캠핑하겠다고 나섰느냐? 물론 캠핑

자체는 목적이 아니다.

이건 모두 나나미와의 현 상태를 타파하기 위함이다.

당연하지만 이 상태가 계속되는 것은 좋지 않다. 매우 좋지 않다. 하지만 나는 어떻게 하면 좋을지, 무엇을 하면 좋을지…… 그 어느 것도 짐작할 수 없었다.

그래서 제삼자의 힘을 빌리기로 했다.

좀 한심하긴 하지만. 자력으로 어떻게든 해결할 수 있었다면 분명 굉장히 멋있었겠지. 하지만 나는 폼은 안 나도 해결을 우선했다.

현 상황을 타파하기 위해서는 평소에 하지 않는 행동을 하는 것이 좋다는 말을 어디선가 본 기억도 있었기에, 평소였다면 절대로 하지 않았을 일을 하게 된 것이다.

"나나미는 캠핑해 본 적 있어?"

"아, 응. 아마 초등학교 때 아빠랑. 기억은 잘 안 나지만."

"그럼 둘 다 초보자인가? 나는 전혀 해본 적 없지만."

"……즐겁게 보내자."

어색하지만 한 걸음 전진이라고 할 수 있을까.

당연하지만 나도 나나미도 지난 이틀 동안 아무 대화도 하지 않았다는 것에 대해서는 언급하지 않았다. 적어도 나는, 지금 그 말을 하면 여러모로 무너져 내릴 것 같아서 무서웠다.

애초에 차 안에서 할 이야기도 아닌가.

끊이질 않는 대화를 하면서도 나와 나나미의 거리는 좁혀지지 않았다.

그것이 조금 애가 탔다.

참고로 이 일에 대해서는 소이치로 씨에게도 전해두었고, 오토후케 씨네도 이 사실은 알고 있었다.

아르바이트 중에는 그런 내색을 전혀 안 보여서 놀랐다고 했다. 그렇구나, 아르바이트 중에는 평범하게 지냈구나 싶어 아주 조금 안심했다.

만약 아르바이트나 일상생활에 영향을 미치고 있었다면 더 걱정했겠지.

아무튼 이를 위한 캠핑이다. 물론 모든 일이 해결된 후엔 나나미에게 이 모든 것을 이야기하겠지만. 이 일도 나중에 웃으면서 할 수 있게 된다면 좋겠다.

그런 희망을 품고 나는 이 캠핑에 임하고 있었다.

불안 요소라면 모르는 사람이 많은 곳으로 뛰어든다는 점 정도일까. 비교적 낯을 가리는 성격이라 적지 않게 불안하긴 했다.

그래도 나나미랑 예전처럼 되기 위해서라면 모르는 사람들이 많은 곳에서도 열심히 할 것이다. 낯을 가릴 때가 아니다.

……문득 생각한 건데, 이 말은 받아들이는 방식에 따라서는 또 나나미와 꽁냥거리기 위해 노력한다는 식으로, 꿍

장히 불순한 인간처럼 보이는 게 아닐까?

아니, 꿍냥거리는 것은 건전한 것이다. 선을 넘지만 않으면 괜찮은 거잖아?

애초에 나의 이 행동이 옳은 것인지 아닌지도 모르겠다. 답을 모르기 때문에 발버둥 치는 거지, 불안은 언제나 따라다닌다.

애가 타면서도 불안한 이 느낌. 기억에 있는데, 어디서 경험해 본 걸까?

내 인생 경험은 적으니 그렇게 옛날 일은 아닐 것이다. 잠시 고민하다가 곧 언제와 비슷한지를 떠올렸다.

이거, 나나미와 벌칙으로 사귀던 그때의 느낌과 비슷하다.

어설프게나마 답을 찾기 위해 움직이고, 정해진 정답도 없어서, 정말 이래도 되나 불안해하면서도 최선을 다하던 그때와 비슷하다.

다른 점이라면 지금은 나와 나나미가 정식으로 연인 사이라는 점과, 서로 좋아한다는 것을 확신하고 있다는 점 정도일까.

이런 상황이지만, 나는 나나미를 좋아하고 있고, 나나미가 나를 좋아해 준다는 마음도 의심하지 않는다.

그래서 아직 나는 더 힘낼 수 있었다.

이 상태가 오래 지속되면 거기에 의심이 끼어들 수도 있다. 서둘러 해결하고 싶은 마음에 조금의 초조함은 있었다.

긴 시간의 방치는 좋지 않다. 조기 발견 조기 치료. 그것이 가장 피해가 적다.

"요신……."

"응?"

오늘 처음으로 나나미가 먼저 말을 걸어왔다. 그 사실을 깨달으면서도 나는 애써 냉정하게 나나미를 향해 고개를 돌렸다.

그러자 나나미는 잠시 말문이 막힌 듯 말이 없었다. 나는 그녀의 말을 기다리며 오늘 나나미의 복장을 시야에 담았다.

오늘은 캠핑이라 그런지 다소 차분한 복장이다. 노출이 많지 않은 것은 자외선 차단을 위해서인가?

시원한 색감으로 된 반팔 상의에 롱스커트 차림이다. 검은 뿔테로 된 예쁜 안경도 쓰고 있다. 머리는 따로 묶지 않았는데 그게 오히려 더 신선했다.

……땋은 머리, 오늘은 안 했네. 그것이 아주 조금 서운했다. 아침에 너무 일찍 일어나느라 시간이 없었을 뿐일지도 모르지만.

그녀는 배 앞에서 두 손을 모으더니 살짝 힘을 주고 주먹을 만들었다.

당연하지만 나나미는 안전벨트를 매고 있다. 가슴 근처에 안전벨트가 파고들어서 굉장한 일이 벌어지고 있…….

안 돼, 안 돼. 이상한 생각 하지 마라. 진지한 장면이잖아.

"오늘 하루, 즐겁게 보내자."

내가 좋아하는 평소의 미소, 그것을 보여주었다. 하지만 그 웃는 모습에서도 미세한 위화감이 드는 것은, 아마 기분 탓은 아닐 것이다.

그래도…….

"응, 즐기자."

그래도 미소를 지어주었다. 지금은 이것으로도 충분하다.

◇ ◇ ◇ ◇ ◇ ◇ ◇ ◇ ◇ ◇

"아니, 잘만 붙어 있던데, 대체 어디가 이상하다는 거야?"

텐트 안에서 가장 먼저 나온 말. 소이치로 씨한테 나는 그런 지적을 받고 말았다. 내 기준으로는 평소와 같지는 않았지만, 소이치로 씨가 보기에는 상냥히 오붓하게 있는 것처럼 보였나 보다.

캠핑장에 도착해 텐트 설치와 준비를 마친 뒤 우리 두 사람은 텐트 안에 있었다. 그런 타이밍에서 처음 나온 말이 그것이었다.

나도 소이치로 씨도 상반신을 벗은 채 얼굴을 맞대고 있었다. 사실 텐트 안이 상당히 더웠다. 땀이 쭉 날 정도로.

상의를 벗은 이유는 그것이 아니었지만.

"아니, 평소 같으면 좀 더 이런…… 여러 가지를 더 했었어요."

"그 위가 있다니…… 평소에 어떤 연애를 하고 있는 거야……."

"으음, 좀 더 달라붙는다든가……."

"아니, 물어본 건 나지만, 그런 자세한 설명은 안 해도 돼. 그런 건 둘만의 일로 간직해 줘."

마지막으로 "하츠가 똑같은 걸 하고 싶다고 말하면 나는 힘드니까"라고 말했으니 아마도 이쪽이 본심인 거겠지.

어차피 내가 말 안 해도 이미 늦은 것 같지만.

지금 나나미와 다른 여성 멤버는 또 다른 텐트에서 여러 가지 준비를 하고 있었다. 말 그대로 여러 가지.

"그보다 제대로 된 대화를 못 하고 있다길래 놀랐는데, 의외로 그렇지는 않은 것 같아서 안심했어. 얼마나 대화를 안 한 거야?"

"이틀 정도요."

"고작 이틀! 나는 하츠랑 싸우고 한 달 동안 대화를 안 했던 적도 있어!"

"한 달?! 너무 긴 거 아니에요?!"

나나미랑 한 달 동안 대화를 안 한다니, 나라면 절대로 무리다. 그렇다기보다는 뭘 어떻게 하면 한 달 동안 대화를 하지 않는 일이 생길 수 있는 거지?

시험 삼아 내가 나나미와 한 달간 대화하지 않는 모습을 상상해 보았는데…….

안 되겠다, 상상만으로도 울 것 같아.

뭐야, 진짜로 무서워. 그렇다는 건 한 달 동안 대화를 안 할 정도로 나나미를 화나게 했다는 거잖아? 무조건 내가 잘못한 케이스일 거다, 무조건.

"슈도 아유랑 싸우면 몇 주 동안은 대화를 안 한다고 들었어."

"말도 안 돼요. 대체 두 분이 어떤 잘못을 하셨길래요?"

"왜 우리가 잘못했다는 전제야?"

"그냥 그럴 거 같아서요. 참고하게 알려주세요."

소이치로 씨는 복잡한 표정으로 그 이야기는 다음에 하자면서 이야기를 중단했다. 이 반응으로 미루어봤을 때 아마 자신들이 잘못했다는 자각은 있는 것 같았다.

아니, 남의 일이라고 생각하지 말고 나도 조심해야지.

"어쨌든 너희 둘 사이잖아. 오늘은 너희 둘을 최대한 단둘이 있게 해줄게. 근데 이런 짓은 사귀기 전인 녀석들한테 해 주는 거 아닌가……."

"부탁드릴게요."

"뭐, 술이나 마시면서 터놓고 얘기하면 해결되겠지."

"저흰 미성년자라서 못 마셔요."

그랬지 참, 하고 소이치로 씨는 시치미를 떼며 어깨를

으쓱했다. 그보다 나나미에게 술은 위험하다. 과거에 위스키 봉봉만 먹었을 때도 그렇게 됐는데…… 나나미가 제대로 술을 마시면 도대체 어떻게 되는 걸까?

"옷도 다 갈아입었으니 슬슬 나갈까?"

그런 이야기를 하면서 우리도 준비를 마치고 텐트에서 밖으로 나갔다. 그 타이밍에, 소이치로 씨가 마지막 폭탄을 떨어뜨렸다.

"그렇지, 밤에 둘이 이 텐트에서 자. 주위에 폐가 되니까 야한 건 하지 말고."

"아, 네 알겠습니다."

…….

……어라?

잠깐, 소이치로 씨가 지금 뭐라고 했지?

"소이치로 씨, 지금 뭐라고 하셨죠?"

"응? 텐트 나눌 때 너희 두 사람이 같이 쓰는 걸로 배정했으니까 거기서도 천천히 얘기하라고. 아, 캠핑에서는 야한 건 하지 마, 매너를 지키지 않으면 주위에 폐가……"

"듣고 싶은 건 그 부분이 아니에요!"

아니, 나랑 나나미랑 같은 텐트에서 자는 건 좀 위험하지 않나요? 그 주의라는 것도 의미가 있나요?

당황하는 내가 이해가 가지 않는다는 듯, 소이치로 씨가 인상을 찡그렸다. 그 표정은 어느 쪽이냐면 내가 지금 하고 싶었다.

"밤의 텐트에? 저랑 나나미 단둘이요……?"

"잘 들어, 밤에 텐트 안에 있으면 의외로 말이 쉽게 나오는 법이야. 밖이라 해방감은 있지만 천이 처져 있으니까, 프라이빗도 어느 정도 보장되는 특수한 환경이거든."

"그, 그래요?"

"그래. 그러니까 술을 안 마실 거라면 적어도 해방감이 있는 곳에서 하라고. 주위에 사람들도 있으니까 더 냉정하게 대화할 수 있을 거야."

그런 걸까? 확실히 그 말에는 수수께끼의 설득력이 있긴 했지만, 동시에 설득당하는 것 같은 기분도 들었다.

근데 그것도 그런가. 텐트에서 나나미랑 단둘이라…….

"힘내볼게요."

"그래, 힘내라."

야한 걸 기대하는 것은 아니지만, 나는 나나미와 텐트에서 단둘이 있기로 했다. 소이치로 씨도 그런 나를 응원해 주었다.

"아, 참고로 한 침낭에서 둘이 자는 건 불가능하더라."

"……그걸 어떻게 아시는 거죠?"

내 의문에 대한 답은 돌아오지 않았다.

그리고 우리는 텐트에서 밖으로 나갔다. 주위는 밝지만, 텐트 안은 어딘가 어둑어둑해서 마치 동굴 같은 곳에 있다가 밖으로 나온 것 같은 기분이었다.

구름 한 점 없는 맑은 날씨. 햇살이 강해서 눈이 부신 나머지 자연스럽게 손으로 얼굴을 가리며 눈을 가늘게 떴다.

덥지만 기분 좋은 바람이 불고 있어서 무척이나 상쾌했다.

눈앞에는 잔잔하게 일렁이는 바다가 펼쳐져 있다.

그래, 오늘의 캠핑 장소는 바다다.

이것도 충격이었다. 내 안에서는 캠핑이라는 말에 산이나 그 비슷한 곳을 상상했는데, 설마 바다일 줄은 몰랐다.

텐트 안에 있던 이유는 수영복으로 갈아입기 위함이었다.

그건 당연히 여자들도 마찬가지였고······.

"오래 기다리셨습니다~. 수영복 미녀들의 등장입니다~."

그 한마디가 내 귀에 닿는 순간, 남성 멤버들이 웅성거리는 것이 느껴졌다. 왠지 주위 사람들도 술렁이는 느낌인건 기분 탓일까.

그리고 여자들 무리가 우리 눈앞에 다가왔다.

"와······."

그 화려한 무리에 나는 나도 모르게 감탄성을 내고 말았다. 나나미의 아르바이트 장소에 방문했을 때 봤던 라운드 걸 사람들과 나나미가 함께 등장했다.

나나미는 전에 수영장에 갔을 때와는 다른 수영복을 입고 있었다. 다른 수영복······ 이라고 해야 할까. 아랫부분의 디자인은 비슷했고, 상반신은 확실하게 다른 것을 입고 있었다.

몸에 딱 맞는 흰색 보디슈트 같은 상의로, 앞쪽에 파란색 지퍼가 달려 있다. 노출을 감추기 위해서 입고 있는 거겠지만…….

몸에 딱 붙어서 그런지 오히려 평범한 수영복을 입은 것보다 훨씬 더 섹시해 보였다.

상의가 몸에 딱 맞아서 나나미의 큰 가슴 같은 것이 뚜렷하게 드러났다. 자칫하면 가슴골마저 보일 것 같았다.

몸의 라인이 전부 드러나 있고 거기에 약간의 노출까지 더해졌다니, 이건 그냥 최강이 아닐까.

적어도 나는 이 상태로 다가오는 나나미를 거부할 수 없었다. 남자라는 슬픈 동물이었다.

꽤 섹시한 집단이긴 했지만, 예전과 달리 헌팅당할 걱정은 없겠다는 생각이 든 이유는 주위에 있는 남성 멤버들이 근육질의 격투가이기 때문이었다.

다들 자신이 마음에 품은 여성에게 다가가고 있었다. 이 광경을 보고 있으면 섣불리 헌팅은 들어오지 않겠지…….

아, 이런. 나도 나나미한테 가야겠다.

나도 뒤늦게 정신을 차리고 그녀에게 다가갔다. 전에 나나미의 수영복을 본 것은 나이트풀에서였다. 조명이 있어도 어둑어둑해서 묘하게 환상적이긴 했지만…… 나나미의 수영복 차림을 선명하게 볼 수는 없었다.

물론 보고는 있었지만 어두운 만큼 시각적인 정보가 제한된 느낌이었다고 할까…….

아무튼 그때는 제대로 나나미를 바라볼 수 있었다.

하지만 지금은, 나나미에게 한 걸음 다가설 때마다 긴장감이 높아지는 것이 느껴졌다. 모래사장이라 발소리는 나지 않았지만, 발이 앞으로 나갈 때마다 심장이 뛰는 기분이다.

그런 생각을 하면서 걷다 보니 나나미에게 도착하는 것은 순식간이었다. 눈앞에는 햇살을 받은 나나미가 있었다.

마치 나나미가 빛나고 있는 것처럼 보인다. 아니, 이거 실제로 빛나는 거 아닌가? 어? 진짜 빛이 나는데?

후광이 비추는 것이 아니라, 정말 나나미의 몸이 빛나고 있었다.

혹시 햇빛이 나나미 피부에 반사됐다거나, 더워서 배어 나온 땀이 반사돼서 빛나는 것처럼 보이는 걸까.

너무…… 예쁘다.

그런 생각을 하고 있는데, 나나미가 몸을 숨기기라도 하듯 비틀어 버렸다. 그리고 내게서 고개를 돌린 상태로 쑥스러운 듯 중얼거렸다.

"저기, 요신…… 그런 식으로 보면 부끄러워. 적어도 무슨 말이라도 해줘."

"앗……."

아뿔싸, 너무나 충격적인 광경에 시선이 팔려 말을 꺼내는 것조차 잊고 말았다. 침묵한 채로 빤히 바라보다니, 좀 변태 같았을까.

하지만 뭐라고 말해야 좋을지……. 아니다, 여기선 솔직하게 칭찬하자. 이럴 때일수록 분명 칭찬은 평소보다 더 중요하다.

"미안, 너무 아름다워서 넋을 놓고 있었어. 진부한 표현밖엔 못 하지만…… 잘 어울려."

그 말을 들은 나나미가 천천히 나를 돌아보았다. 볼이 붉어진 것은 분명 햇빛 때문만은 아니리라.

수줍음을 감추듯 나나미는 가볍게 쥔 주먹을 내 가슴 언저리에 갖다 댄다.

피부와 피부가 부딪치며 찰싹 소리가 울렸고, 나나미는 거기서 주먹을 내 가슴에 댄 채로 움직임을 멈췄다. 그리고 그 시선을 자신의 주먹으로 돌렸다.

그대로 천천히 시선을 내리더니, 곧이어 그 시선을 다시 아래에서 위로 이동시켰다. 나와 시선이 마주치자 나나미가 눈을 동그랗게 떴다.

"요신은 피부…… 어, 맨살……?!"

"아, 응. 그야 바다고, 수영복이니까……."

나나미가 천천히 주먹을 펼치더니, 그대로 손바닥을 내 가슴 언저리에 탁 놓았다. 나는 뜻밖의 일에 흠칫 놀랐다.

당연히 손을 뗄 줄 알았는데.

그대로 나나미는 찰싹찰싹하며 내 몸을 그 손바닥으로 쓰다듬듯이 만졌다.

"마, 만져버렸네……."

"그러게……."

이건 대체 어떤 반응인 건가 싶어 조금 당황스러웠다. 나나미는 나에게서 손을 떼지 않고 무언가를 감추듯 눈썹을 늘어뜨리며 미소 지었다.

나는 만질 수 없다는 것이 슬픈 점이다……. 그게 당연한 거지만.

"뭔가 야한 짓 하고 있어……?"

주위에서 그런 소리가 들려서 우리는 정신을 차렸다. 나나미는 그 말에 황급히 나에게서 손을 뗐다.

조금 전까지 나나미의 손이 닿아있던 부분에서 묘한 상실감이 느껴졌다. 그 장소를 내 손으로 만져보았지만, 그 상실감은 한동안 메워지지 않았다.

"아, 안 했어요!"

손을 뗀 나나미가 변명하듯 소리쳤다. 주위 사람들은 그런 나나미에게 어딘가 따스한 시선을 보내오고 있었다. 나도 무심코 그런 나나미를 보고 포근한 기분을 느꼈다.

"너희들, 보자마자 급발진이냐……."

"하긴, 바다에서 보는 나나미는 평소보다 몇 배는 더……."

오토후케 씨와 카모에나이 씨가 못 말린다는 듯한 얼굴로 우리에게 다가왔다. 카모에나이 씨는 잠시 말을 끊더니 무언가 생각에 잠긴 얼굴로 검지를 입가에 가져갔다.

그대로 "음~" 하고 생각에 잠겨있더니, 검지를 나나미에게로 돌렸다.

"야하지."

"아유미?!"

어디선가 들은 적이 있는 '골라서 나온 말이 그거냐' 싶은 발언이었다. 응, 야하다는 말은 칭찬이라고 할 수 있을까? 나나미는 항의하듯 카모에나이 씨에게 목소리를 높였다.

키득키득 웃고 있지만…… 미안, 나나미. 그 부분엔 나도 살짝 동의해

노출도도 그렇고, 밝은 곳에서 보는 수영복 차림의 나나미는 매력이 굉장했다. 겉옷 위로 들여다보이는 가슴이라든가, 레이어드 된 비키니 아래라든가, 조금 땀에 젖은 날씬한 다리라든가.

그야말로 여름의 느낌이다.

"그러는 하츠미도 아유도 야하잖아. 뭐야, 그 새 수영복은?"

"엥? 왜 나한테까지 불똥이 튀는 거야."

"에이~, 나나미한테는 못 이기지~."

나나미에게 지적받은 카모에나이 씨는 어째서인지 포즈

를 취했다. 오토후케 씨 쪽은 수줍어하며 소이치로 씨 뒤편에 살짝 숨는다.

오토후케 씨는 빨간색에 가까운 오렌지색 비키니로, 아래엔 짧은 파레오를 두르고 있다. 파레오가 너무 짧은 나머지 아래를 가릴 만한 면적이 부족해 다리가 거의 다 드러난 상태였다.

카모에나이 씨는 언뜻 보면 원피스 같은 수영복인데, 허리라든가 이곳저곳의 노출이 굉장했다. 이건 무슨 수영복이지? 혹시라도 뒤에서 보면 등이 훤히 다 보여서 오해를 주는 건 아닐까⋯⋯?

두 사람 다 남자친구와 바다에 와서 그런지 섹시함을 가감없이 드러내고 있었다.

아마 나이트풀 때와는 다른 수영복이겠지. 다른⋯⋯ 거겠지? 어라?

나나미 의상은 확실히 다르다는 걸 기억하고 있는데, 두 사람의 수영복은 어땠는지 기억이 모호하다.

⋯⋯뭐, 상관없나.

어쩌면 나나미 외에도 더 관심을 두라는 말을 들을지도 모르지만, 여자친구 이외의 수영복 차림을 기억하는 것도 좋지 않을 테니 이것이 정답이라고 생각하자.

이렇게 보면 나나미는 비교적 차분한 수영복을 입어줬구나 싶어 나는 혼자 안심했다. 아래는 레이어드로 되어 있어 섹시하지만 위에는 상의를 걸치고 있기도 하고.

거기서 문득 나는 카모에나이 씨의 말이 떠올랐다.

『나나미한테는 못 이긴다.』

어쩌다 그런 말이 나왔을까?

지금 나나미의 수영복은 아무리 봐도 두 사람보다 차분한 차림이다. 겉옷도 입고 있고, 노출도도 꽤 낮고…….

……겉옷?

내가 그 사실을 알아차린 타이밍에 카모에나이 씨가 히죽 웃으며 내 근처로 이동했다. 곁으로 다가온 그녀가 마치 악마처럼 나를 유혹하는 말을 꺼내왔다.

"그래, 나나미는 겉옷을 입고 있어. 그 아래가 궁금하지 않아……?"

"아, 아래?"

당연한 일이지만 겉옷을 입고 있다는 것은 그 아래에 수영복을 입고 있는 뜻이다. 나는 그것에 대해선 전혀 생각하지 못했다.

즉, 다시 말해. 저 아래에 있는 나나미의 수영복은 두 사람보다 더 대단하다는 뜻……?

내가 굳어 있자 이번에는 카모에나이 씨가 나나미에게 다가가 무언가를 속삭였다. 시선을 돌려 오토후케 씨 쪽을 바라보니, 그녀는 허리에 한 손을 얹고 다른 손으로는 머리를 감싸고 있었다.

하지만 말릴 생각은 없어 보였다.

그리고 무어라 속삭이는가 싶더니 나나미의 등을 가볍게 민다. 그로 인해 나나미는 몇 걸음 앞으로 나와 거의 내 지척까지 다가와 있었다.

아까도 충분히 두근거렸지만, 지금은…… 아까보다 더 두근거렸다. 가슴팍이 드러난 탓에 거기로 나나미 피부가 보인다.

그래서 나는 그녀가 지금 그 겉옷 아래에 어떤 수영복을 입고 있을까…… 하는 망상을 해버리고 말았다.

서로 눈앞에 있는 상태에서, 나도 나나미도 아무 말을 하지 못했다.

먼저 그 침묵을 깬 것은 나나미였다.

"저, 저기…… 그게……."

나는 그녀의 말을 막지 않고 잠자코 듣고 있었다. 나나미의 다음 말이 나오기까지의 시간이 터무니없이 길게 느껴졌다. 마른침을 삼키며 지켜보는 심정이 이런 것일까.

주위 사람들도 우리를 지켜보는 기분이었다.

묘하게 조용한 걸 보면 완전히 기분 탓은 아닐 것이다.

"저기, 그. 역시 해가 강하면…… 피부에 안 좋지."

"으, 응. 그런 것 같네."

"그러니까, 피부가 타지 않게 하려면…… 자외선 차단제는 필수거든……."

"응....... 응?"

아니, 이 '응'은 되물은 것이 아니라, 설마? 라는 의미의 '응'이다. 만화 등에서 자주 있는 그런 상황이 나에게 온다는 건가?

하지만 여기서 나나미의 발언에 앞서서 '오일 발라줄게'라고 하는 건 굉장히, 정말로 어렵다. 남자가 여자한테 먼저 선크림을 발라주겠다고 하면 그림이 이상하잖아.

이건 어디까지나 상대에게 부탁을 받았을 때뿐이다.

부탁을 받으면 나는 그녀의 피부에 닿을 수 있다는 허락을 받는 셈이다. 그러니까 내가 먼저 말을 꺼내선 안 돼. 기다리는 거다. 말을.

이랬는데 전혀 다른 거라면 나는 그냥 변태 같은 녀석이 되겠지만. 입에 담지 않았기 때문에 아직은 안전하다.

그리고 나나미가 어느새 들고 있던 플라스틱병을 내 앞으로 내밀었다.

어쩌면 아까 카모에나이 씨가 건네줬을지도 모르는 병은 내게는 낯선 물건이었다. 굳이 말하자면 샴푸통같이 생겼다.

그대로 나나미는 잠시 뺨을 물들이더니 고개를 숙인 채 말을 이었다.

"......선크림, 발라줄래?"

나는 머릿속으로 지금 나나미가 한 말을 반복했다. 선크림, 발라줄래. 설마 정말 이런 상황이 내게 올 줄은…….

이 부탁을 거절할 수 있는 인간이 과연 얼마나 될까?

여자친구의 피부를 보호하는 건 곧 피부에 닿는 것! 적어도 나에게 거절은 존재하지 않는다.

"기, 기꺼이……."

이때의 나는 어디까지나 냉정하게, 아주 신사적으로, 경쾌하게 부탁을 승낙했다고 생각했는데…….

이거, 실은 상당히 건방졌던 게 아닐까…….

여자친구의 몸에 자외선 차단제를 발라준다.

만화 같은 곳에서는 굉장히 흔하게 나오는 상황이다. 말 그대로, 여자친구의 등에 남자친구가 자외선 차단제를 발라주는 상황을 말하는 건데…….

이런 게 현실에도 있구나. 정말 놀랐다.

"그, 그럼…… 잘 부탁드립니다."

"저, 저야말로."

텐트에서 조금 떨어진 모래사장에 비닐 시트를 깔고 그 위에 우리들은 정좌를 하고 앉았다. 왜 정좌인가? 나도 모르겠다. 몸이 자연스럽게 정좌 자세를 취하고 있었다. 나나미도 마찬가지다.

정좌한 채 꾸벅 나에게 고개를 숙여 보인다.

지금 이 비닐 시트 위에는 나와 나나미밖에 없다. 주변에 다른 사람들도 없다. 나와 나나미 둘뿐이다. 이른 아침부터 온 덕분인지 사람도 적어서 마치 전세 해변에 온 듯한 느낌이었다.

다른 사람들은 바다 쪽으로 놀러 가는 그룹, 바비큐 준비를 하는 그룹으로 나뉘어 있었다.

나도 준비를 도와줄까 생각했는데, 숯불에 진심인 사람이 있으니 학생은 놀고 오라면서 거절당했다.

아마 나와 나나미를 단둘이 있게 해 주려는 배려겠지만, 설마 거기서 자외선 차단제를 바른다는 이야기가 나올 줄은 몰랐다.

야외에서 이렇게 긴장하는 순간이 올 줄이야.

"그럼 잘 부탁해……."

"아, 응."

나나미에게서 선크림을 받아든 나는, 병을 뚫어지게 바라보았다. 지금은 어제까지의 어색함과는 다른 의미로 어색했다.

지금부터 내가 이걸 바르는 건가…….

나나미는 지금 겉옷을 입은 상태다. 당연히 자외선 차단제를 바르려면 옷을 벗어야 하는데…… 그렇게 대단한 수영복이라면 벗을 수 있을까……?

"나나미, 그 겉옷은…… 겉옷? 이라고 불러도 돼?"

"아, 이거? 이건 래시가드라는 거야. 수영복 위에 입고 그대로 바다에 들어갈 수 있어. 물속에서도 따뜻해서 좋아."

래시가드! 그런 것이 존재했구나. 나나미는 지퍼를 아주 살짝만 내리고 래시가드의 끝을 잡았다.

그대로 바다에 들어갈 수 있다면 수영복과 같은 재질이라는 걸까. 그래서 피부에 딱 달라붙어 신체의 라인이 다 드러나는 걸까…….

수영복과 똑같다면, 설마 그 아래에 아무것도 안 입고 있는 건 아니겠지?

사실 수영복이랑 똑같으니까 위에는 아무것도 안 입었다. 그것뿐인 건가? 그렇다면 카모에나이 씨의 말도 말 그대로의 의미로 받아들일 것 같았다.

하지만 그렇다면 개인적으로는 지금 당장 평범한 수영복을 착용하는 것을 추천하고 싶었다.

"그럴 리가 없잖아!"

"어?! 내가 무슨 말 했어?!"

"도중부터 중얼거렸어……. 하여간. 이 아래도 제대로 입고 있어……."

이거 또 고전적이라고 할지, 진부한 행동을 해버린 것 같다. 아니, 그래도 안심이다. 제대로 아래에 입고 있다면 안심…….

나나미는 래시가드를 입은 채 비닐 시트 위에 엎드렸다. 분명 벗은 다음 누울 거라 생각했는데 입은 상태 그대로다.

설마 자외선 차단제도 입은 채로 바르나……? 아니, 그럴 리가 없지. 나는 그렇게 생각하면서 나나미의 행동을 지켜보았다.

엎드린 나나미는 그대로 상체를 약간 들어 올렸다. 이내 앞쪽에서 지퍼 내려가는 소리가 들려왔다.

지익…… 하는 금속음이 들려오고, 그것이 멈췄다고 생각한 순간 래시가드의 앞이 열리고 천이 서서히 펼쳐졌다.

나나미는 능숙하게 등을 돌린 채로 래시가드를 벗어갔다. 몸에 꼭 달라붙는 소재라 그런지 팔도 한쪽씩 천천히 빼 나갔다.

마지막으로 가슴 언저리에서 무언가 만지작거리더니, 등에 얹어진 상태가 된 래시가드를 훌쩍 뒤집는다.

베개 대용인지 벗은 래시가드를 둥글게 말아 자신의 얼굴 근처에 놓는다. 그러자 나나미의 등이 드러났다.

아름다운…… 잡티 하나 없는 눈부신 등이 드러났다. 저도 모르게 감사 기도를 올릴 것만 같다.

나는 가만히 나나미의 등에 시선을 보내다가 문득 생각했다.

……끈이 엄청 얇은데?!

이렇게 가늘어도 괜찮을까 싶을 정도로 가는데? 원래 이런 건가? 뭔가 굉장한데요…….

그리고 지금의 나나미는 두 손을 베개 삼아 얼굴 아래에 놓고 있었다. 즉 손을 어깨보다 위로 올린 상태로 엎드려 있는 것이다.

그래서 시야에 들어오고 있다. 겨드랑이나, 그…… 눌린 가슴이…….

이거 괜찮은 거야? 봐도 되는 거야?

바르기 전부터 혼란스러워졌다. 누군가가 보지 못하게 내 몸으로 가려야…… 아니, 반대쪽에서 볼 수 있으니까 움직일 수 없다.

정면으로 수영복이 보이는 것도 아닌데, 여러 장소가 여러 의미로 위험한 모습이 되어 버리고 말았다.

"그럼 등에 발라줄래?"

"네, 네엡……!"

빨리하지 않으면 이 예쁜 등이 햇볕에 타버릴 것이다. 아니, 햇볕에 그을린 나나미는 그거대로 근사할 거라 생각하지만, 그건 그거고 이건 이거다.

이제 등에 어떻게 발라야 하지……?

그러고 보니 놀러 가기 전에 오토후케 씨네가 조언을 주고 갔었다. 분명 이렇게…… 등에 직접…….

선크림에서 나온 하얀 크림이 나나미의 등에 떨어졌다. 분명 이렇게 직접 뿌린 다음에 바르라고 했던 것 같다.

바른다……? 바른다……. 응, 제대로 바르자.

천천히, 천천히 나나미의 등에 나는 손을 뻗었다. 확 갔다면 좋았겠지만 그럴 배짱은 지금의 나에게는 없다.

슬로모션으로 나나미의 등에…… 나는 내 손바닥을 얹었다.

"응……♡."

올린 순간 나나미의 목소리가 새어 나왔다. 목소리를 죽이고 있었는데 저도 모르게 새어 나온 것 같은, 그런 어딘가 야릇한 소리.

작은 소리라 내 귀에만 닿을 정도의 목소리였지만, 기분 탓이 아니라는 것만은 확신할 수 있었다.

그대로 나는 그녀의 등에 내 손바닥을 기듯이 움직여 갔다. 그럴 때마다 나나미의 입가에서 목소리가 새어 나왔다.

위에서 아래로, 아래에서 위로…… 때로는 동그랗게 원을 그리듯 움직인다. 마치 나나미의 등이 캔버스이고, 거기에 무언가를 그리듯이 움직여 나갔다.

이걸로 내가 나나미의 피부를 만진 것은 배, 등…… 가슴도 살짝 만졌나……? 그런데 등은 또 다른 감촉이었다.

냉정해 보일지도 모르지만, 속으로는 더 호들갑을 떨고 있다. 나나미의 등은 부드럽고 매끈매끈하고, 만지는 것이 무척 기분 좋았다.

그 매끈한 등이…… 말투가 좀 그렇지만…… 선크림으

로 조금 미끌미끌해져서 훨씬 더 매끄러웠다.

"요신, 손가락도 써도 돼."

손가락을 쓰라고?!

무슨 말이지?! 난 지금 손바닥만 사용해서 나나미의 등에 바르고 있었는데, 혹시 손가락도 사용해서 손 전체로 발라달라는 건가?

그 말에 나는 손가락 끝까지 바르는 걸 의식해 나나미의 등을 만졌다. 조금 전까지 손바닥에만 느껴지던 등의 감촉이 손가락 끝까지 전달되어 갔다.

등에 골고루 바르고…… 바르고…… 바르고…….

이건 어디까지나 선크림을 바르고 있을 뿐이다, 바르는 것뿐이다. 스스로 그렇게 되뇌었다. 이러지 않으면 위험하다.

가장 힘들었던 것은 비키니의 끈 부근을 바를 때였다. 등에 바르는 행위는 변하지 않았다, 않았을 텐데…….

끈 아래에 손을 넣고 등에 바른다.

겨우 끈 하나, 옷 속에 손을 집어넣은 것도, 그 이상으로 과격한 일을 한 것도 아닌데, 자신의 손 위에 끈의 감촉이 있다는 사실이 내 뇌를 흔들었다.

얻어맞은 것 같은 충격이란 이럴 때 쓰는 말이겠지. 아니, 실제로 맞아본 적은 없는데. 아무튼 머리가 어지러웠다.

엔도르핀이 과하게 나온 걸까? 쓰러질 것 같다. 열사병은 아니겠지? 수분은 잘 섭취했으니까.

"후우……."

"고, 고마워……."

내가 생각하는 범위에서는 다 바른 것 같다. 그 단계에서 나는 나나미의 등에서 손을 뗐다. 손을 뗄 때 나는 젖은 소리가 유난히 선명하게 들렸다.

선크림을 발라 햇빛에 반짝반짝 빛나고 있는 그녀의 등은 어딘가 요염한 분위기를 뿜어내고 있었다.

……이거, 새로운 성벽을 알아버린 것 같다. 이럴 생각은 없었는데, 이건 무슨 페티시라고 하나?

뭐, 됐다. 이것으로 임무는 완료다.

그런 줄 알았는데, 그렇지 않았다.

"저기, 괜찮다면 위랑 아래도 발라주면 안 될까?"

"아래도……?"

위는 어쩐지 알겠다. 확실히 목 언저리라든가 어깨 둘레 쪽…… 그 근처도 바르지 않으면 햇볕에 타버릴 것 같다. 근데 아래는……?

나는 그대로 등에서 시선을 아래로 내렸다. 설마…… 엉덩이를 말하는 건 아니겠지?

아니, 아니겠지. 거길 만지는 건 위험하다.

하지만 확실히 수영복 아래에서 삐져나온 부분도 조금 있었다. 그 부분이 햇볕에 탄다는 걸까?

"저기, 요신, 엉덩이 너무 쳐다봐. 시선이 느껴져…….
거기가 아니라 다리 말이야."

"아, 다리 말이지. 다리. 응, 다리, 다리. 알고 있었어."

그건 그렇다. 엉덩이는 만지면 안 되지. 당연하다, 나도
알고 있었다.

나나미는 나에게 등을 돌린 채 재빠르게 엉덩이를 손으
로 가렸다. 죄송해요, 보고 말았습니다. 아니 그게, 아래라
고 하니까 무심코 시선이 가 버렸어요.

하지만 나나미의 손은 그렇게 크지 않았기에 손으로 모
든 것을 다 감출 수는 없었다. 그것이 반대로 무척 선정적
으로 보이는 것은 내가 야하게 생각해서 그런 걸까?

정신을, 정신 좀 차리자. 일단 위부터.

엎드려 누워있는 나나미의 위쪽을 바라보았다. 등은 발
랐지만, 목 주변과 어깨 둘레, 팔에는 바르지 않았기에 나
는 그곳들로 손을 가져갔다.

"앙……♡."

목 뒤는 그나마 등의 연장선이라 괜찮지만, 어깨 주변이
유난히 힘들었다. 만질 때마다 나오는 나나미의 어미에 하
트 마크가 보이는 기분이다.

엎드려 있어 앞쪽은 만질 수 없었지만, 어깨 둘레는 아
주 조금만 힘 조절을 잘못하면 그대로 손이 앞쪽으로 가버
릴 것 같았다.

딱히 앞쪽을 바르지는 않았다. 손가락 끝이 닿는다고 해도 쇄골까지…… 아니, 거기까지도 안 갔을지 모른다.

그래도…….

"거기는 안 돼……."

그런 소릴 들으면 반대로 더 만지고 싶어진다. 물론 안 만졌지만.

침묵 속에서 위가 끝났고, 자, 다음은 아래쪽이다.

다리다. 다리. 다리 쪽 말이지.

허벅지, 무릎 뒤, 종아리…… 순서대로 천천히, 정성껏 발라 나갔다. 그리고 발목보다 더 아래. 다리에 바를 때는 이전과는 전혀 다른 긴장감이 들었다.

나나미가 다리는 앞쪽도 발라달라고 요청했기 때문이다. 그래서 다리를 살짝 들거나 아프지 않게 부드럽게 구부리면서…….

제일 이질적이라고 생각한 것은 발가락에 선크림을 발랐을 때일까.

평소에는 절대로 만지지 않을 그녀의 발가락에 닿는다는 것이 얼마나 비정상적인 일인가. 이상하다고 해야 할까, 혹은 비일상이라고 해도 좋을 것이다.

어쩐지 등을 만지는 것보다, 심지어 가슴을 만지는 것보다 더 묘한 배덕감이 들었다. 내 손가락이 그녀의 발가락을 만지고, 바르고…….

육체적인 접촉은 표면적인 곳뿐인데, 뭔가 많은 것들이 엉망으로 뒤섞이는 기분이다.

"끝났어……."

그 말만을 하고 나는 그 자리에 쓰러지듯 벌러덩 위를 향해 누웠다.

모든 힘을 다 써버린 것 같은, 비정상적인 피로감이 나를 덮쳤다. 마치 계속 달리기를 한 것처럼 땀이 뿜어져 나왔다.

어느샌가 래시가드를 다시 입은 나나미가 그런 나를 들여다보듯 내려다보았다. 저 옷은 언제 입은 거지? 아니, 딱히 수영복이 보고 싶었던 건 아니고…….

그래도 위에서 감싸오듯 들여다보니 아주 조금 흔들리는 부분에 나도 모르게 시선이 가버렸다.

딱 맞는 원단이라 언뜻 보기에는 단단해 보이기도 하는데, 그 부분만큼은 부드럽게 흔들리고 있었다. 뭐지, 이 모순된 시각 정보는.

이 세상은 신비롭다.

"고마워, 요신……. 모처럼이니까 앞에도 발라줄래?"

"안 할 건데?!"

지퍼를 살짝 내리면서 나나미가 놀리는 듯한 미소를 내게 보내왔다. 그 갑작스러운 제안을 나는 반사적으로 부정했지만…….

어? 뭔가 이 느낌…….

선크림을 손에 든 나나미는 래시가드 아래의 느슨한 틈으로 손을 넣어 내가 바르지 않은 부분에 선크림을 발라나갔다.

래시가드 틈으로 손을 넣는 광경에 나는 무심코 침을 삼켰다.

"그럼, 이번에는 내가 요신한테 선크림을 발라줄게, 자아~."

나나미는 손을 래시가드에서 빼내더니 그대로 내 배 근처에 자신의 손을 얹었다. 조금 전까지 자신의 몸에 닿았던 손을 내 배와 가슴에 말이다.

가, 간접 뭔가가 되는 거 아닐까, 이거? 뭐지, 너무 혼란스러워서 이제는 뭐가 뭔지 모르겠다.

예상 밖의 그 행동에 나는 한 발짝도 움직이지 못했다. 피로감 때문이기도 했지만, 그 움직임이 너무나 갑작스러워서, 그리고 평소와 같은 나나미라서 움직일 수 없었다.

어쩐지 나나미와 맞닿아 있는 부분만 서늘해지는 느낌이다. 나나미의 손바닥이 움직였다. 작은 손바닥임에도 어쩐지 몇 배나 크게 느껴졌다.

"어? 어?! 나나미……?!"

"좋아, 이대로 발라줄게? 각오해!"

당황한 나를 무시하듯 나나미는 두 손을 내 몸 위에서

움직였다. 배, 가슴, 팔, 손, 손가락…… 그런 식으로 선크림을 내 전신에 발라 나간다.

색칠 공부……? 색칠 공부에서 칠해지는 쪽의 기분은 이런 것일까? 어릴 적에 했었지……. 넋이 나간 채 그런 현실도피를 했다.

그대로 나는 빙글 몸을 돌려 등 쪽도 발려야 했다. 물론 나나미 혼자만의 완력으로는 불가능하니 몸을 돌릴 땐 나도 움직였지만.

그녀의 손바닥 감촉이 온몸에서 느껴지면서 내 몸에서 나나미가 만지지 않는 곳들이 서서히 사라져 갔다.

물론 완전히 전신이라고는 할 수 없지만, 그래도 최종적으로 신체 대부분이 나나미에게 만져진 셈이었다.

끝날 무렵에는 나나미도 피로감을 느낀 것 같았지만, 그 이상으로 만족스러운 미소를 짓고 있었다.

나로 말하자면 아까와 다른 이유로 숨이 차올라 있었다.

그야 온몸이잖아? 온몸을 여자친구가 만진 거잖아? 바로 일어나지 못하게 되는 것도 당연한 일이고, 당연히 숨도 찬다.

나나미는 그러고 나서 다시 자신의 상체에 선크림을 발라 나갔다. 아까도 발랐는데…… 왜일까? 참고로 래시가드는 여전히 입고 있다.

……어쩌면 래시가드를 입고 있으니까 등은 바를 필요

없었던 거 아닐까? 아니, 옷을 입고 있어도 자외선은 피부를 태우나……?

새로 덧바른 나나미는 그대로 내 옆에 누웠다.

쨍한 햇빛이 나와 나나미에게 향했다. 하지만 지금의 우리들은 선크림을 발라두었기에 햇볕에 타는 일은 없었다. 그래도 더운 것엔 변함이 없었지만.

"나나미……."

"요신……."

누워있는 나나미에게 내가 말을 거는 것과 나나미가 입을 여는 것은 완전히 동시였다. 동시에 목소리를 내고는, 서로의 얼굴을 마주 보며 쓴웃음을 지었다.

서로 먼저 하라는 말이 나왔는데, 그 말에 내가 먼저 나나미에게 말을 건넨다. 내가 묻고 싶었던 것은 큰 의미는 없는 것이지만…….

"왜 앞쪽에 더 많이 발랐어?"

"응? 선크림은 덧바르면 더 안 타거든. 게다가…….."

"게다가?"

"요신을 만진 손으로 바로 바르면, 간접 키스 같아서 뭔가 좋지 않아?"

나나미가 사춘기 남자 고등학생 같은 말을 꺼냈다. 그보다, 나와 같은 발상을 하고 있었다니.

에헤헤 하고 웃은 나나미가 그대로 내게 다가왔다. 누운 상태로 재주 좋게 폴짝거리며 뛰듯이 다가온다.

차 안에서는 벌어져 있던 거리가 한 걸음, 또 한 걸음 다가왔다.

서로의 팔이 닿을 정도의 거리, 아니, 실제로 닿았을 것이다. 그 정도까지 그녀가 다가와 주었다.

빙글 몸을 돌리자 서로 누운 채 마주 보는 구도가 되었다.

"요신…… 미안해."

나나미는 조금 쓸쓸한 미소를 짓더니, 나에게 미안하다고 말해왔다. 그 사과의 의미를 생각해 보고, 말을 돌려주었다.

"그건, 전화를 안 받았던 거?"

"그것도 그렇지만, 아르바이트 첫날에 싫다고 하면서 이상한 말을 해버린 것도."

아아, 나나미는 역시 무엇에 대한 사과인지를 정확히 알고 말하는구나. 나와 다른 점은 그곳이다.

"나는 신경 안 쓰……."

말을 하다가 나는 말을 멈췄다. 여기서 신경 쓰지 않는다고 하면 거짓말이 된다. 그래서 나는 말을 다시 골랐다.

지금 나의 솔직한 심정을 전할 말을.

"……응, 굉장히 신경 쓰였어. 내가 나나미를 화나게 한 건 아닐까, 겁이 나서 이런저런 걸 하고 있었어."

신경 쓰지 않는다고 하면 굉장히 멋있겠지만, 여기서 그런 말을 해서 서로의 감정을 숨긴다면 오히려 나중에 일이 더 복잡해질 것 같았다.

화가 났다면 화가 났다고 말하고, 슬프면 슬프다고 말하는 편이 좋다. 그것으로 인해 또 싸움이 날 수도 있겠지만, 쌓아두는 것보단 낫다.

뭐, 정도에 따라 다르다고 생각하지만……

나나미는 조금 놀란 듯 눈을 부릅떴다가 다시 웃었다.

"……정말 미안해. 나도 그때는 기분이 엉망으로 꼬여버려서……. 말로 내뱉으니까 뭐가 뭔지 모르겠더라."

"그랬구나. 하긴 기분과 말이 꼬이는 경우도 있지."

"응, 귀찮은 여자친구라 미안해."

"괜찮아, 남자들은 귀찮은 걸 좋아하니까."

예를 들면 프라모델이라든가.

아니, 남녀관계를 프라모델에 비유하는 것도 좀 이상한가? 적어도 나는 귀찮은 걸 비교적 좋아하는 편이다.

그러니까 나나미 정도의 귀찮음은 대환영이다.

"거기서 긍정하는 거야? 귀찮지 않다고 말해 주는 게 아니라?"

"좋잖아. 귀찮으니까 더 좋은 거고."

나나미는 미세하지만 기쁜 얼굴로 그렇구나, 하고 중얼거린다. 나의 말에 나나미는 상체를 벌떡 일으켰다. 나도 같이 상체를 일으킨다.

상체를 일으켰을 때, 마침 지퍼를 내리고 있던 틈새로 래시가드의 안이 보였다. 아주 잠시뿐이지만, 보고 말았다.

어? 뭔가 천이 전혀 안 보였던 것 같은……? 하지만 등에서 봤을 땐 비키니 끈이 있었는데, 어떻게 된 거지……? 너무 잠깐 본 거라 잘못 본 건가……?

"그, 근데 애초에, 왜 그런 말을 한 거야? 뭐가 싫었어?"

나는 동요를 들키지 않도록 묻고 싶었던 말을 물어보았다. 나나미는 그대로 무릎을 감싸고 앉더니 고개를 갸우뚱하며 나에게 시선을 보냈다.

"그거 말인데, 지금은 나도 좀 정리가 안 됐어. 그러니까 밤에 시간 좀 내줄 수 있을까? 그때까지 정리해 둘 테니까 둘이서 같이 대화하자."

"아, 응. 좋아. 우리 둘 밤에는 같은 텐트를 쓴다니까."

"아, 그렇구나. 그럼 밤에 같이……."

말을 이어가던 나나미의 말이 뚝 멈췄다.

그리고 마치 녹슨 장난감처럼, 끼긱…… 소리가 날 것 같은 움직임으로 내 쪽을 향해왔다.

어? 이 반응은…… 설마……?

"밤에…… 텐트 같이 쓰는 거야……?"

"응…… 그렇다고 들었는데……."

또다시 나나미는 녹슨 장난감 같은 움직임으로 고개를 숙였다.

"못 들었어? 못 들었구나⋯⋯?"

내 말에 나나미는 고개를 푹 숙인 채 작게 고개를 끄덕였다. 그렇구나. 못 들었구나. 난 틀림없이 이미 들었을 거라고 생각했는데⋯⋯.

그대로 우리는 침묵하고 말았다. 나나미가 어떤 생각을 하고 있는지 감히 짐작할 수는 없지만, 아마 이거⋯⋯ 부끄러워하는 거겠지.

아침까지는 계속 어색한 상태를 유지하고 있었으니 텐트에서 단둘이 있어도 이상한 일이 벌어질 여지는 적었는데, 지금은 어떨까?

선크림 같은 걸 서로 발라줘 놓고, 우리는 밤에 평범하게 있을 수 있을까?

⋯⋯생각해도 어쩔 수 없다. 미래의 나, 맡긴다.

"나나미, 놀자! 바다에서 실컷 놀다가 녹초가 되면 밤에 눈 깜짝할 사이에 잘 수 있어!"

"그렇지! 열심히 놀자!"

둘 다 몸을 번쩍 일으켰고, 나는 나나미를 에스코트하듯 손을 내밀었다. 나나미는 그런 내 손에 자신의 손을 부드럽게 올렸다.

나나미랑 손을 잡는 것도 무척 오랜만인 것 같았다. 실제로는 이틀 만이지만.

"갈까?"

"응!"

그리고 나는 나나미와 함께…… 모두가 있는 쪽으로 달려갔다.

◇◇◇◇◇◇◇◇◇◇

나와 나나미의 관계가 나아진 것을 보고 다들 자기 일처럼 기뻐해 주었다. 하지만 아직 모든 것이 해결된 것은 아니다. 오늘 밤 나와 나나미는 대화를 나눌 예정이다.

……단둘이.

뭐, 지금 그 일을 생각해도 어쩔 수 없다. 처음부터 나나미와 함께 있기 위해 온 여정이었으니, 그것은 바라 마지않던 일이다.

지금은 어쨌든 즐기자.

그렇게 생각했는데, 여기서 나는 곤란한 상황에 직면하고 말았다.

바다에선 뭘 하고 노는 거지?

뭔가 이 고민은 예전 나이트풀 때도 했던 것 같은데. 그때는 주변 사람들을 참고했었나? 나나미의 수영복 차림이 예뻤다는 것과 함께 튜브를 탔던 기억이 있다.

이번에도 그런 식으로 즐기면 되는 걸까? 하지만 우선

은……

"우선 준비 운동을 하자!"

"준비 운동을 해?"

"아니, 그야 물이 너무 차가우니까……."

그래, 물이 엄청 차가웠다. 수영장 때는 이렇게까지 차갑지 않았었다. 바깥 기온이 높아서 수온도 그렇게 낮지 않을 줄 알았는데 이 부분은 의외였다.

엄청나게 차갑게 느껴졌다.

"와, 진짜네~. 물 차가워. 얍!"

"앗?! 차가!"

발만 물에 담그고 있던 나나미가 그대로 발을 휙 움직여 내게 물을 뿌렸다. 그렇게 많은 양은 아니었지만, 물이 몸에 닿아 나도 모르게 큰소리를 내버렸다.

나도 반격하려고 나나미에게 물을 뿌리려고 했는데, 나나미는 순식간에 내 뒤로 돌아서서는 다시 한번 물을 뿌렸다.

"으힉?! 정말…… 그만 놀아! 자, 준비 운동한다!"

"와아, 혼났다~."

펄쩍펄쩍 뛰던 나나미가 그대로 도망치듯 물에서 빠져나왔다. 모래사장 위에 나나미의 발자국이 생겨났지만, 강한 햇살 때문인지 그 발자국도 순식간에 사라졌다.

나는 왠지 모르게 그 사라진 발자국 위를 따라 걸었다.

나나미 발자국 위로 내 발자국이 한순간 겹쳤지만, 그것도 금세 사라진다.

주위를 보니 바다에 들어가기 전 가볍게 스트레칭을 하는 사람도 있는 것 같으니 우리가 해도 이상하지는 않을 것이다. 나도 그렇게까지 잘 아는 건 아니니까 근육 트레이닝 전에 하는 거면 되려나?

"그럼 준비 운동을 해볼까?"

"네에, 선생님~."

크게 손을 들어 올린 나나미가 씩씩하게 대답한다. 내가 선생님이라고 불리는 일은 별로 없어서인지 뭔가 신선한 기분이다.

일단 상체를 한 다음 하체 운동을 하자. 나의 움직임에 따라 나나미도 준비 운동을 진행했다. 나와 마찬가지로 손을 들기도 하고, 몸을 비틀기도 하고, 굽히기도 하고……

……평범한 준비 운동인데…….

준비 운동하는 모습이 뭔가 좀…… 건전하면서도 선정적으로 보인다. 이건 나나미가 내 여자친구라서 그런 건가? 아니면 오랜만에 같이 있어서 괜히 더 그렇게 보이는 걸까?

안 되지, 안 돼. 번뇌야 물러가라, 번뇌야 물러가라…….

"왜 그래, 요신? 준비 운동 제대로 안 하면 위험하잖아?"

"우왓?!"

어느새 나나미가 내 눈앞에 다가와 있었다. 놀란 나는 그대로 엉덩방아를 찧었다. 햇빛을 받은 모래사장은 꽤 뜨거워서 나도 모르게 작게 비명이 나왔다.

"어떡해, 엉덩이 화상 입은 거 아냐?"

"그런 건 아닌데 뜨거워. 발은 아무렇지도 않았는데 엉덩이는 뜨겁구나……."

"아하하, 모래 묻었다. 내가 털어줄게."

나나미가 내 엉덩이에 묻은 모래를 탁탁 털어주었다.

다른 뜻은 없다. 분명 없을 거다. 딱히 바다에 들어갈 거니까 털 필요가 없다는 사실을 깨달았지만, 나는 나나미가 하는 대로 가만히 있었다.

……뭐지. 나나미한테 엉덩이를 맞으니까 이상한 문이 열릴 것 같다. 오늘만 대체 몇 번째의 문이 열리는 거지? 새로운 발견이 너무 많았다.

나나미는 잠시 생각에 잠기는가 싶더니 자신도 모래사장에 털썩 주저앉았다.

갑작스러운 행동에 말을 걸 타이밍을 놓쳤는데, 나나미는 곧 얼굴을 찡그리며 바로 일어섰다.

"뜨거워~! 이게 뭐야, 완전 뜨거운데? 모래사장이 이렇게 뜨거울 수도 있구나?!"

"뭐 하는 거야, 나나미……."

"그게, 요신이 뜨거워하길래 얼마나 뜨거운가 하고……."

완전 뜨거웠어⋯⋯."

빙글 몸을 돌린 나나미가 나에게 등을 향했다. 아까의 나도 이랬나 싶을 정도로 나나미의 엉덩이에 모래가 많이 묻어 있었다.

"⋯⋯털어볼래?"

"안 해!"

뜬금없는 제안을 받고 말았다. 나나미는 웃으면서 자신의 엉덩이에 묻은 모래를 털었다. 일부러 나에게 보여주듯 향하고 있어 그녀의 흔들리는 엉덩이를 나는 시야에 담고 있었다.

아니, 이거는 나로 숨기고 있는 건가.

남자친구로서의 특혜일까. 그렇게 생각하며 강제로 자신을 납득시켰다. 아마 나나미가 그런 점에 좀 둔감한 것뿐이겠지만.

맞아, 나나미는 의외로 빈틈이 많다⋯⋯ 알고 있으면 그나마 나은데 모를 때 하는 행동이 정말로 심장에 안 좋다.

지금의 모래 건도 그렇고, 털어보겠냐고 물어본 것은 일부러 그런 거겠지만, 그 후 내 눈앞에서 엉덩이의 모래를 턴 것은 아마 무의식중에 나온 행동이겠지.

이런 행동을 보면 역시 나나미는 곁에서 지켜줘야 한다는 생각이 들었다. 생각하게 된 계기가 좀 저질 같지만.

"그럼 준비 운동도 끝났고⋯⋯ 바다로 들어가자~!"

"그렇지. 아, 나나미…… 한 가지 주의할 점이 있는데."

"응? 뭔데~? 헌팅이라면 요신과 같이 있으니까 걱정 없을 거야."

"수영복, 파도에 휩쓸리지 않게 조심해. 떠내려가면 바로 나한테 말해줘. 어떻게든 해볼 테니까."

"걱정하는 부분이 거기?!"

아니, 아니. 당연히 걱정할 일이다. 이렇게까지 여러 일들이 일어났으니 그런 걱정을 해 둬서 손해 볼 것은 없었다.

만일이라도 다 드러난 나나미의 모습을 다른 사람에게 보여줄 수는 없으니까……. 래시가드 아랫부분이 어떤지도 모르고.

"정말…… 걱정이 많다니까."

쓴웃음을 지은 나나미는 다시 한번 나에게 달라붙었다. 수영복 차림이었음에도 개의치 않고.

그것이 정말 기뻤다. 아니, 피부가 닿아서 그런 게 아니라 단순히 나나미와의 거리가 평소와 똑같아졌다는 사실이 무척 기뻤다.

물론 바다 들어갈 때는 붙어 있으면 위험하니까 조금 떨어졌다. 차가운 물이 몸을 자극했지만 준비 운동이나 햇살로 인해 달아오른 몸에 닿자 상쾌한 기분이 들었다.

허벅지 부근까지 물속으로 들어간 단계에서 나나미가 나를 향해 돌아섰다. 그리고 아까처럼 아이 같은 모습으로 내게 물을 뿌렸다.

　나도 질세라 나나미를 향해 물을 뿌렸다. 물 뿌리기는 바다놀이의 정석 같지만, 실제로 해보면 굉장히 즐겁다. 우리는 그렇게 놀면서 보냈다.

　참고로 이후 나나미의 수영복이 떠내려가지는 않았지만, 래시가드가 떠내려가 버려서 크게 당황하게 된다.

　아무래도 내가 플래그를 세워버린 모양이었다.

요신과 화해…… 화해라고 말해도 될까? 어쨌든 나는 요신에게 자신의 행동을 사과하고 평소와 같은 관계로 돌아갈 수 있었다.

역시 내 발언을 요신도 신경 쓰고 있었구나. 거기서 신경 쓰지 않았다고 말하지 않는 부분이 그답다고 생각했다. 그리고 그것이 나는…… 조금 기뻤다.

기쁘다고 하면 어폐가 있을까? 하지만 그만큼 나를 진지하게 생각해줬구나 싶어서 미안함과 동시에 요신이라 다행이라는 생각이 들었다.

그 계기가…… 선크림을 서로 발라주는 것이었다고 하니 좀, 아니 상당히 이상한 느낌이지만. 그렇게 화해하는 경우도 있나?

뭔가 요신을 만지고, 요신이 나를 만져주니까, 무척 따뜻한 기분이 들었다고 할까, 기분이 편안해졌다고 할까…….

등뿐만 아니라 다리나 팔, 어깨…… 여러 곳을 만져주는 그를 느끼자, 어쩐지 안심감이 들면서 알 수 없던 응어리가 내 안에서 사라져 갔다.

상대가 만져준다는 것은 굉장한 거구나 하는 생각에 나

171

도 그를 만졌는데. 요신도 그렇게 느껴줬으면 좋겠다.

뭔가 목덜미 근처를 만졌을 때는 몸이 간지럽다고 할까, 근질근질한 느낌이 들어 무심코 거부해 버렸지만······.

그건 뭐였을까. 뭐, 상관없다.

그 후로는 요신과 바다에서 실컷 놀았다. 바다에서 놀고, 바비큐를 먹고, 둘이서 느긋하게 일광욕을 하고, 또 선크림을 서로 발라주고······.

즐거웠지.

아, 래시가드가 떠내려갔을 때는 당황했지만······. 물속에 숨어있는 사이 요신이 래시가드를 찾아다 줘서 보이는 일은 없었다.

······그래, 수영복 말이다.

이번에는 내 이상한 고집 때문에 모두에게 폐를 끼친 기분이었다. 리나 씨에게도 엄청나게 사과를 받았고······.

신경 안 써도 되는데.

그리고 요신과 화해하기 위한 조언도 많이 해줬고.

그중 하나가 내가 입고 있던 수영복이다. 엄청 섹시한 수영복을 입고 남자친구에게 용서해 달라고 말하면 한방이라고 하면서 이 수영복을 줬었지······.

너무 창피해서 래시가드를 입었지만.

그러니까 내 수영복 상의는 요신도 못 봤다. 래시가드가 떠내려갔을 때도 요신은 신사적으로 보지 않았다.

아유미에겐 굉장히 야하다는 말을 들었는데…… 그 정도일까?

언젠가 단둘이 있을 때 요신에게만은 보여주고 싶다.

그런 식으로 낮에 충분히 논 우리는 지금 텐트 안에 있다. 텐트에서 단둘이 있다.

지, 지금은 안 보여줄 거야. 단둘이긴 하지만, 좀 더 나중에.

겁 많은 나는 자신에게 그런 변명을 했다. 지금은 밤이라 수영복 위에 옷을 껴입고 있어서, 지금부터 보여준다고 하면 그것부터 다 벗어야 하고…….

그쪽이 더 위험할 것 같다.

요신도 아래는 수영복 차림이었지만 위에는 셔츠를 입고 있었다. 밤이 되어도 기온은 많이 내려가지 않았지만 그래도 밤바람에 몸을 가릴 필요는 있었다.

그렇게 옷을 입은 우리는 텐트 안에서 서로를 마주 보고 있었다.

어른조는 지금도 텐트 밖에서 술을 마시고 있다. 우리도 같이 놀자는 권유를 받긴 했지만 술을 마실 것도 아니라 그냥 돌아왔다.

그렇다기보단 주정뱅이를 상대하고 싶지 않아서…….

하츠미와 슈 오빠와 합류한 아유미는 다 함께 있어 한껏 들뜬 것 같았다. 그래서 그녀는 두 사람에게 맡기기로 했다.

"다, 다들 엄청 달아올랐네."

"그, 그러게."

그래서 우리는 지금 단둘이 있다.

지금 이 텐트 안에는 우리들의 짐과 각자 자기 위한 침낭이 두 개. 여기에…… 함께 누워 자는 거지, 우리들. 침낭에서 자는 건 처음일지도.

침낭이니까 저번 숙박 때처럼 딱 달라붙을 일은 없다. 이웃하고는 있지만, 간격은 있다고 할까…….

침낭이 시야에 담긴 순간 나는 미리 들었던 충고를 떠올리고 말았다.

『캠핑장에서 야한 짓은 하지 마. 주위에 폐가 되니까.』

단숨에 뺨에 열이 오르는 것이 느껴졌다. 갑자기 내가 빨개져서 그런지 요신은 나를 보고 눈을 동그랗게 뜨며 놀란 표정을 지었다.

평범한 것도 한 적이 없는데 캠핑장에서 그런 짓을 할 리가 없잖아!

그에게 들었을 때는 그렇게 대답했지만, 지금은 조금, 아주 조금 충고를 듣지 않았다면 그런 일을 했을지도 모르겠다는 생각이…….

낮에 텐트에 들어갔을 때는 그렇게 느끼지 않았는데, 밤이 되니까 갑자기 텐트 안이 좁게 느껴졌다.

해가 지고, 텐트 안도 어두워지고, 불빛이라고 해봐야

밖에서 들어오는 빛이나 스마트폰의 불빛뿐……. 눈을 가늘게 떠야 간신히 상대가 보이는 정도…….

마치 불이 꺼진 방 같았다.

불이 꺼진다는 표현에 과민반응을 하게 된다. 순정만화였다면 처음 할 때 불을 꺼달라고 하는 상황이 있는데……. 지금은 정확히 그 상황만 똑같았다…….

"나나미, 무슨 일 있어?"

"프힛?!"

갑자기 말을 걸어와 나는 몸을 파드득 떨고 말았다. 내가 왜 놀랐는지 요신은 모를 것이다. 만약 안다면 창피해서 죽을지도 몰라.

내 목소리에 놀란 요신도 좀 놀란 얼굴이다. 나의 속마음은 들키지 않은 것 같다.

"여기서 둘이서 잔다니, 뭔가 긴장되네. 나 침낭은 처음이거든."

"나도 처음인가? 기억이 안 나니까 처음이나 다름없지."

"이거 어떻게 자면 돼? 여기에 발을 넣으면 되는 건가? 잘 안 들어가……. 어떻게 하는 거지……?"

요신이 침낭을 바라보며 어떻게 쓰는 건지 확인했다. 다리를 넣어보는데 좀처럼 들어가지 않아 고군분투하는 모습이 어쩐지 귀엽다.

나도 같이 확인해 보기 위해 요신 옆에서 내 침낭을 만져보았다. 확실히, 보니까 좀 이해하기 어려운 구조였다. 아, 근데 이거 혹시⋯⋯.

"요신, 요신. 이 침낭 펼쳐서 쓰는 것 같아. 봐, 이렇게 이불로 만들 수 있어."

"어? 그런 거야? 아, 진짜네⋯⋯. 엄청 넓어진다⋯⋯."

"이거라면 따로 자는 게 아니라 같이 잘 수도 있겠네."

그 말을 듣는 순간 요신이 입을 다물고 말았다. 그리고 당연히 나 역시.

⋯⋯지금 뭐라고 한 거야, 나?

아아, 이거 봐. 요신도 곤란해하잖아! 같이 잘 수 있다고 유혹한 거 아니야, 오해야! 무심코 입 밖으로 나와버린 거야!

요신의 시선이 손에 든 침낭과 나를 이리저리 바쁘게 오가고 있었다. 이불처럼 만들면 넓게 사용할 수 있으니까 한쪽을 시트 대신 써도 되겠다고 생각한 것뿐이야!

"그, 그런 거 아냐!"

나는 선수를 치듯 요신에게 한 손을 내밀고는, 실제로 보여주는 것이 빠르겠다는 생각에 침낭을 텐트 위로 펼쳐 나갔다.

침낭은 생각보다 커서 텐트 안에 쫙 펼쳐졌다. 적어도 두 사람 정도는 누울 수 있는 면적이 있었다. 나 혹시 무덤 팠나?

봐봐, 요신도 곤란해하고 있잖아! 대체 어쩔 거야, 이 공기! 지금 바로 여기에 누울까……? 근데 그러면 뭔가 유혹하는 느낌일 것 같고…….

어떻게 하나 머리를 싸매고 있는데, 요신은 말없이 내가 펼친 침낭 위에 정좌하고 앉았다. 그리고는 나에게 다정한 미소를 지어왔다.

"나나미, 무릎베개할래?"

……아, 아침에 이동할 때.

그랬다, 나는 모처럼 권유해 준 요신의 말을 거절했었지. 지금이라면 솔직히 받을 수 있을 것 같다.

내가 말없이 고개를 끄덕이자 요신이 부드러운 미소로 자신의 무릎을 톡톡 쳤다. 마치 빛을 향해 가는 밤벌레처럼, 나는 그가 이끄는 손길에 따라 그곳으로 다가갔다.

어둑어둑해서 그런가…… 부끄러움은 별로 느껴지지 않았다.

그대로 요신의 무릎에 내 머리를 얹자 요신은 자신의 손에 들고 있던 또 다른 침낭을 펼쳐 나에게 덮어주었다.

덮어준 침낭 쪽도 큼직해서, 나는 무심코 그 따뜻함에 침낭 끝을 꼭 쥐었다. 뭔가 무척 편안한 기분이다.

으음…… 단둘이 뭘 하기로 했더라……. 머리가 멍해졌지만, 곧 나는 원래의 목적을 떠올렸다. 그랬지, 요신과 대화하기로 했다.

요신은 결코 나에게 이야기를 재촉하지 않았다. 그저 내 말을 천천히 기다리고 있었다.

이따금 요신이 마치 아이를 대하듯 내 머리를 쓰다듬어 왔다. 싫어하는 사람도 있다고 들었는데 난 이런 거 정말 좋아해.

어쩐지 안심이 된다. 그리고 배를 토닥여주는 것도 좋아 한다.

만져주는 사람이 있다는 것은, 그 손길에 안심할 수 있 는 사람이 있다는 것은…… 무척 좋은 일이라고 생각한다. 불안이 점차 녹아갔다.

그래서 나도 자연스럽게 말을 꺼낼 수 있었다.

"저기…… 싫다고 생각했던 건…… 내가 모르는 곳에서 요신을 좋아하는 사람이 늘어나면 어쩌나 싶어서 나온 말 이야……."

나는 아무런 맥락 없이, 갑자기 이야기를 시작했다.

그것은 내 감정의 표현. 어떻게 느꼈는지, 그때 무슨 생 각을 했는지, 내 나름대로 정리한 말들을 천천히 풀어나 갔다.

그는 그것을 잠자코 받아주고 있었다.

"소문을 들었거든. 굉장한 실례일지도 모르지만, 그게 너무 불쾌한 소문이라서."

"소문? 어떤……?"

"요신이 아르바이트하는 곳 선배가, 여친 있는 남친을 빼앗아가는 사람이라는 소문……."

그런 소문을 믿다니 어이가 없을까? 아니면 화를 낼까? 내가 생각해도 유치하긴 했다. 그런 소문을 믿다니. 진위도 알 수 없는데.

이 사실을 알려준 리나 씨도 그저 떠도는 소문 정도로 생각하고 있었다. 그걸 믿어버린 것은 내 책임.

책망을 받아도 소용없다고 생각했다.

거짓말을 하는 사람은 나쁘다. 당연한 소리다. 그런데 전에 어디선가 읽은 적이 있다. 거짓말을 그대로 믿는 사람도, 거짓말을 한 사람만큼 나쁘다고.

처음에는 그 의견에 납득하지 못했지만, 지금이라면 그 의견도 일면 이해가 갔다. 무책임한 믿음은 위험한 법이다.

자신에게도 상대방에게도 실례고. 이번에는 내가 멋대로 휘젓고 다녔을 뿐이지만.

그건 그렇고 난 의외로 소문이나 거짓말 같은 것과 인연이 많은 것 같다. 만나고 싶지 않은 인연이지만. 다음에 한번 더 악연을 끊으러 데이트했던 신사에 가볼까?

"소문이라…… 그런 소문이 왜 도는 걸까?"

"나도 라운드걸 사람한테 들은 것뿐이라. 동급생인가 봐."

그것을 알려준 리나 씨도 어디까지나 나를 걱정해서 혹시나 하는 마음에 해 준 말이었을 테지. 정말 그렇다면 후회해도 소용없을 테니까.

"미안해. 내가 요신을 못 믿는 것처럼 말해서……."

요신은 한동안 내 이야기를 들어주고만 있었다. 그 뒤에 돌아온 것은 침묵이었다. 그것에 아주 조금…… 등골이 서늘해졌다.

요신은 어떻게 생각했을까? 그런 쓸데없는 일로 내가 이상한 말을 해버려서 싫어졌다면 어쩌지.

하지만 나는 솔직히 느낀 것을 전하고 싶었다. 그게 최소한 내가 보여줄 수 있는 성의라고 생각하니까. 하지만 동시에 이런 생각도 들었다.

만약 요신을 다른 사람에게 빼앗기면…… 나는 어떻게 될까. 생각해도 대답은 나오지 않고, 요신은 그런 사람이 아닐 거라 믿지만…….

상대가 나보다 멋진 사람이라면…… 자꾸 그런 생각이 든다.

"뭐, 그런 거라면 걱정이 들 수밖에 없지."

불안해하던 나에게 요신은 조용히 그런 말을 건넸다.

"……화나지 않았어?"

"화낼 이유는 어디에도 없는데? 내가 같은 입장이었어도 싫다고 말했을 것 같아. 나도 너무 부주의하게 쓸데없는 소리를 툭툭 내뱉었던 것 같아."

실수했네……라고 말한 요신은 그 아르바이트하는 곳의

선배에 대한 자세한 이야기를 들려주었다. 묘하게 흥이 많고 거리감이 가깝다고 하는 알바 선배의 이야기를.

그건 그렇고 호칭은 이름이 아니라 성이었구나. 틀림없이 이름에 선배 호칭을 붙인 거라고 생각했는데……. 우와, 벌써 창피해…….

"뭐, 그러니까 분명 그 소문도 어딘가에서 오해가 있었을 거라 생각해."

"요신이 감싸줄 정도면 그렇게 나쁜 사람은 아닐지도 모르겠네……."

"그렇지……. 어쨌든 거리감이 가까우니까 남자라면 착각할 수 있을 것 같고."

뭐, 나는 괜찮지만 말이야, 하고 요신이 마지막으로 덧붙였다. 어깨를 으쓱하며 익살스럽게 내뱉는 그 말에 나는 피식 웃으면서도 굳이 물어보았다.

"왜 괜찮은데?"

"당연히 귀여운 여자친구가 있으니까."

그 말을 듣자 가슴이 기쁨으로 벅차올랐다. 응, 비록 소문이 사실이었다고 해도 요신이라면 괜찮아, 반드시 괜찮아.

그런 생각이 들자, 내 몸은 안도감에 휩싸였다.

실은 하나가 더 있었다. 내가 불안하게 생각했던 것…… 그것을 입에 담으려고 생각한 순간, 안도감과 동시에 급격한 수마에 사로잡혔다.

불안 하나가 해소되며 다소 긴장이 완화된 것도 이유 중 하나일 것이다. 견디기 힘든 기분 좋은 수마가 온몸으로 퍼져갔다.

나는 그대로 그의 무릎베개 위에서 잠이 들었다.

그것은 이틀 만에 맞이하는, 아무런 불안감 없는 잠이었다.

◇◇◇◇◇◇◇◇◇◇

문득 눈을 뜨니 요신이 없었다. 나는 분명히 그의 무릎베개 위에서 잠들었는데⋯⋯. 침낭은 잤을 때 그대로다. 요신만 없다.

밖은 어두웠고 당연히 텐트 안도 어두워서 나는 스마트폰으로 불을 켰다. 새벽 4시⋯⋯. 어제 일어났던 시간과 똑같다.

그렇게 시끄러웠던 바깥도 지금은 무척 고요했다. 아마 다들 자고 있겠지. 애매한 시간에 일어나 버렸네.

요신이 옆에 있었다면 이대로 잤겠지만⋯⋯ 없어⋯⋯.

밖에 있나?

이왕 일어난 김에 텐트 밖으로 나가보기로 했다. 아직 해도 뜨지 않았으니 이 차림이라면 조금 추울지도 모르니까 하나 더 입고 가야겠다.

사실 흰색 원피스를 가져왔었는데. 마침 딱 좋으니까 이걸로 입고 가자. 아래는…… 다 말랐으니까 수영복만 입고 갈까?

나는 원피스를 입고 그대로 텐트 밖으로 나갔다.

아무도 없다. 바람도 적어 부드러운 날씨다. 파도 소리도 멀리서 쏴아아 하고 작게 들려온다. 요신은 화장실에 갔나……?

해도 뜨지 않아 어두웠지만, 동이 트기 전이라 주위를 인식할 수 있을 정도로는 밝았다. 신비로운 시간이다.

그래서 두리번거리며 주위를 둘러보니 조금 멀리서 낯익은 실루엣을 찾을 수 있었다.

아마 요신이겠지.

모래사장에 홀로 앉아 바다를 바라보고 있다. 무슨 일일까 싶어 나는 천천히 그에게 다가갔다.

원피스를 휘날리며 한 발 한 발 천천히, 확실하게 그를 향해 다가간다.

마치 서둘러 다가가면 그가 그 장소에서 사라져 버리기라도 할 것처럼. 실제로는 그렇지 않은데.

"요신, 좋은 아침."

"아, 나나미…… 좋은 아침. 깨웠어?"

나는 작게 고개를 젓고는 그대로 그의 옆에 앉았다. 밤의 모래사장은 낮과 달라서 서늘한 감촉이 피부로 전해졌다.

같은 모래사장인데 햇빛이 있는 것과 없는 것은 이렇게나 다르구나.

나와 요신은 함께 나란히 앉아 바다를 바라보았다.

쏴아…… 하는 파도 소리가 조용한 밤에 울려 퍼졌다. 우리는 그 광경을 바라보았다. 밤바다는 조금 무섭지만…… 묘하게 환상적이라 마음에 들었다.

그렇게나 푸르던 바다도 지금은 새까맣다. 어쩐지 빨려 들어갈 것 같은 색을 하고 있다.

"혹시 내가 있어서 텐트에서 못 잤어?"

"아니, 그런 거 아냐. 사실은…… 옆에서 같이 잤어."

거짓말, 정말로? 같이 잤다고?

의외의 말에 나는 눈을 살짝 크게 떴다. 하지만 듣고 보니, 그 침낭이라면 둘이서 같이 잘 수 있을 것 같았다. 응, 그래도 좀 잤구나.

약간의 아쉬움을 느끼며 나는 조용히 무릎을 껴안았다. 다시 말해 쪼그려 앉아 있는 자세다. 모처럼 같이 잤는데 그 기억이 전혀 없다니…….

"그 옷……."

"응?"

잠깐 낙심하고 있던 내 귀에 요신의 중얼거림이 닿았다. 나는 쪼그려 앉아 내 몸을 끌어안은 채 그에게 시선을 돌렸다.

"처음 보네, 그 원피스."

"그러고 보니 보여주는 건 처음인가? 해변에선 이런 옷이 좋을 것 같아서."

"굉장히 청초해 보이네."

"에이, 느낌만?"

내가 키득거리며 웃자 요신이 난처한 듯 쓴웃음을 지었다. 칭찬을 들었는데 좀 짓궂게 말했나?

하지만 청초해 보인다고 하면 마치 내가 평소에는 청초하지 않은 것 같잖아.

뭐, 최근의 행동은 청초와는 거리가 멀었을지도 모르지만. 조금 민망한 행동도 요신에게 했었고. 게다가……

"확실히 원피스 아래는 낮에 입은 수영복이니까, 청초와는 또 조금 다를지도?"

"어, 야한 수영복 입고 있어……?"

야, 야한 수영복 아니거든! 그냥 좀 섹시한 수영복일 뿐이지. 원피스를 입어서 보이지도 않으니까, 보이지 않으면 야한 것도 아니다.

나는 크흠, 기침을 한번 하고는 뒤늦게 정신을 차리고 몸을 일으켰다. 그리고 입고 있는 원피스를 자랑하듯 요신 앞에서 빙글 한 바퀴를 돌았다.

살랑살랑 나부끼는 치맛자락이 예뻐서, 개인적으로 이 원피스는 심플하지만 좋아하는 옷이다.

빙글 한 바퀴를 돌고 나서 다시 요신 옆에 앉았다.

어땠냐는 듯이 내가 고개를 갸웃하자, 그 생각이 전해졌는지 요신은 한마디…… 잘 어울린다고만 말해 주었다.

그리고 진지한 표정이 되어 상체를 뒤로 젖히고 하늘을 올려다본다. 하늘은 동이 트기 전이라 그런지 신기하게도 별은 보이지 않고, 그저 맑은 하늘이 있을 뿐이었다.

아직 어둡지만, 분명 곧 동이 트겠지.

"잠깐 생각하고 있었어, 아까 그 소문에 대해."

"선배의 소문 말이야?"

"응. 역시 소문은 확인하는 게 좋을 것 같아. 그렇지 않으면 나나미도 계속 답답할 테니까. 그건 피하고 싶어."

그렇긴 하다. 내 아르바이트는 끝났지만, 요신의 아르바이트는 아직도 계속된다. 그럴 때마다 안절부절못할 거라면, 확인해두는 편이 좋을 것이다.

요신, 계속 그것에 대해 생각해 주고 있었구나. 그건 물론 기쁘지만, 괜히 아르바이트할 때 더 불편해지면 안 좋은 거 아닌가?

"나나미 기억나? 나나미 생일에 관한 거 말이야."

"어…… 무슨 일이었지?"

갑자기 요신이 내 생일에 대해 언급했다. 그러고 보니 곧 내 생일이다. 우와, 고민하느라 까맣게 잊고 있었어.

추측이긴 하지만, 만약 오늘 여기 오지 않았다면 생일까지 이대로 지냈을 거라는 뜻……? 그건 싫은데.

다행이다. 생일 전에 해결할 수 있어서.

"생일 때, 나도 부모님을 설득해 볼 테니까, 계속 같이 있을래?"

"어?"

그 말에서 나는 이전에 확실히 그런 말을 했다는 것을 떠올렸다. 반쯤 무리라고 생각하면서 거의 농담 삼아 꺼냈던 말.

생일에는 밤부터 같이 있었으면 좋겠다. 너무나도 어린아이 같고, 그에 비해 상당히 욕망으로 가득했던 나의 소원. 아침부터 저녁까지 계속 함께 있는 것.

현실적으로 무리라고 생각했는데, 요신은 계속 함께 있어 주겠노라 말해 주었다.

"뭐, 현실적으로 자정부터 함께 있는 건 무리겠지만…… 그래도 그날만은 통금 시간 이후에도 같이 있자."

"……왜? 그래도 괜찮아?"

"응, 그리고 생일에 내가 아르바이트하는 곳에 가볼래? 거기서 실제로 선배를 보고 판단해 줬으면 좋겠어. 소문 그대로의 사람인지 아닌지."

진실을 제대로 알아보자고, 요신은 말해 주었다.

어쩐지 간질간질하고 두근거리는 기분에, 나는 슬쩍 땅바닥에 두 사람의 이름을 적었다. 그리고 가만히 있기 어려워진 나는 천천히 그 자리에서 일어섰다.

"요신, 잠깐 산책할래?"

일어선 나는 요신에게 손을 뻗었다. 모처럼 밤바다에 단둘뿐이니까 함께 해변을 걷고 싶다는 생각이 든 것이다.

이제 곧 새벽이 온다. 이 밤과 동트기 전의 귀중한 시간을 단둘이서만 걸어보고 싶었다.

요신은 말없이 내 손을 잡더니 그대로 내 옆으로 다가왔다. 손은 잡은 채로. 기쁜 나머지 잡은 손에 힘이 실렸다.

"그럼 잠깐 산책 좀 할까?"

"응."

그대로 천천히 모래사장을 단둘이 걸었다. 아직 다들 자는지 주변에는 아무도 없다. 그렇게나 시끄러웠는데 무척이나 고요하다.

마치 세상에 나와 요신 단둘뿐인 것 같아서 무섭기도 하고 즐겁기도 하고 기쁘기도 하다. 이 시간이 계속 이어졌으면 하는 마음에 나는 천천히, 천천히 걸음을 옮겼다.

"그러고 보니 불안한 일이 하나 더 있었어."

"뭔데? 이참에 전부 말해줘."

"응, 나도 지금이니까 말할 수 있는 거지만……."

나는 마음속에 있던 또 하나의 불안. 어쩌면 반장이 요신을 좋아할지도 모른다는 사실을 전했다.

어쩌면 그래서, 반장은 그것을 용납할 수 없어서 요신에게 충고를 한 것일지도 모른다.

그것이 내 안에 있던 불안. 걸으면서 내 말을 듣고 있던 요신이 볼을 살짝 긁적였다.

"으음……."

신음하는 요신을 보자 마음속에 아주 작은 불안감이 싹텄지만, 많이 초조하지는 않았다. 밤이라 그런 건지, 단둘이 산책을 해서 그런 건지는 모르겠지만, 적어도 마음은 대체로 평온했다.

"내가 나나미 외의 사람을 좋아한다는 건 상상이 안 돼."

곤란하다는 듯 웃는 요신을 보고, 나는 아무 말도 할 수 없게 되었다.

나의 불안은 모두 요신이 다른 사람을 좋아하게 되지 않을까 하는 걱정에서 온 것이다. 하지만 이 웃는 얼굴을 보자, 나도 참 바보 같다는 생각이 들었다.

상대방을 좋아하게 될지도 모른다는 걱정을 뛰어넘어서, 내가 요신을 더 좋아하고 좋아해 줄 수 있도록 노력했으면 될 일이었다.

불안하다면 불안하지 않도록 움직인다. 괜히 복잡하게 생각할 필요 없이 심플하게, 그 정도면 충분하다.

요신이 나 외의 사람을 좋아할 수 없다고 말한다면……
그 좋아하는 마음을 이어나가기 위해 할 수 있는 것은 무엇이든 할 것이다.

그게 내가, 지금부터 해야 할 일겠지.

열심히 공략해서, 마음껏 파고들겠어.

……그렇다면 원피스 아래의 수영복을 보여주는 편이 좋을까? 나는 요신과 손을 잡은 채 원피스 자락을 집었다.

"원피스 아래에 있는 수영복, 볼래?"

"지금 대화에서 갑자기 수영복 이야기가 나오는 거야?! 깜짝 놀랐네."

아, 너무 갑작스러워서 놀라게 해 버렸네. 하지만 어쩐지, 지금의 나는 이 원피스를 걷어 올려서 아래에 있는 수영복을 요신에게 전부 보여주고 싶은 기분이었다.

그 말을 그에게 전하자 요신은 잠시 생각하는 듯한 내색을 보이더니, 진지한 표정을 지어 보였다. 거기서 나온 말은 전혀 예상 밖의 것이었다.

"그럼 나나미, 키스해도 돼?"

갑작스러운 그의 키스 제안에 나는 깜짝 놀랐지만, 그와 동시에 조금은 기뻤다. 그런데 왜 갑자기 키스?

"……좋긴 한데 무슨 일이야?"

"앞으로 나나미가 불안해하지 않도록, 앞으로는 나도 더 적극적으로 가려고."

그동안은 내가 먼저 이런 말 한 적 거의 없었잖아. 요신이 수줍게 미소 지으며 그렇게 말했다.

그런 말을 들으면 싫다고 말할 수 없잖아. 거부할 생각도

없지만.

정신을 차리고 보니 하늘이 밝아오고 있었다. 해가 뜨고 있다. 분명 잠에서 깨는 사람도 늘어나겠지.

그러면 키스도 할 수 없게 된다. 그래서 나는 요신 앞에서 살며시 눈을 감았다. 그에 맞추듯 내 어깨에 그의 손이 닿았다.

이렇게 새벽빛이 드리운 가운데, 나와 요신은 키스했다.

"뭐야, 뭐야~ 완전히 딱 붙어서는…….."

"제대로 화해한 것 같아 다행이다. 그보다 잘도 자네, 이 두 사람."

"이러고도 손을 대지 않다니, 어떻게 보면 굉장하네."

다음 날, 텐트 안에서 나란히 누워 다정하게 잠든 두 사람을 본 사람은, 하나같이 같은 감상을 품는 것이었다.

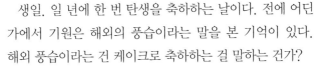

생일. 일 년에 한 번 탄생을 축하하는 날이다. 전에 어딘가에서 기원은 해외의 풍습이라는 말을 본 기억이 있다. 해외 풍습이라는 건 케이크로 축하하는 걸 말하는 건가?

분명 생일 케이크는 축하의 정석이지만, 일본에는 옛날부터 케이크가 있었던 것은 아니기 때문에 옛날부터 이어진 풍습이 아닌 것만은 확실하겠지.

아니, 그런 쓸데없는 지식과 사소한 의문은 지금 아무래도 상관없다. 중요한 것은 축하하는 것이다.

축하하는 것은 당연하지만 내 생일도 아니고 가족 생일도 아니다.

나나미의 생일이다.

나는 나나미의 생일을 축하하기 위해 최선을 다할 예정이다.

부끄럽지만 나는 지금까지 다른 사람의 생일을 축하한 적이 없다. 적어도 기억하고 있는 범위에서는 말이다.

어쩌면 초등학생 때는 축하한 적이 있을지도 모르지만, 제대로 기억나는 것이 없으니 카운트할 수 없었다.

뭐, 만일 기억하고 있다고 해도 그런 기억은 여자친구의 생일을 축하하는 데엔 도움이 되지 않을 것 같았다. 초등학생 때 일이니까…….

이번 생일은 처음으로 둘이서 보내게 된다. 그래서 그런 건 아니지만, 나나미의 희망을 나는 되도록 이뤄주고 싶었다.

그러니까…….

"그런 이유로, 허락해 주실 수 없을까요?"

자세를 고치고 나는 눈앞의 부모님께 고개를 숙였다.

내 말에 아빠와 엄마는 떨떠름한 표정을 짓고 있었다. 나는 최대한의 성의를 보여주기 위해 아빠와 엄마의 눈앞에서 정좌하고 있었다.

제대로 예의를 갖춘 자세. 불순한 생각이 없다는 것을 보여주는데 정좌라는 것은 매우 효과적이다. 각이 잡힌 자세는 상대에게 진중한 모습으로 보이기 때문이다.

"……다시 들려줄 수 있을까?"

엄마는 내 말을 듣고는 여전히 떨떠름한 얼굴로 아까의 설명을 다시 한번 해달라며 검지를 세웠다. 흠, 어쩔 수 없지. 다시 한번 설명하도록 할까.

"우선 나나미는 생일 전날부터 제 방에 머물게 할 생각입니다."

"첫마디부터 문제네. 많고 많은 곳 중에 네 방이라고?"

"그렇게 말은 했지만, 이상한 짓은 안 해. 맹세해."

내 말을 듣고 머리를 감싸 안는 엄마. 손짓만으로 계속 이야기해보라며 재촉한다. 그렇다면 일일이 태클을 안 걸면 될 텐데……. 그렇게 생각하면서도 심정은 이해했다.

나였어도 분명 나도 태클을 걸었을 것이다. 그래도 뭐, 불평 정도는 하게 해달라.

"그리고 일어나면 한동안 집에서 느긋하게 보내다가 나갈 거야. 생일날 마침 아트파크를 한다니까 거기에 가보려고."

"그건 괜찮아, 아주 고등학생다운 데이트라고 생각해. 응, 훌륭해."

일일이 지적이 날아왔지만 그건 무시했다. 이야기가 진행되지 않고, 어느 쪽인가 하면 미술관에는 여름 방학 숙제도 겸해서 가는 거니까, 딱히 진짜 목적은 아니다.

그만 건전해 보이는 요소에 아빠도 엄마도 만족스러운지 고개를 끄덕이고 있다. 아까 설명했을 때도 생각했는데 여기만큼은 반응이 좋다.

문제는 여기서부터다.

"그리고 밖에서 저녁을 먹고 야경을 보러 가려고. 그래서 그…… 평소보다 늦게 돌아올 것 같은데, 그 부분을 허락해 줬으면 좋겠어."

"구체적으로 몇 시쯤?"

"빨라도 밤 10시 정도라고 생각하는데……."

엄마가 제일 못마땅해하는 부분은 바로 여기였다. 아마

밤늦게까지라는 말에 걱정하는 것이겠지.

정확히 말하면, 엄마는 나를 걱정하는 것이 아니다. 나나미 쪽…… 남의 집 아가씨가 늦은 시간까지 밖에 있는 것, 심지어 내가 그렇게 만든다는 사실이 못마땅한 것 같았다.

"저쪽 부모님은 알고 계시니?"

"먼저 허락을 해주면 나나미네 가족분들께는 그 후에 설명하려고."

사실 이 설명은 벌써 세 번 정도 했다. 엄마도 아빠도 내 제안을 무조건 부정하지는 않았지만, 어딘가 불안한 모습이었다.

확실히 요즘 세상이 어수선하긴 하지만, 그래도 사람 많은 곳에만 갈 거니까 위험한 일은 없을 거라고 생각한다.

"설마, 밖에서 자고 오는 건 아니지?"

"허?"

그 질문은 이전 패턴에는 없었던 것이다. 나도 모르게 얼빠진 목소리를 내자, 엄마는 질문의 의도를 명확히 밝히지 않고 다시 한번 나에게 물었다.

"밖에서…… 자고 오는 건 아니지?"

다시 한번 듣고 나서야 내 머리에도 엄마의 그 말이 스며든 것 같았다. 자고 온다는 건…… 즉, 그런 의미인가?

과연 친부모가 그것을 물어볼 거라고는 예상하지 못했

기에 대답이 막히고 말았다.

다만 나는 곤란해서 침묵한 것이지 정곡을 찔려 침묵한 것은 아니다. 이대로라면 정곡을 찔려서 침묵한 것이라고 여겨질 것이다. 그것만은 피해야 한다.

"그…… 밖에서 자고 오는 일은 없습니다. 절대로."

"……그래."

솔직히 나나미와는 이미 몇 번이나 함께 잠들었기 때문에 새삼스러울 수도 있지만, 이 부분은 확실히 전해야 했다.

왜냐하면 나와 나나미는 단둘이 잔 적이 없기 때문이다.

나와 나나미가 자는 곳에는 반드시 주위에 누군가가 있었다. 저번 캠핑은 좀 아슬아슬했지만 그래도 단둘이는 아니었다.

……아니, 잘 생각하면 단둘이 아니라도 함께 잔 횟수가 많다는 건 그거대로 좀 이상하지 않을까.

깊이 생각하면 늪에 빠질 것 같으니 지금은 생각하지 말자.

"뭐, 괜찮지 않을까?"

엄마가 복잡한 얼굴을 하고 있자, 옆에서 거들어주는 소리가 들려왔다. 아빠다. 아빠는 묘한 쓴웃음을 지으며 엄마를 보고 있었다.

어째서?

"고등학생이면 이제 어른스러운 생각이 가능할 나이고,

요신이라면 이상한 짓을 하지는 않겠지."

"난 어른스러운 생각을 한다는 게 반대로 걱정이야……."

"하긴 시노부 씨의 행동을 생각하면 걱정이 되긴 하려나."

"아키라 씨?!"

아빠의 말에 드물게 엄마가 언성을 높였다. 아까부터 나는 이해할 수 없는 대화에 외부인이 된 듯한 느낌을 받으면서도, 나는 두 사람에게 시선을 보냈다.

민망한 얼굴을 하는 엄마, 그리고 아빠는 그런 엄마를 어딘가 그립고 흐뭇한 얼굴로 바라보고 있었다.

"뭐, 거긴 아빠랑 엄마한테도 추억의 장소라서 말이야. 우리가 갔을 때랑은 여러모로 달라졌겠지만……."

엄마는 거기까지만 말하고는 아빠를 주먹으로 약하게 때렸다. 부모의 이런 투닥거림을 보면 정신적으로 충격이 온다. 보고 있기 힘들어.

나도 부모님이 봤을 때 그런 느낌이었을까? 미안한 마음이 들었다.

한동안 이어진 부모님의 투닥거림이 끝나고, 엄마는 그제야 나의 어이없는 시선을 알아차렸는지 뒤늦게 허둥지둥 나를 보며 헛기침을 한다.

"……농담이라면 좋겠지만, 아들과 그런 이야기를 진지하게 하는 건 민망하네."

농담이든 진지한 쪽이든 하지 말아주세요.

아무튼 그런 우여곡절이 있었지만, 나는 부모님께 통금 시간을 넘긴 데이트를 허락받았다. 단둘이 통금 시간을 넘기는 데이트는 처음이었다.

지금까지도 늦은 시간까지 밖에 있기는 했지만, 매번 어른들이 있었으니까. 저번 캠핑 때도 그렇다.

조금 더 나중의 이야기이긴 하지만, 벌써 두근거린다. 소풍 전 기분이라는 게 이런 느낌일까? 제법 들떴을지도 모른다.

"아, 돌아올 때는 데리러 갈 거야."

"어째서?!"

자연스럽게 나온 아빠의 한마디에 나는 반사적으로 반응했다.

조금 전까지 들떠 있던 기분에 살짝 찬물을 맞은 기분이다.

잠깐만, 돌아가는 길에 데리러 오는 게 무슨 데이트야. 역시 거기선 마지막까지, 돌아갈 때까지가 데이트잖아. 여운 같은 걸 간직하고 싶다고.

하지만 그 부분은 절대 양보할 수 없는 부분이라고 했다.

"연인끼리 생일날 밤에 단둘이 있다가 여러모로 분위기가 고조되면 어쩌나. 너희들의 비정상적인 페이스를 보면 졸업하기도 전에 이미 손자 두세 명은 태어나 있을 것 같아서 걱정이야."

엄마에게서 숨도 쉬지 않고 엄청난 기세로 말이 쏟아져 나왔다. 아빠도 납득한다는 것인지 고개를 끄덕인다.

그 엄청난 박력과 진지한 표정에 나는 나도 모르게 고개를 끄덕이고 말았다.

전에는 손자의 얼굴이니 뭐니 말했으면서……. 그렇게 생각했지만, 역시 그건 농담이고 속으로는 내심 걱정하고 있었다는 건가.

어쩔 수 없지. 이쯤에서 합의할까…….

이번 생일 데이트에 관해, 당연히 겐이치로 씨와 토모코 씨에게도 허락을 받기 위해 설명을 했더니 의외로 깔끔하게 허락을 받을 수 있었다.

다만 오히려 나를 걱정해 주셨는데, 이것은 분명 걱정의 방향성이 다를 뿐인 거겠지.

우리 부모님은 나나미를 걱정하고, 나나미의 부모님은 나를 걱정하고. 그러니 내 설명으로 걱정거리가 한 가지 해소되는 셈이다.

다만 뭐, 공통점이라면 돌아오는 길에 데리러 오겠다고 말한 점일까. 늦은 밤에 생길 만일의 일을 걱정하시는 거겠지.

거기는 절충안으로 받아들였지만…….

"하여간! 딱히 걱정할 필요 없는데 말이야."

"뭐, 거긴 어쩔 수 없지."

"……생일이니까 이왕이면 밖에서 묵고 싶었는데."

"나나미 씨?"

그건 군이 어느 쪽이냐 하면 남자가 해야 하는 대사 아닐까요? 왜 내가 말리는 입장이 돼 있는 걸까.

뭐, 나나미도 진심은 아닐 것이다. 분명 나를 놀리고 있을 뿐이다. 그래서 나도 조금 마음을 먹고 반격해 보기로 했다.

"그럼…… 몰래 자고 갈래?"

"으……?!"

그러자 나나미가 고개를 푹 숙여 버렸다. 이런, 평소였다면 여기서 얼굴 붉히면서 쑥스러워하는 나나미를 볼 수 있었을 텐데, 이건 예상 밖이다.

아무리 농담이라도 좀 불쾌했을까? 친한 사이에도 예의가 있으니까, 말해도 되는 것의 선은 지켜야 한다는 거겠지.

잠시 고개를 숙이고 있던 나나미가 고개를 들더니, 무척 진지한 표정으로 중얼거렸다.

"……역시, 그건 관두자."

응, 역시 아까 같은 반응은 없었다. 나나미가 정색하게 만들어 버렸어……. 이렇게 진지한 얼굴의 나나미는 오랜만에 봤다.

그것은 마치 노련한 전사 같은 진지한 눈빛이었다. 이렇게까지 정색을 하게 만들다니…… 진심으로 반성하자.

"그렇지, 미안해. 이상한 소릴 해서."

"아니, 괜찮아. 마음은 기뻤으니까. 나도 모르게 덮칠 뻔했을 뿐이야."

어라? 위험한 건 나였어? 기분이 상한 줄 알았는데, 아무래도 그런 건 아닌 모양이다.

요즘 나나미의 터프함이 늘어가는 것 같은데, 기분 탓일까.

나도 당하지 않도록 조심해야겠네. 가끔 위험하단 말이지, 여러모로. 거리감 같은 것도 저번 일 이후로 훨씬 더 가까워졌고.

……사실 지금도 거의 그랬다.

나나미는 지금 내 옆에서 딱 붙어 팔짱을 끼고 앉아 있었다. 나나미의 방에서.

침대를 등지고 있으니까 그나마 버틸 수 있지만, 만약 침대 위에 앉아 있었다면 견디지 못했을 것 같다.

전에는 나나미의 방에서도 좀 더 떨어져 앉아 있었는데, 나나미도 역시 저번 일이 아직 불안한 거겠지. 그런 생각을 하며 납득하고 있었다.

참고로 실내복이라 옷이 얇은 탓에 감촉이 상당히 위험

했다.

"그러고 보니 생일 전날에 요신네 집에 묵는 거 허락받았어?"

"아, 그건 받았어. 아빠랑 엄마도 있으니까 괜찮다고. 저녁은 뭐 먹고 싶어?"

"그럼 모처럼이니까 나도 같이 시노부 씨랑 요리하고 싶어."

"……생일 전날인데?"

생일 전날이니까 그런 거야, 하면서 나나미가 웃었다. 나도 같이 도와주는 편이 좋을까? 하지만 우리 집 주방에 세 명은 좀 힘들 것 같다.

뭐, 돕는 거라면 주방 밖에서도 가능하니까 내가 할 수 있는 걸 하면 되겠지.

조금 있으면 나나미의 생일.

나나미가 태어난 날을 함께 축하할 수 있다는 것이 무엇보다 기뻤다. 전날부터 함께 있을 수 있고……. 그래서 나는 다시 한번 나나미에게 물어보았다.

"새삼스럽지만, 나나미네 가족은 생일 당일에 나나미가 없는 거 괜찮아?"

"괜찮아. 사귀고 처음 맞는 생일은 남자친구랑 보내라고 하기도 했고."

괜찮다……라는 확인은 이미 받았지만, 무심코 몇 번이

나 확인하고 만다. 당연히 나나미의 가족들도 나나미의 생일을 당일에 축하해 주고 싶을 테니까, 그래서 더 미안한 마음이 들었다.

다만 이번에는…… 이번만큼은 내 이기적인 마음을 우선시할 생각이었다.

"생일…… 딱히 서프라이즈 같은 건 없겠지만, 즐겁게 보내줬으면 좋겠어."

"같이 있을 수 있는 것만으로도 기쁘니까 괜찮아~."

그리고 나나미는 나를 더 꼭 안아주었다. 그렇게 생각해 주는 것이 무척 기뻤다.

생일 데이트 계획에 대해서는 이미 서로 이야기를 마쳐 두었다. 선물도 샀다. 전혀 모른다는 의미에서의 서프라이즈는 아니지만, 즐겁게 보내줬으면 했다.

서프라이즈를 좋아하는 사람도 있고 싫어하는 사람도 있기 때문에 이렇게 서로 대화하는 것은 굉장히 중요하다. 제대로 이야기해야 한다.

"아, 하지만 그렇지……. 생일에 딱 하나 부탁하고 싶은 게 있는데, 괜찮을까?"

"부탁하고 싶은 거?"

나나미는 내게서 떨어져 검지를 세우더니 날 들여다보며 고개를 갸웃했다. 아마 알면서도 이런 귀여운 포즈를 취하고 있는 거겠지.

그런 포즈로 부탁을 받는다면 무슨 말이든 들어줄 것만 같다. 부탁이 하나라는 것도 허락의 장벽을 낮추고 있었다.

나나미는 아마 내가 허락하기 전까지 무엇을 부탁하고 싶은지 자세히 말하지 않겠지. 허락하면 그것을 구실삼아 구체적인 부탁을 하려는 것이다.

그러니 내가 할 수 있는 말은, 함정이라는 것을 알면서도 허락의 말을 내뱉는 것뿐이었다.

뭐, 나나미라면 분명 무모한 부탁은 하지 않겠지.

그런데…….

"좋아, 부탁이 뭐야?"

"생일엔 하루 동안 누나라고 불러줄래?"

"……뭐?"

터무니없는 말에 나의 사고는 정지하고 말았다.

◇ ◇ ◇ ◇ ◇ ◇ ◇ ◇ ◇

나는 생일 카운트다운은 살면서 한 번도 해본 적이 없다.

가끔 라이브 스트리머가 생일 카운트다운 같은 걸 하기도 하지만, 그런 것도 거의 본 적은 없다.

새해 전날에 하는 카운트다운조차 해본 적이 없으니 생일은 말할 필요도 없겠지.

그런 내가 생일 카운트다운을 할 줄은 생각도 못 했다.

"얼마 안 남았네."

"뭔가 두근두근해……."

내 방에 나나미가 있는 건 평소와 다를 게 없지만, 이런 시간까지 나나미가 있던 적은 없었기 때문에, 두근거림도 평소와는 달랐다.

시간은 밤 11시…… 나나미의 생일까지 앞으로 1시간 남았다.

나나미는 귀여운 잠옷을 입고 내 침대에 누워있다. 나로 말하자면 바닥에 이불을 깔고 그쪽에 누워있다.

귀여워……. 그리고 나나미가 내 침대에 누워있다는 것에 대한 위화감이 굉장하다. 뭐지, 내 침대 맞나, 이거? 이제 나나미 침대 아닌가.

내일부터 나는 내 침대에서 잘 수 있을까. 그런 불안감을 안고 나는 마음속으로 나나미에게 기도를 올렸다.

"잘 먹었습니다."

"갑자기 뭐야?"

침대 위에서 빙글 몸을 돌린 나나미가 웃어 보였다. 무심코 나와 버린 나의 말은 지금 상황에 대한 것과 저녁 식사에 대한 의미가 반반 섞인…… 아니, 대부분 현 상황에 대한 건가.

"아니, 저녁을 맛있게 먹었다는 인사야."

"그건 저녁때도 말했잖아~. 나도 오랜만에 시노부 씨와 요리할 수 있어서 재밌었어. 요신도 도와줬고."

다행이다, 어떻게든 잘 얼버무렸나. 그렇게 생각하고 있는데 나나미가 이불 쪽으로 다가왔다.

"같이 안 자?"

"무리예요."

냄새 좋다. 우리 집에 있는 같은 샴푸를 썼을 텐데 나와는 너무 다른 냄새가 난다. 뭐지, 이건? 향수 같은 걸 따로 쓰나?

나나미는 그대로 내 쪽으로 얼굴을 가까이 대더니 작게 킁킁거리며 냄새를 확인했다.

머리카락이나 목덜미로…… 얼굴이 가까워지면서 한숨이 닿아버려 조금 간지럽다. 이상하게 간질거리는 기분이다.

오늘은…… 평소보다 더 정성을 들여서 몸을 씻었는데 괜찮을까. 평소보다 오래 씻었으니 아마 괜찮을 것 같은데도 긴장이 됐다.

"역시 똑같은 냄새가 나네. 여행 때랑은 또 다른 냄새야."

몽롱한 표정을 지은 나나미가 이번에는 자신에게도 해보라는 듯이 두 손을 펼쳐서 이리 오라 손짓했다.

어, 나도 냄새 맡아도 돼?

자신을 가리키며 고개를 갸웃거린 나나미는 천천히, 깊게 고개를 끄덕였다. 그리고 다시 내게 손짓했다. 그런 짓을 해도 되는 걸까…….

망설이면서도 나는 나나미의 냄새를 맡았다. 주변에서 보면 뭐 하는 건가 싶은 모습일지도 모르지만, 서서히, 조금씩 다가가며 나나미의 향을 내 안으로 불러들였다.

냄새라는 것은 굉장히 중요하다. 궁합이 잘 맞는 사람끼리는 서로의 냄새가 좋은 냄새처럼 느껴지고, 그렇지 않을 때는 불쾌하게 느낀다고 한다.

다만 혈육의 냄새를 불쾌하게 느끼는 것은 다른 의미라는 말도 본 적이 있다. 사춘기에 다투게 되는 것에는 그런 이유도 있다고.

동족 혐오와 비슷한 걸까. 자세히 알아보지 않아서 잘 모르겠지만, 기억해 둘 건 가까운 친족 이외에 좋은 냄새로 느껴지면 궁합이 좋다는 말이겠지.

주절주절 설명을 늘어놓았지만, 결론을 말하자면 나는 나나미의 냄새를 기분 좋게 느끼고 있었다.

그러니까 적어도 나와 나나미의 궁합은 좋다는 뜻이겠지.

내 안에 나나미의 향을 담은 뒤, 마치 곱씹듯이 그 향을 만끽했다. 후각과 미각은 밀접한 관계가 있다고 하는데, 이러니까 마치 나나미를 맛보는 기분이다.

……나답긴 하지만 좀 징그럽기도 했다. 실수로라도 말로는 절대 못 하겠다.

나나미의 냄새에서는 확실히 평소 우리 집의 샴푸에서 날 법한 냄새도 느껴졌지만, 그 이상으로 좋은 냄새가 나는 것 같았다.

이건 나나미 고유의 향기일까? 아니면 단순히 내가 그렇게 느끼는 것뿐일까. 잘은 모르겠지만, 무척…… 무척 행복한 기분이 들었다.

"잘 먹…… 아니, 응. 굉장히 좋은 냄새야."

"잘 먹? 잘 먹?"

아뿔싸, 오늘의 나는 조금 나사가 빠져서 징그러움이 최고조가 된 것 같았다. 나도 모르게 '잘 먹었습니다'라는 말을 할 뻔했다.

위험하다, 그동안 있었던 여러 일들의 반동인가? 무언가를 할 때마다 나나미에게 지금까지 하지 않았던 말들이 쏟아져 나왔다.

일단은 잘 둘러댔다고 생각했는데, 나나미가 돌연 나에게 안기더니 귓가에 속삭인다.

"어설펐군요……."

후훗, 하고 놀리는 듯한 웃음과 함께 나나미의 말이 내 안으로 파고들었다. 둘러대지 못했다는 생각에 얼굴이 새빨개지고 말았다.

오늘은 페이스가 계속 어긋나고 있다. 조금 진정을 해야 페이스를 유지할 수 있을 것 같다. 숨이 차는 기분이다.

지금도 아직 생일 전이다. 전날에 이 상태다.

너무 한계치다. 뭐, 내일은 나도 아르바이트를 쉬기 때문에 오랜만에 종일 함께 보낼 수 있다. 그래서 나 역시 기대는 하고 있었는데. 그런데도 예상 밖이다.

참고로 오늘 나나미와는 밤에 합류했다.

낮에는 가족들에게 생일 축하를 받았다고 한다. 하긴 내가 나나미를 독차지하게 됐으니 그렇게 될 수밖에 없겠지.

나는 낮에 아르바이트를 했다……. 이제야 아르바이트에도 좀 익숙해졌다. 일하기 시작한 지 얼마 안 돼서 그런지는 몰라도, 하루 휴가를 받으니 뭔가 미안한 마음이 들었다.

……아니, 그런 마음은 놔두고 즐기자.

"이제 곧이네."

나나미의 그 말에 정신이 번쩍 들었다. 그렇다, 이제 곧이다.

이불 위에서 함께 앉아 스마트폰 시계를 표시했다. 초침이 표시되는 타입이었다.

남은 것은 수십 초……. 바늘이 착실하게 날짜를 넘기기 위해 움직이고 있었다. 설레면서도 조마조마한 마음으로 우리는 그 모습을 지켜보았다.

그리고 10초가 남았을 때, 둘이서 카운트다운을 했다.

6, 5, 4…… 거기서 우리들은 얼굴을 마주 보았다. 그리고…… 0!

"생일 축하해!"

"고마워~, 고마워~!"

조금 나답지는 않지만, 큰 소리로 나나미에게 축하의 말을 건넸다. 나나미는 고맙다며 나에게 안겼다.

그리고 얼마 지나지 않은 타이밍에 내 방문을 노크하는 소리가 들려왔다. 노크만 하고 아무런 말이 없다. 의아함에 내가 방 밖으로 나가자 차가운 병에 담긴 음료가 놓여 있었다.

술인가 생각했는데 병에 든 탄산음료다. 혹시 엄마가 신경 써서 그냥 두고 간 걸까?

아, 메모가 적혀있다. 어디 보자……. 밤이 늦었으니 건배만 해, 라고.

"무슨 일 있어?"

"이게 놓여 있었어."

그것만 말하고 나는 나나미에게 병을 하나 건넸다. 어째서 병일까 하는 생각은 들었지만, 그 부분은 다음에 엄마에게 물어보자.

뚜껑을 열자 푸쉭, 하는 소리가 방에 울려 퍼졌다.

"건배. 생일 축하해."

"고마워. 건배."

우리는 가볍게 건배했다. 진짜는 내일…… 아니, 날짜상으로는 이미 오늘인가. 오늘 우리는 첫 생일 데이트를 한다.

너무 두근거리는데 잠은 잘 수 있을까. 나나미도 같이

있고……. 잘 수 있을까? 자는 거야?

아니 뭐, 부모님이 계시니까 아무것도 못 하겠지만.

"다시 한번 생일 축하해. 나나미."

몇 번이고, 몇 번이라도 축하한다는 말이 하고 싶었다. 태어나줘서 고맙다고, 그 마음을 담아서 계속 말하고 싶었다.

나나미도 고맙다며 미소 짓더니, 갑자기 놀란 표정이 되었다.

무언가가 떠오른 것인지 멍한 얼굴이다. 이윽고 나나미가 과장되게 미간을 좁혔다.

"아니지? 그게 아니잖아~?"

어, 뭐가?

갑자기 아니라는 말을 듣고 나는 아주 조금 당황했다. 갑자기 무슨 일이지? 축하 방식이 마음에 안 들었나?

그렇게 생각했더니 그것이 아니었다. 아니, 어떻게 보면 축하 방법이 마음에 들지 않는다는 것이 정답이긴 하지만…….

"누나라고 해야지!"

……그거, 진심이었구나.

아니, 그래도 말한다면 내일 이후, 그러니까 아침부터라고 생각했는데. 정말로 그 말을 해야 하는 건가?

아, 뭔가 묘하게 반짝거리는 눈으로 보고 있다. 엄청나게 기대하고 있어. 말하는 게 좋을까. 말해야겠지?

뭐지, 엄청나게 민망해진다.

하지만 오늘은 나나미의 생일이다. 그러니까 이것도 생일선물이라고 생각하고 힘내는 거다, 나.

"……생일 축하해, 누, 누나?"

말하는 순간 엄청난 충격이 나를 엄습했다. 좀 더 구체적으로 말하면, 가격이나 다름없는 기세로 나나미가 내게 뛰어들었다.

너무 갑작스러워서 나는 그대로 나나미한테 떠밀려 버렸다.

"누나예요~. 자아, 누나한테 어리광부려도 돼요~."

그런 말을 하면서 나나미는 내 머리를 쓱쓱 쓰다듬었다. 이건 완전히 동생 취급이라고 해야 하나? 아니, 아이 취급? 뭐야, 이렇게까지 기뻐하는 거야?

"자, 생일을 맞이해서 누나가 된 나랑 같이 잘까~?"

"잠깐만, 좀 진정해, 나나미."

나나미가 그대로 이불을 덮어오려고 했기 때문에 나는 그런 나나미를 말리기 위해 손을 들었다. 그런데도 나나미는 멈추지 않았다. 안 멈추는구나.

일단 자기 전이라 크게 떠들 수는 없었지만, 어쨌든 나는 동생으로서 사랑받는 구도가 되어 있었다. 만족할 때까지 멈추지 않을 건가?

나는 그대로 잠시, 선을 넘으려고 하면 말리겠노라 결의하면서 나나미에게 맞춰주기로 했다.

……이후 한동안 본인이 하고 싶은 일을 하며 만족했는지, 뒤늦게 정신을 차린 나나미에게 이불 위에서 엄청난 사과를 받게 되었다.

하지만…… 협의 결과 누나라는 호칭은 계속하게 되었다.

같이 잠들지는 않았다.

◇ ◇ ◇ ◇ ◇ ◇ ◇ ◇ ◇ ◇

옛날에 어디선가 들은 건데, 아이는 빨리 어른이 되고 싶어 하고 어른은 아이로 돌아가고 싶어 한다는 말이 있다.

나로서는 아직 감이 오지 않는 말이지만, 아르바이트를 하게 되면서 매일 일을 하는 어른은 힘들겠다는 사실을 조금씩 깨닫게 되었다.

그래도 나는 어른이 되고 싶다.

나이로나 정신적으로나 경제적으로나. 옛날에는 그런 것에 대해 전혀 생각하지 않았지만, 빨리 어른이 돼서…… 어른만이 할 수 있는 걸 해보고 싶다는 생각이 들었다.

그 이유라고 하면 역시 여자친구의 존재가 크겠지. 애인이 생기자마자 오버한다고 생각할지도 모르지만, 그런 생각을 해 버렸으니 어쩔 수 없다.

이것을 성장으로 볼 것인지, 여성에게 빠져 추락했다고 볼 것인지…… 사람마다 다를 것이다.

나로서는 성장하고 있다고 생각하고 싶었다.

그런 생각을 하게 된 계기라고 하면 역시 나나미의 생일을 들 수 있었다.

나나미가 오늘로 17살이 되었다.

바라토 나나미, 17살. 나나미 씨 열일곱 살*이라고 하면 단번에 인터넷에 떠도는 유행어 같은 느낌이 들지만. 아무튼 나나미는 나보다 한 살 누나가 된 셈이다.

그렇지만 여성에게 기본적으로 연령을 화제 삼는 것은 금기다. 그래서 나는 딱히 할 말이 없다.

하지만 오늘은 특히나 나이 차이가 느껴졌다. 그것은 나나미가 생일을 맞이했기 때문만이 아니라…….

"……누, 누나? 아무래도 밖에서 이 호칭을 부르는 건 좀 봐줬으면 좋겠는데."

"에헤헤, 뭔가 간지럽지만 기뻐. 하지만 그렇지. 밖에서는 누나라고 부르지 않는 편이 더 연인 같을 테니까."

단둘이 있을 때는 오늘 하루 동안 많이 말해줘, 라는 요청을 받고 말았다.

참고로 호칭에 대해서는 최종적으로는 '누나'로 정착했다. '누님'이라든가 '누이' 같은 것도 시도해 봤는데 나나미 기준으로 딱 느낌이 오는 것이 '누나'였다고. 그야 그렇겠지.

---

*일본의 유행어 중 ㅇㅇ씨 ××살이라는 말이 있다. 보통 나이보다 성숙해 보일 때 쓰는 말.

사야가 그렇게 부르고 있으니까*.

그렇게 동생을 갖고 싶었던 걸까? 그렇게 물어보니, 여동생은 은근히 건방져서 귀여운 남동생을 갖고 싶었다는 모양이다.

귀여운 남동생의 응석을 마음껏 받아주고, 사랑해 주고, 아껴주고 싶었다고.

……나나미에게 남동생이 있었다면 성벽이 비뚤어졌을지도 모르겠네.

나는 형제가 전혀 없기 때문에 감이 오지 않았지만, 나나미에게 귀여움을 받는다면 어리광쟁이가 되어 누나에게 마냥 의존할 것 같았다.

"그래도 지금은 거의 단둘이 있는 거나 다름없으니까 누나라고 불러줬으면 좋겠어."

"……알았어, 누나."

결국 이거다. 그걸 납득하는 나도 나지만.

지금 우리는 어느 미술관에 와 있다. 오늘 계획은 나나미에게도 미리 말해두었는데, 마음에 들어 해서 다행이었다.

처음에는 전부 내가 생각하고 서프라이즈로 나나미를 초대하는 식으로 가려고 했는데, 그렇게 해서 나나미가 즐겁지 않다면 의미가 없지 않을까 싶어서 고민했다.

고민을 거듭하다가 바론 씨 일행에게 생일 데이트 계획을 여자친구와 같이 생각하려는데 어떤지를 상의했더니

---

*일본에서는 누나/언니를 부르는 호칭이 남녀 동일하다.

다들 찬성해 주었다.

『괜찮은 것 같아. 다만 그녀에게 통째로 맡기지는 말고. 어디까지나 함께 생각하는……. 뭐, 이런 부분은 걱정 안 해도 될 테니 너무 새삼스러운가.』

그건 확실히 그렇다. 어디까지나 내가 계획을 생각하고 그것을 나나미에게 물어보겠다는 것이었다. 열심히 고민했던 장소를 마음에 들어 해서 기뻤다.

"날씨가 좋아서 다행이다."

"그러게, 기온도 별로 안 높아서 좋은 것 같아."

숲속에…… 자연 속에 미술품이 전시되어 있고, 그 속을 둘이서 걷고 있다.

비가 오면 실내 전시품을 보자는 이야기도 했었는데, 날씨가 맑아서 밖을 산책하면서 여유롭게 보낼 수 있었다.

오늘 나나미의 복장은 전체적으로 성숙한 느낌이었다.

대체로 좀 걷는 데이트라서 신발은 운동화……라고 말해도 되나? 내 지식에 있는 운동화랑은 좀 다른 세련된 모양의 운동화다.

복장은 바지 스타일로 상의는 무지 민소매……. 노출은 억제했지만, 어딘가 어른스러운 색감이 느껴지는 복장이다.

그리고 기뻤던 것이, 내가 한 달 기념일에 선물한 돌고래 목걸이를 걸어주었다. 수제라서 목걸이만 조금 붕 뜬 느낌이지만…….

그래도 그것을 착용해 준 그 마음이 기뻤다.

"그건 그렇고 미술관으로 정말 괜찮았어? 생일이니까 더 즐거운 곳도 얼마든지……."

"아니? 여기도 재밌어. 그리고 봐, 숙제로 미술관에 다녀오라고 했잖아. 내친김에 그것도 할 수 있고. 일석이조야."

데이트와 숙제를 동시에 해낼 생각을 하다니, 성실하네.

감탄하고 있는데, 나나미가 미끄러지듯 자연스럽게 자신의 팔을 내 팔에 감아왔다. 오늘은 비교적 지내기 좋은 기온이라고는 하지만 아직 덥다.

그래서 민소매 옷을 입고 있는데, 덕분에 나나미의 팔 감촉이 직접적으로 느껴졌다.

"게다가 진짜는 오늘 밤……이잖아? 기대된다."

자신의 입가를 브이자 사이에 끼우면서 나나미가 입가에 웃음을 띠었다. 오늘은 묘하게 요염하다…….

그러고 보니 밤이 진짜구나 싶어 고개를 끄덕였다.

오늘 목적지는 두 군데 정도다. 낮에는 이곳 미술관에서 지내고, 밤에는 어떤 전망대에 갈 예정이다. 이 전망대에는 해가 진 뒤에 가려고 했는데, 그 부분에 대해서는 아빠한테 한 가지 조언을 받았다.

해가 완전히 지기 전에 가는 게 좋다는 이야기였다. 가능하다면 해가 지기 1시간 전에.

그래서 일정을 살짝 변경했다. 알바하는 곳에 가서 저녁 식사를 마친 뒤 바로 전망대까지 가기로 했다. 이동 시간을 생각하면 꽤 이른 저녁 식사가 된다.

그런 의미에서 보면 목적지는 세 군데인가.

아르바이트하는 곳에도 제대로 예약을 해뒀고, 점장님이 서비스해 준다고 해서 즐거움 반 두려움 반 정도의 마음이었다.

……다음에 일할 때 놀림당하지 않을까.

곰곰이 생각해보니 나는 주변에서 그런 짓을 당해본 적이 없다. 동창이랑 어울리지 않아서 더 그런 걸지도 모르지만.

"왜 그래? 뭔가 고민이 있다면 누나에게 뭐든지 얘기해도 돼~."

"아직도 하는 거야, 그 누나 플레이?"

"당연하지~. 오늘 하루는 내가 누나니까. 그보다 누나 플레이라는 그 표현, 뭔가 야하다."

팔짱을 낀 나나미가 그 훌륭한 가슴을 한껏 젖히며 능글맞은 표정을 지어 보였다. 으음, 그렇게 누나라는 입장이 즐거운 건가?

그 후에도 미술관 데이트는 잔잔하고 느리게 흘러갔다. 장소 특성상 사람이 별로 많지 않다는 것도 이유였지만, 미술관은 기본적으로 조용히 감상해야 하는 곳이다.

어떻게 보면 영화관 데이트에 가까울지도 모른다. 작품

을 보고, 그 작품에 대한 감상을 서로 말하고, 그리고 또 다음 작품을 본다.

그러던 중 나는 힐끔 나나미의 가슴팍으로 시선을 떨어뜨렸다.

아니, 수상한 의미가 아니다.

거기에는 내가 선물한 볼품없는 수제 목걸이가 걸려 있었다.

아까는 그것에 대해 무척 기쁘다고 느꼈었는데, 지금 이렇게 미술품을 보면서 서로 담소를 나누다 보니…… 뭐랄까, 조금 부끄럽다.

초보자가 진땀을 빼며 만든 조악한 것이라, 지금 여기 전시된 미술품과 비교하면 안 되는데도 자꾸만 비교하게 된다.

“……목걸이, 하고 왔네.”

“아, 알아챘어? 응. 모처럼 생일이니까 해봤어.”

“초보자가 만든 수제품이라 좀 부끄럽네. 옷이랑도 안 어울리지 않아?”

“그렇지 않은데? 귀여워서 책상에 장식해뒀는걸. 혹시 미술관에 와서 그런 생각을 하는 거야?”

날카롭다……. 간파당해 버린 나는 쓴웃음을 돌려주었다. 그 모습에 나나미는 아주 조금 부루퉁한 얼굴을 하더니 내 뺨을 가볍게 꼬집었다.

전혀 아프지 않고, 조물조물하며 잡은 뺨을 그대로 가지고 놀고 있다.

"요신, 정말 이상한 걸로 고민한다니까. 이런 선물은 내가 좋아하면 되는 거야. 멋진 선물이었으니까."

"아니, 그때는 여러모로 필사적이었으니까. 냉정하게 되돌아보니 좀 아닌 것 같다는 생각이 들어서. 이런 데 오니까 괜히 더."

"왜 예술 작품이랑 비교하는 거야……."

"아니 뭐, 그것도 그렇긴 한데."

나나미는 어이가 없는지 반쯤 뜬 눈으로 찌르듯이 내게 시선을 보내왔다. 그 시선을 맞으면서도 나는 변명을 계속 이어갔다.

"나나미는 점점 예뻐지고 있잖아."

"흐엑?"

"그런 나나미를 빛내는 게 내가 직접 만든 장신구인 건 기쁘지만, 동시에 뭔가 답답하기도 해. 객관적으로 내가 만든 목걸이만 붕 떠있다고 할까……."

그랬다. 예쁜 사람이 예쁜 것으로 장식을 하는 이유는 장식품이 그 사람을 더욱 돋보이게 하기 때문이다.

내가 선물한 목걸이는 나나미의 아름다움을 돋보이게 하고 있을까 하는 생각이 들었다. 여기 장식된 미술품 정도는 되어야 어울리는 게 아닐까?

잘 설명할 수는 없지만, 문득 그런 생각이 들었다.

그래서 그런 사실을 설명했는데, 정작 나나미는 왜인지 새빨갛게 변해버렸다. 혹시 내가 예뻐지고 있다고 해서 그런가?

하지만 한 살 누나가 된 나나미는 여기서 끝나지 않았다. 그녀는 뺨을 물들인 채 나를 쳐다보더니 그대로 반격을 시도했다.

"여자는 사랑을 하면 예뻐지는 법이야. 나는 요신을 사랑하고 있으니까…… 예뻐졌다면, 요신 덕분인 거지."

고맙다고 말하면서 또 얼굴을 가려버린다. 하지만 그 말은 나에게 충분하고도 넘치는 위력을 발휘했고…….

우리들은 한동안 말없이 미술관을 산책했다. 야외라서 바람이 불어왔고, 그 바람에 내가 만든 목걸이가 흔들렸다.

처음 만든 것을 나나미가 착용해 주었다. 그걸로 충분하다.

"……다음엔 더 좋은 걸 만들어줄게."

"으, 응…… 기대하고 있을게."

그게 언제가 될지는 모르겠지만, 그래도 하고 싶은 것이 또 늘어났고, 재미가 하나 늘었다고도 할 수 있다.

그 후로도 우리들은 미술관을 쭉 돌았다. 예술은 좀 어렵다고 생각했는데, 이렇게 돌다 보니 의외로 재미있었다.

나나미는 즐거웠을까……. 그런 생각도 들었지만, 걱정

할 필요는 없어 보였다. 이런 곳에 오면 그림 같은 걸 그려 보고 싶어진다고 이야기해 주었다.

미술은 수업 시간에 하는 정도였으니까. 완벽하게는 모르지만, 확실히 그 마음은 이해가 갔다. 내 경우엔 다음 나나미의 선물은 직접 만들겠다는 생각까지 했으니까.

"나도, 요신에게 뭔가 직접 만든 걸 선물해 주고 싶어."

"늘 직접 만든 도시락을 해 주잖아."

"그런 게 아니라, 형태가 남으면 좋을 것 같아서……."

딱히 신경 쓰지 않아도 되는데. 그러면서도 나는 나나미의 그 마음이 고마웠다.

나나미가 물끄러미 나를 바라보았다.

가만히, 뭔가 지금까지와는 조금 다른 시선. 열기가 있다기보다, 어딘가 물기가 느껴지는 시선.

과거 나나미의 어떤 시선과도 다른 시선이 내게로 향해 있었다.

"……요신은 혹시 귀걸이 안 해?"

"귀걸이?"

아, 그러고 보니 나나미는 귀에 피어스 구멍이 있었지. 혹시 요즘에는 안 뚫은 사람이 더 적은가? 나는 뚫어본 적 없지만.

나나미가 내 귓불을 가볍게 쓰다듬었다. 조금 오싹한 기분이 든 것은 귓불을 만져서일까, 그 이외의 것을 느꼈기 때문일까.

"요신의 구멍, 내가 뚫어주고 싶어…….''

조용히 들려온 그 한마디에 온몸이 떨렸다. 겁에 질린 것이 아니라 어딘가 어두운 정열과 수상한 요염함을 머금은 그 목소리에 환희하듯 몸이 떨린 것이다.

나나미의 손으로 내 몸에……. 그것을 상상하면 두렵게도 무언가를 기대하게 된다.

익숙한 사람이라면 고작 피어싱 구멍으로 유난이라고 생각할지도 모르지만, 나에게는 그렇지 않았다. 나, 그쪽 기질도 있었던 걸까.

"일단, 지금은 뚫을 마음이 없으니까, 사양해 둘게."

"진짜~? 생일에 하는 부탁이라도 안 되는 건가…….''

미안해, 거절한 건 지금 이 기분인 채로 긍정해 버리면 뭔가 내가 이상해질 것 같아서 그래.

이 경우엔 나나미도 이런…… 얀데레라든가 하는 다크함에 소질이 있다는 뜻일까. 그쪽으로 가면 너무 위험해질 것 같다.

나는 나나미의 제안을 거절했지만, 아무래도 포기하지 않은 것 같다. 앞으로도 그 공방은 계속될 것 같다. 아직도 내 귀를 만지고 있고.

커플 피어싱을 하고 싶은 마음도 좀 있긴 했다. 나는 그 유혹을 견딜 수 있을까? 굳이 저항할 필요는 없을지도 모르지만.

"조금 이르지만, 아르바이트하는 곳으로 갈까?"

"아, 좋아. 가고 싶어!"

조금 괴로운 기분이 들어 말을 바꾸기 위해 그런 제안을 했는데, 나나미는 의외로 긍정적인 반응을 보여주었다. 오늘은 이 정도에서 포기했다는 뜻일까.

자, 문제는 여기서부터다.

어떻게 보면 오늘 최고의 고비인 내 아르바이트 장소 방문. 사실 엄청나게 긴장된다. 다만 나나미도 긴장하고 있는 것 같았다.

"어, 어떻게 하지. 조금 빠른데 실례가 되는 건 아닐까?"

"그건 괜찮을 것 같아. 확인해 보니까 바빠지기 조금 전 시간이라 서비스하기엔 그쪽이 더 편하다고 연락이 왔거든."

"그렇구나, 다행이다. 아, 선물 같은 건⋯⋯."

"아니, 알바하는 곳에 밥 먹으러 가는 것뿐이야."

뭔가 이상한 방향으로 긴장하고 있었다. 그 긴장의 이유도 아마 알 것 같다. 유우 선배의 일 때문에 그런 거겠지.

사실 오늘 선배와 나나미가 처음으로 대면한다.

실은 그 이후로 생일 전에 아르바이트하는 곳에 와보지 않겠냐고 제안해 봤는데, 나나미는 마음의 준비가 되지 않았다며 결국 생일에 같이 가는 것을 선택했다.

확실히 생일 전이면 나는 알바하는 중일 테니까 나나미와 선배가 일대일 대면이 돼서 좀 힘들 것 같긴 했다.

나는 알바하는 곳에 여자친구와 함께 간다는 긴장감, 나나미는 선배와 처음 대면한다는 긴장감. 각자의 긴장을 품은 채 우리는 목적지에 도착했다.

"와, 귀여운 가게다……."

가게에 도착하자 나나미가 그런 말을 중얼거렸다. 가게에 귀엽다거나 하는 개념이 있는 건가? 나는 양식당이구나 하는 감상밖에 못 떠올렸는데.

평소에는 뒷문으로만 들어가던 그곳에 나는 처음으로 정면으로 들어갔다. 처음 들어가는 가게보다 더 긴장된다.

문을 열자 딸랑, 종소리가 울렸다. 평소에는 울리는 소리를 듣는 쪽이지만, 오늘은 울리는 쪽…… 신기하다.

이내 "어서 오세요"라는 말과 함께 선배가 나왔다. 지금은 조금 이른 시간대라 그런지 우리들 이외에 손님은 한 팀밖에 없다.

딱 바빠지기 전의 시간이라는 느낌이다.

"어서 오세요! 두 분…… 뭐야, 마이잖아! 어서 와!"

"왔어요. 조금 이르지만, 점장님한테 아까 연락을 드려서……."

"응, 들었어~. 여친이랑 같이 온 거지? 이쪽으로 와~."

"감사합니다."

그대로 우리는 자리로 안내받았다. 선배는 생글생글 웃는 얼굴로 지금 물을 가져올 테니 편하게 있으라는 말을 남기고 사라졌다.

아직 나나미를 정식으로 소개한 것은 아니지만, 나나미를 힐끔 본 선배가 웃는 얼굴로 손을 흔들어 준 것을 보니 나쁜 인상은 없어 보였다.

나나미도 선배한테 고개를 숙여 보였는데, 눈을 살짝 크게 뜨고 있다. 그리고 내 쪽으로 고개를 돌리더니 고개를 갸우뚱하며 중얼거렸다.

"마이……?"

"앗……."

……아뿔싸, 그와 관련한 이야기는 아무것도 하지 않았다. 나나미는 내가 마이라고 불린 것을 이해할 수 없다는 듯이 팔짱을 낀 채 고개를 이리저리 비틀고 있었다.

지금부터 설명하려니 굉장히 변명의 냄새가 나지만, 그래도 지금 말하지 않으면 안 되겠지.

"저기, 선배는 왜인지 그런 호칭으로 불러서……."

"마이…… 그렇게 부르는 방식도 있었구나……. 생각지도 못했던 거라 뭔가 한 방 먹은 기분이야."

어라? 뭔가 반응이 생각했던 것과는 좀 다른데. 약간 억울해 보이는 모습이다.

나나미가 억울함을 느끼는 사이 선배가 물과 물수건, 메뉴판을 들고 돌아왔다. 일단 선배한테 나나미를 소개하기로 하자.

"물, 오래 기다리셨습니다."

"감사합니다. 유우 선배, 이쪽은 제 여자친구인 바라토 나나미예요. 나나미, 이쪽은 알바 선배인 유타리 나오 씨야."

"유타리 나오예요! 잘 부탁해!"

"아, 바라토 나나미입니다. 잘 부탁드려요."

씩씩하게 악수를 청하는 유우 선배의 손을 나나미가 움켜쥐었다. 선배는 웃는 얼굴로 나나미의 손을 붕붕 흔들었다. 나나미가 살짝 압도당하는 느낌이다.

나나미의 이런 반응은 좀 신선했다. 잘 생각해보면 지금까지 나나미가 아는 사람을 소개받는 일은 있어도, 내가 아는 사람을 소개해 준 적은 없지 않을까.

부모님 정도? 반대로 말하면 부모님 말고는 없으니까 안 해봤다. 사실상 제로다.

긴장한 것인지 나나미가 꿔다놓은 보릿자루처럼 변해 있었다. 그 모습에 좀 거들어줘야겠다고 생각한 순간, 나나미가 힐끔 나를 쳐다봤다.

"그…… 유우 선배라는 호칭이…… 성이었군요."

"아, 응. 맞아~. 성에 있는 한자를 별로 안 좋아하니까 이름으로 불러달라고 했는데, 여친 외엔 이름으로 부를 수 없다고 거절당했거든."

……뭐지, 이 부끄러움은.

부모님이 내 이야기를 나나미에게 했을 때와도 다르고, 나나미가 누군가에게 내 얘기를 했을 때와도 다르다. 아르바이트하는 사람이 나에 대해 여자친구에게 이야기하고 있다. 단지 그뿐인데 참을 수 없이 부끄러웠다.

어쩐지 양 볼이 묘하게 열기를 띠고 등에서는 알 수 없는 땀이 흘러나왔다. 체온이 조금 내려간 것 같기도 하다. 어째서지?

"요신, 그런 말을 했어?"

"그렇다니까. 거절당할 거라고는 생각도 못 해서 깜짝 놀랐어. 게다가 내가 이름으로 부르려고 했더니 여친 외엔 이름으로 불리고 싶지 않다면서 또 거절하는 거야."

"아니, 그런 말 안 했잖아요. 그거 부풀린 거죠?"

왜 그런 거짓말을?! 처음부터 절 성으로 불렀잖아요. 그래서 나도 특별히 거부는 하지 않았던 건데…….

유우 선배는 웃으면서 그 손을 신나게 흔들었다.

"아하하, 들켰나~. 아니 그야, 훈훈한 에피소드는 조금 부풀려서 말해도 괜찮잖아. 여친을 엄청 좋아하지?"

"그건…… 그렇긴 하지만요……."

히죽히죽 웃은 유우 선배가 나를 놀리는 듯한 시선을 향해왔다. 반사적으로 대답해 버렸지만, 나나미를 눈앞에 두고 말하려니 조금 민망했다.

나나미도 어딘가 기뻐 보여서 왠지 2대1이 되어 버린 기분이 들었다. 유우 선배…… 혹시 노리고 그런 걸까.

"아, 그렇지, 나나미…… 나나짱이라고 불러도 돼? 나미짱 쪽이 더 나으려나? 이왕 이렇게 된 거 사이좋게 지내고 싶은데."

"아, 그럼 저도 나오 선배라고……."

"어? 난 나오짱이라고 불러줘~. 봐봐, 마이는 안 불러주니까."

나나미를 상대로도 선배는 거침없이 다가갔다. 압도당하는 나나미를 보는 것은 어쩐지 굉장히 신선했다. 평소와는 다른 귀여움이 있다.

나나미도 연상을 이름만으로 불러본 적은 별로 없는지 부르기를 망설였지만, 이내 쭈뼛거리면서도 입을 열었다.

"나오짱……?"

"크으……."

유우 선배는 나나미의 말을 듣더니 고개를 들어 올려 하늘을 바라보았다. 어라? 무슨 반응이지……. 그런 생각을 하고 있는데, 선배가 내 쪽으로 진지한 눈길을 향해왔다.

"장난 아니게 귀여운데. 여고생한테 나오라고 불리니까 엄청나게 흥분돼. 못 참겠어. 나나 나한테 넘겨줘."

"안 돼요."

무슨 말을 꺼내는 거야, 이 선배는. 안 되는 게 당연하잖

아. 나는 엄청난 속도로 즉답했다. 선배는 크게 개의치 않는 얼굴로, 역시 안 되나~ 라는 소릴 하고 있다.

조금 토라진 얼굴을 한 선배가 그대로 뒤로 사라졌다. 아직 손님이 거의 없어서 그런지 우리 쪽을 챙겨줄 여유가 있는 것 같았다.

나나미는 선배의 뒷모습을 조금 어이없다는 얼굴로 바라보고 있었다. 상당히 특이한 표정이다. 그리고 내 쪽을 돌아보더니 후우 하고 한숨을 한번 내쉬었다.

"……굉장한 사람이네."

"엄청나게 거리감이 가깝지?"

"하지만 나쁜 사람은 아닌 것 같아."

두 손을 모은 나나미가 살짝 미소 지었다. 확실히 거침 없이 다가오긴 하지만, 유우 선배는 나쁜 사람이 아니라고 생각하고 싶다.

그렇기 때문에 더더욱 그런 이상한 소문이 난 것이 의아했다.

어쩌면 젊음의 치기로 그런 행동을 해버렸을 가능성도 있겠지만, 그런 사람과 쇼이치 선배가 친하게 지내올 수 있었을까?

그리고 냉정하게 생각해서, 그런 사람이 있는 아르바이트 자리에 쇼이치 선배가 나를 소개했을까?

그래서 나는 개인적으로는 그 소문을 믿지 않았다.

하지만 나나미의 불안감을 해소해 주고 싶은 마음도 사실이었기에 바빠지기 전에 먼저 물어보려고 했는데, 선배가 또 곧바로 나왔다.

요리를 미리 주문해놨기에 그건가 했더니 아니었다.

"자, 이거 받아. 웰컴 드링크까진 아니지만 내가 쏘는 거야! 자, 팍팍 마셔! 내가 보는 앞에서 마셔!"

가, 감사합니다…… 하고 인사를 하려다가 나도 나나미도 굳어졌다.

선배가 놓은 것은 조금 큰 잔 하나…… 거기에는 톡톡 탄산이 피어오르는 투명한 음료가 들어가 있었다.

투명한 글라스 안에는 과일이 잔뜩 들어있다. 레몬에, 키위, 딸기 등등 새콤달콤해 보이는 과일이 가득하다.

문제는 선배가 가져온 잔이 하나라는 점이다. 아니, 잔이 하나인 것 자체가 문제가 아니라 진짜 문제는 그 빨대다.

잔 하나에 빨대도 하나…….

그 빨대는 마시는 부분에서 두 갈래로 나뉘어 있었다. 각각의 끝이 나와 나나미를 향하고 있고, 뭔가 가운데엔 하트 모양까지 존재하고 있다.

……이런 빨대가 실재했나?

아니, 애초에 양식당에 왜 이런 빨대가 있는 거야. 태클을 걸고 싶었지만 선배는 선배대로 어서 마시라는 듯 눈을 반짝반짝 빛내고 있다.

"……그, 이게 뭐죠?"

"저희 가게에서도 쉽게 주문받지 않는 비장의 커플 음료입니다, 고객님."

말투가 전혀 다르다. 점원답게 진지하고 예의 바르게 고개를 숙이며 대답한다. 진짜 이거…… 이거 진심이야?

나나미를 힐끔 바라보자…… 뭔가 "와아……" 하는 식의 반응이었다. 심지어 싫은 쪽이 아니라 기쁜 쪽의 '와아'네, 이건.

두 번째 말하지만 이런 게 진짜 있었구나. 비교적 전개로서는 정석이라고 할까, 반대로 최근에는 쉽게 볼 수 없는 전개 같기도 했다.

"……감사합니다."

"천만에☆."

우쭐한 얼굴로 포즈를 잡는 선배, 괜히 열받네. 젠장. 고맙긴 한데 이런 걸 가게에서 하는 거냐고. 여기 알바하는 곳인데? 알바하는 곳에서 하는 거야, 이걸?

다만 미안하기 때문에 나온 것을 거부한다는 선택지는 없다. 이 시점에서 거부권은 없고……. 이게 일반 가게였다면 관심이 있다는 건 부정할 수 없다.

"그럼 마셔볼까?"

"으, 응!"

잠시 말문이 막히긴 했지만, 나도 나나미도 눈앞의 음료를 앞에 두고 파이팅 포즈를 하듯 주먹을 쥔다. 반대로 하려면 지금이다. 손님도 적고 주목도도 적다. 그러니까 지금이다.

"아, 모처럼인데 사진 찍을까아~."

기껏 움직이려던 마음을 팍 꺾는 한마디가 선배에게서 들려왔다. 이런 모습을 기록한다고? 기록해서 어쩌려고? 비웃으려고?

내가 거부하기도 전에 나나미가 달려들 기세로 부탁한다며 자신의 스마트폰을 건네주었기 때문에 더는 말릴 수 없었다.

되돌리는 것은 불가능. 여기서 한 번이라도 멈추면 더이상 움직일 수 없을 것 같아 기세를 몰아 그대로 빨대에 입을 가져갔다.

이어서 나나미가 반대편 빨대에 입을 댔다.

어, 그러고 보니 이런 빨대는 서로 호흡을 맞춰야 빨아들일 수 있는 거 아닌가? 한쪽으로 공기가 빠져나가니까……

나나미도 그 생각을 했는지 나에게 눈으로 신호를 보내왔다. 힐끔 보더니, 빨대에 시선을 떨어뜨리고 손을 활짝 펴 보인다.

이건 5초 후에 빨아들이라는 뜻 맞나? 맞겠지?

나도 똑같이 손을 활짝 펴 보였다. 나나미가 작게 고개를 끄덕인 것을 보니 마음은 통한 것 같았다. 뭔가 갑자기 공동 작업이 되고 말았다.

나도 고개를 끄덕이고 그때를 준비했다. 서로 손가락을 하나씩 접어가다가…… 마지막 하나가 접힌 타이밍에 빨아들이는 거다.

그렇게 카운트다운이 시작된 타이밍에…….

"아, 그거 빨대 두 개로 만들어진 거라 각자 빨아도 전혀 상관없어."

둘 다 엎어질 뻔했다. 아, 진짜네……. 시험 삼아 빨아보니 평범하게 마실 수 있다. 나나미 쪽도 그랬는지 저도 모르게 입에서 빨대를 떼고 웃고 있었다.

선배, 그런 말은 빨리 해 달라고요…….

우리의 어이없는 시선을 느꼈는지 선배가 당황한 얼굴로 변명을 시작했다.

"아니 그게, 너무 진지한 얼굴이라 방해하기가 미안해서."

하여간 이 선배는……. 그보다 일은 안 해도 되는 건가? 슬슬 혼나지 않을까? 아직 괜찮다면…… 물어보려면 지금밖에 없다.

"선배, 잠깐 묻고 싶은 게 있는데, 실례가 됐다면 꼭 화를 내주세요."

"응? 뭐야? 뭐든지 대답해 줄게~?"

"그…… 얼마 전에 선배에 대한 어떤 소문을 들었거든요."

선배는 내 말을 대수롭지 않은 잡담처럼 들어주었다. 어디까지나 소문으로 들은 것뿐 들은 상대 역시 확실하지 않다고 말했다는 것도 덧붙였다.

대강의 말을 들은 후에 선배는 조금 거북한 얼굴로 천장을 바라보았다.

"아~ 그 소문 말이지……. 마이네 귀에도 들어가다니, 세상 참 좁네. 뭐, 자업자득이라고 할 수도 있는데……."

"네? 그럼 설마……."

"앗, 아니야. 그런 짓은 일절 안 했어. 그런데 봐, 내 거리감은 살짝 고장 난 것 같잖아?"

나는 그 말에 몇 번이나 고개를 끄덕였다. 아니, 정말로 그렇게 생각한다. 거리감 자체가 완전히 고장 나 있다. 본인에게 자각은 없는 것 같지만.

"나한테는 그럴 마음이 전혀 없는데 말이야~. 평범하게 친구처럼 대하고 있었는데 여자친구랑 헤어졌으니까 사귀어 달라든가, 그런 말을 갑자기 듣는 경우가 꽤 있었거든."

"네?"

나나미가 어이없다는 투로 중얼거렸다. 나로서는 조금 납득이 가는 부분도 있었다. 확실히 선배의 거리감은 말도 안 되게 가깝다. 고장이 났다고 해도 좋을 정도로.

딱히 일반화하고 싶은 것은 아니지만, 남자란 그런 식으로 상냥하게 대해 주면 혹시 자신을 좋아하는 것이 아닐까 착각하기 쉬운 생물이다.

특히나 선배 같은 미인에게 그런 일을 당했다면, 아마 착각하는 사람은 할 수 있지 않을까. 다만 여자친구를 가진 남자까지 함락시켜 버렸다는 것이 선배의 마성이라고 하면 마성이었다.

"그게 소문이 난 건가요?"

"아마 그럴 거야~. 난 남자친구 없는 기간이 곧 나이니까. 이래 보여도 야한 짓도 해본 적 없고?"

"원인이 그런 부분이라고 생각합니다."

응, 무조건 그렇겠지. 후반의 정보는 필요 없었다. 너무 오픈해 버려서 시원할 정도다. 이런 모습 때문에 착각하는 남자가 속출했을 것이다.

나나미는 안도함과 동시에 무언가를 느낀 것 같았다.

"그러니까 나나도 안심해~. 마이에게는 전혀 요만큼도 연애 감정이 없으니까! 마이도 오해하게 했다면 미안해! 너와는 사귈 수 없어!"

"고백하지도 않았는데 갑자기 내가 차였어! 저도 유우 선배한테 연애 감정은 없는데요?!"

"그건 그거대로 열받네. 하지만 뭐, 마이라면 그렇게 말할 거라 생각했어."

선배가 시원스레 웃었다. 나나미도 안심했는지 어딘가 안도의 한숨을 내쉬고는 선배에게 몸을 돌렸다.

"죄송해요, 저…… 소문을 그대로 믿어버렸어요."

"아니, 아니, 나 때문이지. 조심하고는 있는데 몸에 배어 버려서 아무래도 어디에 선을 그으면 좋을지 잘 모르겠거든. 오해를 사지 않으려고 남자애들은 이름으로 부르는 것도 그만뒀는데 말이야~."

아니, 아마 포인트는 거기가 아닌 것 같은데. 행동 쪽이라고 생각하지만…… 뭐, 그런 부분은 쉽게 고칠 수 없지.

오랫동안 몸에 밴 행동이라면 고치는 것은 어렵다. 나도 잘 안다. 그게 가능했더라면 좀 더 평범한 생활을 할 수 있었을 것이다.

"나오, 땡땡이치지 마~. 슬슬 요리 나온다~."

"이런, 이야기에 너무 몰입했네. 그럼 두 사람 다 편히 쉬어."

점장님의 목소리를 들은 유우 선배는 손을 흔들며 떠났다. 그 뒤에 남은 것은 가져다준 서비스 드링크뿐이다.

일단 우리는 다시 거기에 입을 가져갔다. 유난히 얼굴이 가까워서 마실 때마다 두근거리지만, 그것도 하나의 즐거움이었다.

나나미는 안심했는지 아까부터 생글생글 기분 좋게 웃고 있었다. 나 역시 선배나 아르바이트하는 곳의 오해가 풀린 것은 좋은 일이었다.

하지만 나는 기억했어야 했다. 안심했을 때야말로, 방심했을 때야말로 더욱 조심해야 한다는 것을.

"나오, 연상이지만 귀여운 사람이네. 소문도 오해라서 다행이야."

"나도 나나미가 안심해줘서 다행이야. 이걸로 안심하고 생일을 즐길 수 있겠다."

"응! 하지만 나오, 그렇게나 거리감이 가까워?"

"그렇지, 꽤 가까웠어. 나한테도 첫날부터 다짜고짜 음식을 먹여주려고 해서……."

"뭐?"

순식간에 공기가 무거워졌다. 방심했다, 완전히 방심했다. 상대한테 준 것이 아니라 내가 당할 뻔한 거긴 한데, 그래도 쓸데없는 소리는 하지 말았어야 했다.

나나미의 입에서 믿을 수 없을 정도로 낮은 목소리가 들려왔다.

땀이 단숨에 쭉 뿜어져 나왔다. 아니, 안 당했어. 안 당했습니다. 그러니까 그런 눈빛은 하지 말아주세요. 무서워요.

이것이…… 이것이 공포인가?

마치 마음 없는 로봇 같은 감상을 품고 있는 나에게 나나미가 빙긋 웃어 보였다. 용서해 줬구나……라고 생각했는데, 그게 아니었다.

"그런 일을 당할 뻔했다니, 이 누나는 슬프네. 그렇다면 나도 먹여줘야 겠지?"

……아, 망했다. 여기서도 '누나'가 나와버렸다. 알바하

는 곳이니까 봐줬으면 했는데, 이건 부르지 않으면 용서받
을 수 없는 분위기다.

"……알바하는 곳인데요."

"내가 주는 음식은, 싫어?"

질문 방식이 치사하다. 그런 식으로 물어보면 싫다고는
말할 수 없잖아. 추측이지만, 보여주고 싶어서 일부러 더
그러는 거겠지.

체념한 나는 각오를 다졌다.

그리고 나나미에게 '아르바이트하는 곳에서 누나라고 부
른다'는 것과 '아르바이트하는 곳에서 서로 먹여준다'는 행
동을 기어이 실행하고 말았다.

……이거, 다음 아르바이트 때 무조건 놀림 받겠지.

"감사합니다~, 두 사람 다 또 와—♡."

유우 선배의 배웅을 받으며 우리는 가게를 떠났다. 가게
도 바쁜데 일부러 나와주다니 미안하네.

그 후로 우리들은 식사를 하고, 점장님 내외가 내 여자
친구를 보고 싶다며 다가와서 모두에게 나나미를 소개했
다. 나나미가 기뻐해서 다행이었다.

다만 누나라는 호칭은 제대로 걸려버렸다. 오늘뿐이라

고 변명하긴 했지만, 모두에게 히죽거리는 웃음을 받고 말았다.

다음 아르바이트…… 가고 싶지 않아…….

"좋은 가게였네. 다음에는 요신이 알바하고 있을 때 와 볼까?"

"그건 좀 부끄럽네……."

"요신이 유니폼 입은 모습도 보고 싶고. 안 돼?"

안 되지 않습니다.

지급받은 가게의 유니폼에 앞치마를 두르고 있을 뿐이라 딱히 새로운 차림은 아닌데……. 관심을 가져줬다는 것은 조금 기뻤다. 부끄럽지만.

가게를 나와 손을 잡은 우리는 마지막 목적지로 향했다.

마지막 목적지…… 오늘의 메인이라고도 할 수 있는 야경을 보러 전망대로 향한다. 아직 해는 지지 않았기 때문에 조언을 받은 대로 일몰을 볼 수 있을 것 같다.

예정대로 가고 있고, 야경을 본다는 목적도 달성할 수 있을 것 같으니 일정은 무척 순조로웠다. 파란은 조금도 없다. 아주 잔잔하고 즐거운 데이트다.

그런데도 우리는 손을 잡고 걸으면서 어딘가 긴장하고 있었다.

그 이유는 가게에서 식사하던 때까지 거슬러 올라간다. 점장님과 사모님께 나나미를 소개하고 이제 앞으로 어떻게 할 거냐고 물어보길래, 우리는 솔직하게 전망대에 가겠다는 말을 전했다.

그러자 그들의 눈이 반짝였다.

무슨 일인가 했더니, 우리들이 지금부터 향하는 전망대는 '연인들의 성지'라고 불리고 있는 곳이라고 한다. 나는 그것을 전혀 모르고 데이트 계획에 넣고 말았다.

아빠나 엄마한테도 그런 이야기는 듣지 못했다. 아마 두 사람의 추억이었던 시절엔 그렇게 불리지 않았을지도 모른다.

평범한 성지라면 아마도 그렇게까지 긴장하지는 않았을 것이다. 문제는 그 성지로 불리게 된 이유다.

프러포즈에 적합한 장소…… 로맨틱한 장소…….

그곳을 성지라고 부른다는 것이다.

그걸 알고 나니 묘하게 계속 긴장이 되었다. 아마 나나미도 나와 똑같은 마음이겠지. 평소대로 행동하고 있는데 어딘가 움직임이 삐걱거리고 있다.

설마 지금 와서 삐걱거리는 증상이 또 부활할 줄은 몰랐는데, 예상 밖이다.

"기, 기대된다, 야경. 분명 아름답겠지?"

"으, 응. 기대되네. 뭔가 일몰도 예쁘다고 하더라."

"그렇구나, 그럼 좀 서두를까?"

"아직 시간은 있지만…… 그래, 조금 서두르자."

딱히 서두를만한 시간은 아니었지만, 마음이 조급한 탓인지 빨리 그곳에 가고 싶다는 마음이 강해진 것 같았다.

그것은 나도 마찬가지였다.

아니, 긴장은 하고 있지만. 그런데도 빨리 가고 싶다. 진정이 되질 않았다. 딱히 거기서 뭔가를 하는 것은 아니다. 그런 것은 아니지만…….

……하는 편이 좋을까?

그런 건 좀 더 이렇게, 신중하게 생각해서 해야 하는 거 아닐까? 이렇게 갑자기 해도 괜찮을까?

아니, 진정해라, 나. 어디까지나 우리는 야경을 보러 가는 거지 프러포즈를 하러 가는 것은 아니다. 애초에 아직 결혼조차 할 수 없는 나이다.

비슷한 말은 전에 해버린 것 같지만, 그건 어디까지나 비슷한 것. 정말 프러포즈를 하는 것과는 하늘과 땅 차이다.

응, 역시 오늘은 그냥 야경만 보는 걸로…….

"나나미는 어떤 프러포즈를 받고 싶어?"

그렇게 생각했을 내 입이, 멋대로 나나미에게 그런 말을 던지고 있었다. 그동안 하던 대화 내용이 모두 날아가 버리고, 동시에 나나미가 숨을 삼키는 것이 전해졌다.

그렇겠지, 나도 그런 말을 듣는다면 깜짝 놀랄 것이다. 말하는 나도 놀랐고. 왜 지금 말한 거냐, 나.

"그, 글쎄……."

무의식일까, 나나미가 잡은 손에 힘을 준다. 그녀의 가는 손가락이 내 팔에 파고들지 않을까 싶을 정도였다. 나나미, 악력이 이렇게 강했나?

나나미는 잠시 생각에 잠기는가 싶더니, 그 후 고개를 살짝 갸우뚱했다.

"프러포즈라……."

나나미는 감정을 담아 그 한마디만을 중얼거렸다. 그보다 고등학생 단계에서 그런 말을 들어도 곤란하겠지. 말한 나도 무슨 말을 하는 거냐고 생각했고.

그러자 나나미는 어딘가 부드러운 미소를 지어 보였다.

"반대로 요신은 어떤 프러포즈를 하고 싶어……?"

어…….

설마 질문을 다시 돌려받을 줄은 몰랐기에 나의 사고는 순간 정지하고 말았다. 프러포즈, 프러포즈…… 내가 한다면?

당연하지만 그런 것에 대해 생각해 본 적이 없었기 때문에 이 질문에는 선뜻 대답할 수 없었다. 어떻게 대답해야 하지.

애초에 프러포즈라는 건 결혼하자는 말만 하면 되는 건가? 어떤 프러포즈일까. 고급 레스토랑에 가서 반지를 사고, 그걸 선물하는…… 뭐 그런 거?

내가 아직 고등학생이라 그런지 감이 잘 오지 않았다.

너무 괴리감이 커서 그것을 하는 자신을 전혀 상상할 수 없었기 때문이었다.

"……일상 속에서, 어느 순간 문득 말하고 싶을 것 같아."

내 안에서 그런 말이 저절로 흘러나왔다.

"일상 속에서?"

"응. 예를 들면…… 같이 맛있는 걸 먹고, 둘이서 같이 TV를 보고, 행복하다고 느끼는 순간…… 자연스럽게 결혼할까, 하고."

그것이 지금의 내가 상상할 수 있는 프러포즈였다. 꾸미지 않은 상태에서, 그저 그 상태 그대로 결혼하자고 말하는 것이 가장 와 닿았다.

"여자는 좀 더 반짝반짝한 걸 좋아할 것 같긴 하지만, 내가 상상할 수 있는 프러포즈는 그 정도야……."

재미없어서 미안하다는 말을 덧붙이자 나나미는 어딘가 기쁘게 웃고 있었다.

하지만 글쎄. 이건 어디까지나 나의, 남자의 시선에서 바라본 프러포즈다. 확신하건대 여자가 바라보는 멋진 프러포즈와는 거리가 멀다.

진지하게 생각해 본 적이 없어서 어쩔 수 없지만. 고등학생 중에 그런 생각을 하는 녀석이 과연 얼마나 될까.

"그럼 내가 받고 싶은 프러포즈는 그걸로 할래."

"어?"

내가 고민하고 있는데, 나나미가 담백하게 그런 말을 꺼냈다.

괜찮은 거야? 내가 한 말은 별로 특별하지도 않은데? 그 마음이 표정에 드러났는지, 나나미가 내 코끝을 톡 하고 찔렀다.

반사적으로 눈을 깜빡였다. 그것을 보고 나나미는 더욱 다정하고 기쁜 얼굴로 미소 지었다.

"내가 받고 싶은 건 요신의 청혼이지 다른 누군가의 청혼이 아니니까. 그러니까, 해 준다면 뭐든 기쁠 거라고 생각해."

나도 별로 감은 오지 않아서 장래엔 또 달라질지도 모르지만, 하고 그녀는 웃으며 덧붙였다. 하긴 나도 감은 잘 오지 않는다.

앞으로 대학생이 되고, 어른이 되고, 진지하게 그런 생각을 하게 된다면 지금의 생각과는 또 달라질 수도 있다. 아니, 분명 달라질 것이다.

하지만 그렇다고 해서 지금 여기서 했던 대화가 부정되는 것은 아니다.

중요한 것은 분명 지금의 이 마음을 잊지 않는 거겠지.

"미래에…… 기대하고 있을게."

"응, 기대해."

내 옆을 걸어가는 나나미의 미소를 슬프게 만들지 않기

위해, 나는 미래의 일에 대한 생각을 이어갔다.

◇◇◇◇◇◇◇◇◇◇◇

……그래, 프러포즈로 그런 멋진 것들을 생각하고 있었는데.

"무서워, 무서워, 무서워, 뭐야 이거 무서워. 어? 흔들리는 거 아냐? 흔들리지? 안 떨어져? 괜찮은 거야, 이거? 그래, 진정하자, 일단 진정하는 거야."

"요신, 말 엄청나게 빨라……."

심각하게 꼴사나운 모습을 나나미에게 보이고 있었다.

지금의 우리는 전망대로 향하는 로프웨이를 타고 있었다. 전망대에 가기 위해서는 여러 가지 수단이 있는데 우리는 로프웨이를 선택했다.

차로 도중까지 간다거나 등산을 한다는 선택지도 있는 것 같지만, 역시 데이트로 등산을 하기는 힘들 것 같아서 로프웨이를 타고 안전하게 가기로 했다.

가기로 했는데, 이건 예상 밖이다.

"자, 요신~. 무서우면 누나가 손잡아줄까? 자, 이렇게 꼬옥 잡고 있을게."

"누, 누나, 부탁할게……."

나, 장난 아니게 한심하다.

설마 로프웨이가 이렇게까지 무서울 줄은……. 아니, 그보다 나는 높은 곳을 이렇게 무서워했구나.

처음에는 두근거리는 마음으로 나나미와 함께 로프웨이에 올랐고, 의외로 크다는 것과 그 높이에 깜짝 놀랐다.

그 두근거림이 공포의 두근거림으로 대체되는 데엔 그렇게 오랜 시간이 걸리지 않았다. 어쩌면 처음부터 공포의 두근거림이었던 것 같기도 하다.

처음에는 기분 탓인 줄 알았는데, 로프웨이가 나아가면서 다리가 떨려왔다. 창문으로 보이는 경치가 점점 그 높이를 더해감에 따라 마치 발이 허공에 내던져진 듯한 기분마저 들었다.

로프웨이가 작게 흔들렸을 때는 완전히 끝. 나도 모르게 나나미를 끌어안을 뻔했다. 솔직히 말해 진짜로 울먹였던 것 같다.

온몸에서 이상한 땀이 뿜어져 나오고 발밑이 흔들흔들 휘청이는 듯한 느낌이 들어 도무지 진정되질 않았다.

그 모든 것이 무섭다는 말 한마디로 집약되었다.

내가 이 상태가 되는 데까지 아마 1분도 채 걸리지 않았을 것이다. 체감 시간으로는 한 시간 정도였던 것 같은데, 어쨌든 인생에서 가장 긴 1분이었다.

목적지에 도착할 때까지 5분. 앞으로 4분 동안 이 지옥의 시간이 이어진다. 솔직히 허세를 부릴 수만 있다면 부리고 싶었지만 무리였다.

아무튼 지금은 나나미를 누나로서 의지하고 싶었다. 나나미의 생일이지만 그것을 신경 쓸 겨를이 없었다. 정말로 무서워. 워프 기능이 간절하다.

틀렸어, 공포로 인해 사고하는 것조차 지리멸렬해졌다.

애초에 이거, 정말 5분으로 끝날까? 실은 5분이 아니라 50분인 건…….

우와, 점점 땅이 멀어져…… 숲이 멀어져 간다. 꽤 좋은 경치인 것 같긴 한데 공포심이 그것을 이겼다.

어쩌면 해가 진 뒤가 더 덜 무섭지 않았을까……? 지금은 쓸데없이 땅이 보이니까 이렇게 무서운 거 아닐까?

"자, 요신, 괜찮아~. 누나가 옆에 있어~."

"누, 누나……!"

나나미가 몹시 믿음직스러워 보였다. 기분 탓인지 몰라도 미남으로 보이기 시작했다. 너무 반짝거리고 눈부셔.

산 중턱쯤, 그러니까 땅에서 가장 높이 떨어져 있을 때가 제일 위험했다. 로프웨이는 안정적으로 움직이고 있지만, 바람에 약간 흔들리는 것 같은 느낌이다.

이대로 혹시 땅에 떨어진다면…… 적어도 나나미만은 지켜야 해.

아니, 애초에 내가 서 있는 곳의 바닥이 무너져서 거꾸로 떨어지면 어쩌지? 보니까 바닥은 금속제였지만, 나사가 느슨해져서 떨어질 수도 있잖아.

"자아, 진정하자, 진정…… 심호흡하고~."

나를 안심시키기 위함인지 나나미가 내게 다가와 손을 잡아주고 있었다. 평소 걸을 때 잡는 방식이 아니라, 나를 안심시키기 위해 부드럽게 쥐고 있다.

얼마나 든든한지 알까. 그와 동시에 한심함도 느껴졌지만, 무서운 것은 무섭다. 무섭다고 인정하고 그것을 받아들이자.

"누나, 괜찮아…… 좀 진정됐어."

"그래? 무리하지 않아도 되는데?"

정말 괜찮아. 땅이 점차 가까워지면서 그것에 비례하듯 내 마음도 안정되었다. 아마 곧 도착하겠지.

얼마나 긴 5분이었을까. 인생에서 이렇게까지 긴 5분은 없었던 것 같다. 딱히 아팠다거나 불쾌했다거나 그런 건 조금도 없었지만.

그저 공포로 가득한 5분이었다……. 나나미가 없었다면 어땠을까. 상상도 할 수 없다. 정말 발광했을지도 모른다.

다른 의미에서도 추억이 생겨버렸네.

조금씩, 조금씩 로프웨이의 속도가 떨어지면서 지면과 가까워졌다. 드디어, 드디어 이 시간이 끝난다.

쿵 하는 소리와 함께 로프웨이가 멈추자 도착했다는 안내방송이 나왔다. 다행이다, 진짜로 다행이다…….

나나미는 계속 손을 잡아주고 있었다. 이래서야 연인 사이가 아니라 보호자와 그 아이나 다름없었지만, 지금은…… 지금만큼은 그걸로 충분했다.

안심이다.

달려서 빨리 내리고 싶은 마음을 필사적으로 억누르고 다른 사람이 다 내리기를 나는 가만히 기다렸다. 만약 혼자였다면 전속력으로 달려 나갔을 것이다.

그리고 천천히, 천천히 나와 나나미도 로프웨이에서 내렸다. 아주 약간의 단차가 있었는데 그 부분을 주의하며 내 발은 무사히 땅을 밟을 수 있다.

아아…… 땅 최고!

인간은 역시 땅에 있어야 한다. 하늘을 날거나 그런 부자연스러운 건 분명 안 되는 거야. 적어도 나는 안 된다.

드디어 목적지인 전망대다. 자, 나나미와 함께 경치를 만끽하고…….

"요신, 안타까운 소식이 있어……."

어?

나나미는 미안하다는 얼굴로 여기서 전망대까지는 케이블카를 한 번 더 타야 한다는 사실을 알려주었다.

아, 그래…… 그랬었지……. 미리 알아봤었는데도 공포로 인해 까맣게 잊고 있었다. 여기서 아직 더 이동해야 한다. 케이블카는…… 얼마나 더 높은 걸까.

처형되기 직전의 사람이 이런 심정일까? 이제 나에게는 로프웨이나 케이블카가 처형대로 보이기 시작했다.

나나미가 아주 조금 즐거워 보인 것은 기분 탓이라고 생각하고 싶다.

◇◇◇◇◇◇◇◇◇◇

"주, 죽는 줄 알았네……."

"엄살은……. 사람은 높은 곳에 있다는 이유만으로는 안 죽어."

"충격사 할지도 몰라."

"별일이네. 진지한 얼굴로 한심한 말을 하고 있어……."

아니, 정말로…….

처음에는 평범하게 있었는데, 서서히 말수가 줄어들고, 묘한 한기가 들고, 그리고 폭풍의 속사포 대화……. 게다가 점점 말의 앞뒤도 맞지 않았다.

케이블카는 지면과 거의 떨어져 있지 않아서 다행이었다. 진짜로 살았다. '카'니까 말이야, 차라는 뜻이니까 당연히 지면과 맞닿아 있겠지.

조금 높아지는 부분은 있었지만, 로프웨이처럼 공중에 있지는 않았다. 그것만으로도 안도감이 남달랐다.

대지 만세.

……아, 안 되겠어. 옆에서 창밖을 보면 좀 무섭다. 하지만 좀 무서운 정도라서 아직은 볼 수 있었다. 응, 좀 무섭지만 좋은 경치다.

그런 생각을 하고 있는데, 옆에 있는 나나미가 무언가 생각에 잠겨 있다. 뭐지? 하는 표정을 짓고 있는데, 무척, 굉장히 상냥한 미소를 나에게 지어온다.

……어째서일까, 나나미가 웃고 있는데도 묘하게 불길한 예감이 들었다.

"있지, 요신……."

"왜, 나나미? 아, 케이블카는 그나마 괜찮으니까 누나라는 호칭은……."

"다음에 관람차 타지 않을래?"

"누나, 제발 봐주세요."

봐주신다면 뭐든 할게요, 높은 곳 외에는. 설마 나나미에게 그런 제안을 받을 줄은 생각도 못 했다. 관람차? ……그 관람차?

연인 사이의 정석인 동시에 가끔 영화나 만화나 소설 등에서 폭발 테러의 표적이 되기도 하는 그 관람차를 말하는 건가?

지금의 나라면 타자마자 울 자신이 있었다. 그런 걸 탔다간 기절할지도 모른다. 만약 고장으로 멈춰버린다면 내 심장도 멈춰버릴지도.

귀신의 집에서 여자친구가 비명을 지르며 껴안는 에피소드가 있는데, 관람차에서는 내가 나나미를 껴안을지도 모른다.

아니, 애초에 움직일 수는 있을까. 돌처럼 굳어지는 건 아닐까?

하지만 나나미는 타고 싶어 한다. 음…….

"……나나미가 타고 싶다면, 딱 한 번은 노력해 볼게!"

한 번, 딱 한 번. 나는 검지를 세웠다. 딱 한 번, 내 인생에 처음이자 마지막 관람차라고 한다면…… 노력해 볼 수 있다.

노력해 볼 수 있겠지, 나?

자문자답하고 있는데, 나나미가 내 손등을 살짝 쓰다듬듯이 만져왔다.

"미안, 미안. 흐트러진 요신이 너무 귀여워서 그만 짓궂게 말해버렸어. 무리할 필요 없으니까 괜찮아."

"……귀여운가?"

"귀여웠어. 좋은 구경을 했네."

여자아이의 귀엽다는 감각을 모르겠다. 뭐, 나나미가 당황하거나 허둥대는 모습을 보면 나 역시 분명 귀엽다고 느낄 것 같았다. 그것과 같은 걸까.

하지만 뭐, 보기 흉하다고 생각하지 않으니 그나마 다행이다. 좋아하는 사람 앞에서 꼴사나운 모습을 보여서 미움받는 것보다는 귀여운 편이 낫다.

"어라? 근데 좀 신경 쓰이는 게……."

"응? 뭔가 이상한 거라도 있었어?"

"높은 곳이 무서운 거면 전망대 같은 곳도 무서운 거 아니야?"

아…… 하긴 그러네. 내가 높은 곳이 무섭다는 사실은 오늘 알게 된 거라 사전에 별다른 조사는 하지 못했다.

혹시 전망대도 무서워하느라 제대로 못 보면 어쩌지? 모처럼 나나미 생일인데 그것만은 피하고 싶었다.

"괜찮아, 누나가 붙어있으니까 하나도 안 무서워~."

나나미는 이미 나를 달래주는 누나 모드로 들어가 버렸다. 아니, 그건 그거대로 즐거울지도 모르지만, 근본적인 해결책은 되지 않았다.

이렇게 되면 최악의 경우, 괜찮은 척할 수밖에 없는 걸까?

그러는 사이 케이블카는 산 정상…… 전망대에 도착했다. 멈췄을 때의 흔들림이 마치 나의 현재 마음 상태 같았다.

그리고 우리는 그대로 케이블카에서 내려 전망대로 향했다. 건물 밖으로 나온 우리들을 환영하듯 포근한 바람이 불어왔다.

그 부드러운 바람에 눈을 한번 감고, 그리고 눈을 뜨자…….

"와아……."

무심코 둘이 동시에 감탄의 소리가 나왔다.

우리의 눈앞에 파란색 하늘이 펼쳐져 있었다.

구름도 거의 없고 마치 빨려 들어갈 것처럼 새파랗다. 바다의 푸르름도 예뻤지만, 이건 또 다른 아름다움이다.

아직 일몰 전이라 그런지 짙은 파란색에서 서서히 하얗게 변해가며 자연스러운 그러데이션이 잡혀 있었다. 아래에 있는 동네 모습도 생각보다 또렷하게 보인다.

그 모습을 360도 빙 둘러볼 수 있는 것이다. 평소에는 절대 볼 수 없는 경치에 나도 나나미도 얼굴을 마주 보며 달려갔다.

하늘의 푸르름에 시선을 빼앗겼지만, 가운데 부분에 뭔가 이상한 모양의 오브제가 있었다.

그 근처에도 사각으로 뭔가 테두리 같은 것이 놓여 있다. 뭐에 쓰는 거지……. 우선은 경치를 만끽하자.

난간 쪽까지 이동하자 하늘의 푸르름이 더욱 눈에 잘 들어왔다.

"우와…… 진짜 굉장하다. 거리가 한눈에 들어와. 우리가 사는 곳은 어디쯤이지?"

"야경이 예쁘다고 들었는데, 해가 지기 전에도 엄청 예쁘네……."

"그보다 요신, 괜찮아? 꽤 높은데……? 무섭지 않아? 손잡을래?"

무심코 손을 내밀어 온 나나미를 보고 나는 그제야 깨달았다. 응, 전혀 무섭지 않다. 이 정도로 높은 곳에 있는데 아무렇지도 않았다.

괜히 태연한 척 연기할 필요도 없어졌다. 좀 맥은 빠졌지만, 덕분에 일단 안심이다.

"괜찮은 것 같아. 혹시 발이 땅에 닿고 있어서 그런 건지도."

지금 보이는 경치에도 두려움은 느껴지지 않고 오히려 감동마저 느껴졌다. 아까 로프웨이 때와는 전혀 달랐다.

나는 하나의 염려가 사라진 것에 안도했지만……

"그렇구나……."

아주 조금 나나미가 아쉬워 보였다. 혹시 손을 잡고 싶었던 걸까? 아니면 무서워하는 나를 달래주고 싶었나?

"그래도 손은 잡을까……."

"응♡."

어느 쪽인지는 모르겠지만 손을 잡는 것뿐이라면 상관없었다. 나나미는 환해진 얼굴로 내 손을 꽉 잡았다. 그리고는 손가락을 감아오더니 꾹꾹 만지며 주물럭거린다.

밖인데도 대담하네……

주위를 둘러보니 대부분이 커플이었다. 심지어 우리 또래로 보이는 커플도 있다. 다들 각자 경치를 보며 즐기고 있었다.

이러면 조금 붙어 있어도 괜찮으려나. 오히려 그게 더 자연스러울지도 모르겠다.

물론 커플뿐만 아니라 자녀를 동반한 가족 손님도 많았지만, 커플이 압도적으로 많았다.

역시 성지답다고 할까.

나도 조금은 이 분위기를 만끽하는 편이 좋을까 생각했는데, 갑자기 종소리가 들려왔다. 소리가 나는 쪽을 바라보자 한 쌍의 커플이 오브제의 끈을 잡고 흔들고 있었다.

아, 저거 종이구나. 자세히 보니 위쪽에 종이 내려와 있다.

경치만 보느라 몰랐는데, 주변에도 이런저런 것들이 준비되어 있었다. 사각으로 된 것을 보니, 그 안에 들어가서 사진을 찍고 있는 사람이 있었다. 프레임 같은 건가?

"주변 좀 둘러볼까? 아니면 종 울려볼래?"

"좋다, 두 사람의 공동 작업~. 근데 의외로 소리가 크네."

나도 그 생각은 했다. 종이 울리자 주위에 있는 사람들도 돌아보았고, 종을 울린 커플도 소리의 크기에 조금 놀라는 모습이었다.

우리도 울릴 거라면 주목받는 것을 각오해야겠지.

종 쪽으로 둘이 함께 다가가자 그 주위에 뭔가…… 자물쇠(?) 같은 것이 달려 있었다. 왜 자물쇠가 있지?

가까이 가자 종 옆에 설명이 적혀있었다. 어디 보자…….

"호오, 자물쇠에 이름을 적어서 종 주변 난간에 걸어도 된대. 헤어지지 않고 계속 함께 있을 수 있는 주술……."

"하자……!"

오, 나나미의 눈이 불타고 있다. 눈과 등 뒤로 이글이글 타오르는 열정의 불길이 보이는 것 같았다. 나나미가 달려들 기세로 나에게 하자고 말해왔지만, 나는 잠시 주위를 둘러보고…….

"사는 건 이따가 할까? 이제 곧 일몰인 것 같아. 굉장해, 봐봐."

"허? 굉장하다니 뭐가…… 우와, 이게 뭐야……."

우리들은 빠르게 걸어 다시 난간으로 다가갔다. 눈앞에는 아까의 푸른 하늘과는 또 다른 광경이 펼쳐져 있었다.

하늘의 푸름과 석양의 분홍빛, 그리고 구름의 흰색이 조금. 여러 가지 색들이 뒤섞여 마치 풍경화 같은 빛을 내고 있었다.

서서히 해가 떨어지면서 주위가 어두워지는데, 그래서인지 중앙에 있는 빛이 더욱 반짝여 보였다. 거리의 색도 그에 따라 물들어갔다.

나는 힐끔, 옆에 있는 나나미에게 시선을 보냈다.

푸른 하늘과 석양을 동시에 받은 그녀의 옆모습이 너무나도 아름다워서, 알 수 없는 감동에 눈물이 날 것 같았다. 이 광경이 풍경화라면, 나나미의 모습은…… 무슨 그림일까.

종교화 같은 것에 가까울지도 모르겠다. 아름답고, 장엄

하고, 묘하게 힘 같은 것도 느껴져서, 나도 모르게 숭배하고 싶어질 정도의 존재감.

그런 것을 나는 나나미에게서 느끼고 있었다.

"나나미, 웃어봐."

"응? 에이, 정말……. 경치를 봐야지."

"이 경치 속의 나나미를 기념으로 찍어두고 싶어."

멋이 없다고 할지도 모르겠지만, 그런 마음이 강하게 들었다. 이 분위기를 만끽하기로 했으니 이 정도는 괜찮겠지.

여기 오기 전에 알게 된 사실인데, 이 시간을 트와일라잇 타임이라고 한다. 완전히 해가 지기 직전의 20분 정도밖에 안 되는, 그런 귀중한 시간.

그 트와일라잇 타임의 나나미를 담고 싶었다.

파란색과 분홍색이 섞인 하늘을 배경으로 나나미가 조금 수줍게 브이자를 해 보였다. 넋을 잃은 나머지 나도 모르게 사진 찍는 손이 멈춰버렸지만, 곧 그녀의 모습을 스마트폰 안에 담을 수 있었다.

만족해하는 내 모습에 그녀가 어쩔 수 없다는 듯 눈썹을 늘어뜨리며 웃었다. 나도 덩달아 웃었지만, 나나미는 다음 순간 재빨리 나에게 달라붙었다.

"이렇게 된 거 둘이서도 찍자."

얼굴을 딱 붙이고, 스마트폰을 셀카 모드로 해서…… 나나미는 그대로 사진을 찍었다. 한때는 사진으로 살짝 어색

한 분위기가 되었지만, 지금은 이렇게 행복한 사진을 찍을
수 있다는 사실이 무척 행복했다.

주위는 서서히 어두워지고 있었다. 아직 빛은 남아있지
만, 그 빛이 서서히 줄어간다. 줄어들면서 빛의 색도 변화
해 갔다.

아까까지만 해도 어딘가 분홍색 같은 느낌이었는데, 지
금은 눈부실 정도의 오렌지빛이다. 태양이 지고 있으니까
당연하다면 당연하겠지…….

어쩐지 낮일 때보다 더 아름다워 보였다. 사위가 어두워
지는 가운데 그곳만 눈부시게 빛을 발하고 있어 마치 타오
르는 것 같기도 하다.

실제로는 직접 보면 위험하다고 하니까…….

"선글라스 같은 걸 쓰면 제대로 보이려나?"

"어? 요신, 안경 쓰려고? 생일에 선물해 줄까?"

"아니, 아니. 그냥 생각만 한 것뿐이니까 신경 쓰지 마."

"내가 안경 쓴 요신을 보고 싶어서 그래."

둘이서 나란히 서서 저물어가는 해를 지켜보았다. 하늘
이 어두워지면서 주위의 불빛도 반짝반짝 빛나기 시작했
다. 우리가 지금 있는 이 전망대에도 하나둘 조명이 켜지고
있었다.

그래서 어두워졌음에도 시야는 문제가 없었다. 그 대신
밤하늘은 전혀 보이지 않았다. 하늘은 어두워졌지만 조금

도 빛이 보이지 않는다.

선물…… 그렇지, 선물.

나나미가 흘러가듯 말한 생일선물……. 당연히 나도 나나미의 선물을 사 왔다. 나나미의 요청을 듣고 생각한 선물이다.

여기서 나나미에게 선물을 건네준다. 굉장히 떨리지만, 그것이 내게 부과된 마지막 미션이다.

긴장된다. 원래대로라면 그렇게까지 긴장할 것은 아니었다. 선물을 슥 건네주고 그녀가 기뻐해 주고…… 그런 식으로 자연스럽게 갈 예정이었다. 상상 속에서는.

실제로는 심장이 쿵쾅거려서 자연스러움과는 거리가 멀었다. 아까도 높은 곳에 올 때 꼴사나운 모습을 드러내고 말았는데.

나나미는 웃었지만, 나는 살짝 자기혐오가 들었다. 그렇기 때문에 선물을 건네주면서 만회하고 싶었는데…….

설마 여기가 연인들의 성지, 프러포즈하기 최적의 장소라는 말을 듣는 곳일 줄은……. 좀 더 제대로 조사할걸.

전망대 위치나 이동 시간 같은 건 자세히 조사했지만, 그 이상은 즐거움으로 남겨두고 싶어서 따로 조사하지 않았다.

그 결과 지금 이런 마음을 느끼고 있다.

햇빛도 완전히 자취를 감추고, 하늘이 조금 짙은 감색으로 변했다. 해가 저문 지 얼마 안 돼서 이런 색을 띠는 걸까. 지금부터 더 어두워지는 걸까…….

그렇게 생각하고 있던 순간…….

쪽…….

뺨에 부드러운 감촉이 닿았다. 시선으로만 옆을 보니 이미 떨어진 나나미가 어딘가 쑥스러운 얼굴로 웃고 있었다. 조명이 켜진 빛이 그녀를 비췄다.

나나미가 내 볼에 키스했다.

분명 어두워지는 순간을 노리고 있었을 것이다. 예상 밖의 키스에 나는 키스받은 뺨을 눌렀다.

몇 번이나 키스했는데, 아무리 지나도 익숙해지지 않는구나. 멍한 머리로 그런 생각을 했다. 익숙하지 않아도 전혀 문제는 없을 것 같지만.

"오늘 정말 고마워. 좀 더 감사를 전하고 싶지만, 우선은 가볍게."

에헤헤 하고 웃은 그녀는 자신의 뺨을 수줍게 만졌다. 뭔가 조금 전까지 이것저것 생각하고 있던 것이 모두 날아가 버렸다.

오히려 쓸데없는 망설임이 사라졌다고 할까. 나나미가 좋아해 줬잖아. 그 이상으로 뭘 바라는 거야? 여기서 선물을 주면 더 좋아할 테니 최고 아닌가.

쓸데없는 생각을 너무 많이 했다. 한 위대한 사람도 말하지 않았나. 생각하지 말고, 느끼라고. 나나미를 더 느껴라, 나. 이상한 뜻이 아니라.

"무슨 소리야, 야경은…… 밤은 이제부터 아니야?"

"에헤헤, 기쁘다. 쭉 같이 있을 수 있다니……. 저기, 나도 해 주면 안 될까?"

나나미는 자신의 뺨을 툭툭 손가락으로 만지며 나에게 한 걸음 다가왔다. 망설임이 사라진 지금의 나는 무적이다. 그러니까 기꺼이 할 수 있었다.

그대로 나나미의 볼에 키스했다.

아, 하니까 엄청 부끄러워졌다. 이거 하는 쪽도 당하는 쪽도 아무리 지나도 익숙해지지 않는데. 자연스럽게 키스하는 사람은 대체 어떻게 익숙해진 거지?

나나미는 꺅꺅거리며 기뻐해 주었다. 그리고 완전히 해가 떨어지자 하늘의 색깔은 칠흑 같은 검은색이 되었다. 그리고 도시에 불이 켜졌다.

"예쁘다……."

거리의 불빛을 보며 나나미가 중얼거렸다.

나는 야경의 불빛은 흰색일 줄 알았는데, 오히려 흰색보다는 주황빛이 더 많았다.

오렌지, 하양, 파랑, 빨강…… 여러 가지 빛이 흩뿌려져 있다.

전망대의 조명도 켜져 있어서 거리의 빛과 전망대의 빛

이 우리를 부드럽게 감싸주는 느낌이었다.

"집이 저쪽이었나? 위에서 보니까 이렇게 예쁘구나."

"그러네. 평소에는 전혀 의식하지 못했는데, 꽤 예쁘다."

……여기서 나나미가 더 예쁘다고 말하지 못하는 것이 내 문제점인가. 지금 떠올랐는데, 한 박자 늦게 말하면 괜히 더 이상하게 들릴 것 같다.

그래서 나는 이 타이밍에 나나미에게 선물을 주기로 했다.

"나나미, 생일 축하해. 이건 선물이야."

가방에서 꾸러미를 꺼내 그것을 나나미에게 건넸다. 나나미가 환한 얼굴로 그것을 받아들더니 가슴팍에 꼭 껴안는다.

"우와…… 고마워! 뭐야?"

"머그잔이야. 나나미가 같이 쓸 수 있는 게 좋을 것 같다고 말해서, 커플 머그컵으로 해봤어."

"머그컵, 좋다! 우리 집에 왔을 때 이걸로 같이 차 마시자. 고마워."

소중하게 끌어안으며 무척이나 기뻐해 주었다. 여기까지는 나나미의 요청을 듣고 내가 생각한 선물이다.

그리고 하나 더.

"그리고 나나미, 이것도……."

나는 나나미에게 작고 네모난 상자를 건넸다. 포장된 그것을 받아든 나나미가 의아한 얼굴로 고개를 갸우뚱했다.

"이건 뭐야?"

그것이 무엇인지, 쉽게 입에 담기가 어려웠지만…… 각
오를 끝내고 그것의 정체를 밝혔다.

"저기…… 반지…… 거든."

"……어?"

"커플 페어링……."

사실 여기서 건네주는 것이 망설여졌던 이유 중 하나가
바로 이것이었다. 변명하자면 여기가 연인의 성지인 줄은
몰랐다.

프러포즈하기 최적인 곳에서 반지를 준다니, 좀 무겁지
않을까.

다만 이 타이밍을 놓치면 건네줄 수 없기도 하고. 돌아갈
때는 아마 겐이치로 씨가 데리러 오실 것 같았다. 역시 아
빠 앞에서 링을 건네주는 것은 부끄러웠다.

게다가 이런 건 분위기가 좋을 때 건네주고 싶고…….
그렇다면 지금밖에 없었다.

어떻게 반응할지가 살짝 무서웠는데, 나나미는 그것을
든 채로 굳어 있었다. 역시 무거웠을까. 전에 갖고 싶다는
식의 말도 했으니 괜찮을 줄 알았는데…….

"……커플링?"

"아, 응. 일단 내 것도 있어……."

나나미는 말없이 고개를 숙이고는, 나에게 상자를 돌려

주었다. 살짝 충격이다. 역시 너무 무거웠나? 아니면 자연스러운 느낌으로 한 게 문제였나?

그렇게 생각했더니…….

"모처럼이니까…… 요신이 내 손가락에 끼워줄래?"

고개를 숙인 채로, 나나미는 내 손안에 부드럽게 반지 상자를 쥐여주었다. 그런 나나미의 말을 받아들이는 데 상당한 시간이 걸렸다.

이건 선물이 좋다는 건가?

"얼굴을 숙이고 있길래 나는……."

"보, 보지 마……. 아마 나 지금 엄청나게 못생긴 얼굴일 거야. 여자애가 하면 안 되는 얼굴이야……."

두 손을 붕붕 앞으로 내밀며 흔든 나나미가 필사적으로 고개를 숙였다. 그래도 반지를 끼려면 고개를 들어야…… 아니, 안 들어도 되나?

나는 고개를 들지 못하는 나나미의 눈앞에서 신중하게 상자 포장지를 벗기고, 그 상자 안에서 하나의 반지를 꺼냈다.

그리고 그녀의 오른손을 잡는 순간, 나나미가 고개를 든다.

어둠 속에서도 알 수 있을 정도로 얼굴을 붉은 얼굴을 한 나나미에게 미소를 지어준 뒤, 그 가는 손가락에 반지를 천천히 끼워주었다. 오른손 약지에.

링이 스르륵 그녀의 손가락을 지나갔고, 그리고 아래쪽에서 가벼운 저항감을 느끼자마자 손가락에서 손을 뗐다.

나나미는 손을 내민 포즈 그대로 몸을 굳힌 채 오른손의 링을 응시했다. 마치 믿을 수 없는 것을 본 듯한 표정으로.

"……조이지는 않아?"

"아니, 딱 맞아. 예쁘다……."

다행이다. 딱 맞았나.

캠핑에서 나나미가 자고 있을 때 떠올라서 몰래 사이즈를 재뒀다. 재는 방법이 맞는지 스마트폰으로 알아본 뒤에 한 거긴 한데, 아무래도 문제없었나 보다.

나나미가 물끄러미 반지를 바라보다가, 기쁨을 주체할 수 없다는 듯 내게로 뛰어들었다.

나는 그런 그녀를 받아주었고, 그대로 서로 끌어안는 모양새가 되었다.

주위 사람들은 각자 저마다의 일에 집중하느라 우리들을 눈치채지 못한 것 같았다. 그래서 그럴까, 밖인데도 마치 단둘이 있는 것만 같은 착각이 들었다.

내가 꽉 힘을 주자 나나미도 내 등에 두른 손에 꽉 힘을 주었다.

한참을 그렇게 포옹하던 우리들은 이윽고 손을 얹은 채 천천히 떨어져 서로의 얼굴을 마주 보았다.

"생일 축하해, 나나미."

"고마워, 요신."

그때의 나나미는, 야경에 지지 않을 정도로 눈부신 미소를 짓고 있었다.

너무 아름다운 야경이었다.

그 이상으로 그가 눈부셨다. 나는 오른손을 보며 눈을 가늘게 떴다.

내 손가락에 빛나고 있는 것은 아까 선물 받은 링이다. 그에게서 받은 반지가 내 손가락에 끼워져 있다.

"에헤헤……."

나도 모르게 미소가 흘러나왔다.

선물인 머그컵은 뭘 갖고 싶냐고 물었을 때 후보에 올라 있었기에 예상할 수 있었는데 이건 예상 밖이었다.

서프라이즈는 별로 해본 적도 없고 받아본 적도 없었는데 이렇게나 기쁘구나. 너무 기쁜 서프라이즈다.

분명 오랜 시간 고민해 준 거겠지. 그 마음이 너무 기뻤다.

링을 만지며 금속 감촉을 즐겼다. 내 손가락에서 링의 은빛이 부드럽게 빛났다.

이 빛이 아까 보았던 야경의 빛보다 더 아름답게 느껴졌다.

아니, 비교할 것도 없이 아름다운 빛이다.

『저렴한 거지만…….』

요신은 그런 말을 했지만, 어떤 고급 반지라도 이 반지를 뛰어넘는 것은 없을 것이다. 가격 따위 매길 수 없다.

어쨌든 그의 손가락에도 같은 디자인의 링이 반짝이고 있는 거니까.

실은 요신 것도 가지고 있냐고 물어보니 마침 가지고 있다고 하길래 내가 요신의 손가락에 끼워주게 되었다.

원래 그런 건지 아닌지는 모르겠지만, 끼워주고 싶어졌으니까 어쩔 수 없지. 그의 오른손을 잡고 약지에 반지를 끼웠다.

그 순간, '아아, 똑같구나'라는 것을 강하게 실감했다.

페어링…… 페어링이다.

내 오른손 약지에 그의 증표가 도달해 있다. 그것만으로 기분이 들뜨기 시작했다. 매일 착용하고 싶다. 하지만 학교에서는 안 될까? 그래도 끼고 싶은데.

아까 요신에게 반지를 끼워주고, 똑같은 반지를 낀 모습을 보며 무심코 입 밖으로 나와버린 말이 있다.

왼손이 아니네?

농담처럼 말했는데, "왼손은 장래에……"라며 카운터를 맞고 말았다. 오랜만에 강한 공격을 당해버린 기분이다.

농담…… 농담이었을까? 뭐든 좋아, 기뻤으니까.

게다가 오른손이라고 해도 약지라는 건…… 이건 그런 의미라고 받아들여도 되는 거겠지? 괜찮은 거지? 아닌가?

아니, 진정하자. 오늘은 생일, 나는 아직 고등학생, 이제 막 17살이 되었다. 그런 건 아직 일러, 너무 빨라.

요신은 선물이 너무 무겁지 않았을까 걱정했는데 내가 더 무겁다. 중량감이 가득하다. 벌써 그런 생각을 하고 있다.

그래도 좋아. 행복해. 너무 행복해서 펄쩍펄쩍 뛰고 싶을 정도다.

"그, 그럼…… 종이라도 울려볼까?"

"으, 응. 그러자!"

요신이 당황하며 화제를 바꿨다. 하긴 이러다가는 반지를 보고 감동한 채로 끝날지도 몰라. 응, 아직 하고 싶은 게 많으니까.

함께 종을 치고, 거기 있던 다른 커플에게 사진을 찍어달라고 하고, 반대로 우리도 사진을 찍어주고…….

이왕 온 거 자물쇠도 난간에 걸어볼까?

하지만 지금의 나는 그 자물쇠보다 더 멋진 것이 손가락에 있으니까, 주술에 의지하지 않아도…….

아니, 역시 하자. 이런 건 많아도 부족하지 않으니까.

"이름이랑…… 그리고 뭐라고 쓸까?"

"음…… 뭘 쓰지."

자물쇠는 채우기 전에 이름이나 메시지를 적을 수 있게 되어 있었다. 서로의 이름과 메시지를 써서 영원한 사랑을 맹세한다니, 멋지다.

헤어지면 창피할 거라고? 헤어지지 않을 거다. 헤어질 리가 없다. 계속 함께할 거다.

뭐, 이런 건 냉정해지면 괜히 더 부끄러워진다는 걸 아니까 지금 기분일 때 바로 해버리는 것이 최선이다.

"'계속 함께'라고 쓸까?"

요신이 아까 내가 머리에 떠올렸던 말과 같은 말을 해줘서 나는 더욱 행복해졌다. 그걸로 하자, 적어서 걸자.

둘이서 함께 글자를 쓰고, 그대로 둘이서 함께 자물쇠를 채운다. 잘그락거리는 금속음이 내 귀에 울리자 무언가를 결의한 기분이 들었다.

아…… 이 기분은 뭘까. 막강해진 기분이랄까? 지금의 나는 분명 무적이다. 상당히 무적이다. 뭐든지 가능하고 뭐든지 할 수 있을 것 같다.

평소에 못 하던 일도 분명히 할 수 있다.

누나라는 호칭조차 지금은 별로 상관이 없었다. 조명이 켜진 전망대의 빛이 링을 비출 때마다 히죽히죽 웃게 된다.

"으헤헤……"

스스로가 느끼기에도 징그러운 웃음소리가 나와버렸다.

분명 바보 같고 한심하게 웃고 있겠지, 지금의 나. 주위에서 어떻게 생각하든 전혀 아무 상관 없지만.

지금 이 기분이라면 편지든 뭐든 얼마든지 오라는 느낌이다.

"나나미, 그렇게 좋아해 주니까 기쁘다."

"응, 너무 좋아. 몇 번이라도 말하고 싶어, 고마워."

지금 당장 키스하고 싶어졌지만, 지금은 주위에 사람이 많으니까 참아야지……

아, 그래도 기쁘다. 너무 기뻐.

손가락 끝으로 링을 다시 쓰다듬었다. 주위도 어두워지고, 시간도 늦어지고……. 슬슬 전망대도 끝날 시간이 다가와 이제 곧 돌아가야 한다.

곧 돌아가야…….

"오늘, 돌아가고 싶지 않다……."

무의식중에 불쑥 그런 말을 중얼거렸다.

작은 내 중얼거림은 곧 주위에 녹아 사라져 그의 귀에 닿지 않았다. 내 귀에 겨우 닿은 소리니까 당연하겠지.

돌아가고 싶지 않아, 나는 돌아가고 싶지 않았다. 무의식이 아니라 확실하게 자각하고 있었다.

이 시간까지 요신과 함께 있던 적은…… 가끔 있다. 정말로 가끔. 하지만 그건 주위에 누군가가, 보호자가 있으니까 함께 있을 수 있던 것이다.

여행 때도, 수영장 때도, 캠핑 때도, 밤에는 꼭 우리 외에 다른 누군가가 있었다.

하지만 오늘은 단둘뿐이다.

생일날 밤에 처음으로 오직 단둘뿐. 이런 상황에서는 돌아가고 싶지 않다고 생각하는 게 보통 아닐까. 무조건 그렇다.

아니, 뭐 나만 그럴지도 모르지만 그건 일단 놔두자. 적어도 나는 지금 돌아가고 싶지 않다고 생각하고 있으니까.

"······돌아가고 싶지 않네."

"뭐······?"

그의 입에서 나와 같은 말이 새어 나왔다. 나와 같은 마음일까, 기쁜 마음에 나도 모르게 그럼 돌아가지 말고 밤을 새울까, 라고 말하고 싶어졌다.

말하면 아마도 최후의 보루가 무너질 것 같다.

요신은 어떨지 모르겠지만, 적어도 나는 함께 밤을 새우려고 할 것 같았다. 그런데 어떻게?

거기서 내 안에 있던 어떤 말이 흘러나왔다.

『강변에 있는 호텔을 추천할게요. 고등학생이라도 사복을 입으면 쉽게 안 들키거든요.』

어디서 들은 말이었더라, 유독 말의 임팩트만 너무 강해서 기억하고 있다. 하지만 호텔······ 호텔······?!

그런 곳에 가는 거야······? 요신도 그럴 마음이 있을까? 그렇게 생각하고 그에게 말을 걸었는데······.

"요신, 그럼······."

"돌아가고 싶지 않아······. 돌아갈 때 다시 로프웨이를 타야 하잖아······. 난 또 그 경험을 해야 하는 건가······?

캄캄해졌으니까 어쩌면 낮보다 더 무섭지 않을까……?"

아니었어어어어어!

나도 모르게 속으로 소리칠 뻔했다. 아니, 나도 가기 싫다고 말하지 않아서 다행이다. 정말 다행이다.

왜냐면 무조건 대화가 엇갈렸을 테니까. 난 로프웨이가 전혀 무섭지도 않았고 평범하게 탔으니까 반드시 요신이 무슨 뜻인지 물어왔겠지.

으아…… 창피할 뻔했다…….

그렇게 생각했는데, 요신의 얼굴을 유심히 보니 기분 탓인지 묘하게 빨개진 것 같았다. 어, 왜 빨개졌지……?

무서워한다면 좀 더 안색이 창백해도 이상하지 않을 것 같은데, 어째서인지 그의 뺨과 귀는 붉었다.

혹시…….

"돌아가고 싶지 않다는 거…… 그런 의미였어?"

내 말에 요신의 몸이 펄쩍 뛰었다. 그리고 그대로 몸이 굳어버린 듯 나를 돌아보지 않았다.

내가 그의 등으로 시선을 보내자 그 시선을 느꼈는지 요신이 살짝 몸을 떨기 시작했다.

그래…….

나는 한 걸음씩 그에게 다가갔다. 내 발소리에 맞추듯이 그의 등이 흠칫거린다.

그렇구나…….

그의 등에 닿을 정도로 가까워졌다. 어쩐지 요신이 조금씩 떨고 있다. 살짝 재미있다. 아니, 재미있어하면 안 되지.

나도 조금만 더 용기를 냈다.

그대로 나는 그의 옷자락을 움켜쥐고, 그에게만 들릴 수 있도록 중얼거렸다.

"나도…… 돌아가고 싶지 않아……."

그의 등이 한층 더 크게 떨렸다. 아까 것과는 조금 다른 의미의 놀라움으로 움직인 거겠지.

그가 천천히 고개를 돌려 뒤를 돌아보았다.

그의 얼굴은 붉었고, 내 얼굴도 아마 붉어졌겠지.

"아니, 그…… 내 말은……."

"돌아가고 싶지 않다고…… 그런 의미로 말해서, 그게 부끄러운 나머지 다른 말로 얼버무린 거지?"

앞서 나온 내 말을 듣고 움직임이 멈춰 있던 그가 천천히 고개를 끄덕였다. 그렇겠지, 나도 마찬가지니까. 같은 마음이니까, 알아버리고 말았다.

옷의 끄트머리를 꼭 쥔 채로 나는 그에게 다시 다가갔다.

"나도 돌아가고 싶지 않거든. 같은 의미로."

귓전에 속삭이고는 이내 떨어졌다. 평소대로 하자, 평소대로. 그것을 의식하려 했지만 역시 얼굴은 뜨거워졌다.

그다음에는 둘이서 잠시 말없이 고개를 끄덕였다. 잘은 모르겠지만 고개를 끄덕였다. 그리고 두근거리는 마음으로 둘이서 전망대를 떠났다.

두근두근……. 그런 두근거림의 연속. 걸을 때마다 심장 박동이 빨라졌다. 이대로 고동이 더 빨라지면 나 죽는 거 아닐까?

둘이서 더듬더듬 단어만으로 힘겹게 대화하느라 대화가 자꾸만 끊어졌다. 어쩌면 침묵했던 시간이 더 많았을지도 모른다.

그 정도로 앞으로의 일을 상상하며 우리는 긴장하고 있었다.

돌아오는 로프웨이에서도 요신은 말이 없었다.

이 부분이 제일 놀라웠다. 요신이 전혀 무서워하지 않는 것이다. 아까 건 뭐였을까 싶을 정도로.

주위가 어두워서 높이가 잘 체감이 안 되나?

아니면 앞으로의 일에 대해 생각하고 있는 걸까?

나도 덩달아 긴장하는 사이 로프웨이가 끝나버렸다. 이제부터, 이제부터 어떻게 될까…….

하지만 나도 요신도 중요한 것을 잊고 있었다.

"시간이 늦어서 데리러 왔어."

"아빠…….."

"아, 겐이치로 씨…….."

그랬지, 이게 조건이었나? 기분이 너무 들떠서 잊고 있었다. 요신도 드물게 잊고 있었는지 살짝 당황한 기색으로 쓴웃음을 짓고 있었다.

정말, 이러니까 데리러 올 필요 없다고 했는데……. 아니, 무리인가? 절대 무리겠지. 아마 허락해 주진 않을 것이다.

뭔가 단숨에 머리가 차가워졌다. 요신도 머리가 좀 냉정해졌는지 후우 하고 숨을 한 번 내쉰다. 나도 그도 얼굴을 마주 보며 함께 어깨를 으쓱했다.

아빠는 그런 우리를 보고 고개를 갸웃거리고 있었다. 응, 이건 알려지면 안 되겠지.

이번 일로 알게 된 것이 있다.

이 마중이 없었다면, 아마 우리 두 사람은 위험했을 것이다.

안 되면 더 하고 싶어지는 것은 사람의 심리이기도 하다. 그러니 적절한 중재가 필요했다.

그걸 알기 때문에 부모님들도 마중을 나온다고 하신 거겠지.

아아~ 이걸로 데이트도 끝이구나…….

"그럼 두 사람 다 갈까? 차에 타."

어라? 요신의 아빠는 안 오셨나? 주위를 둘러보니, 확실히 아빠밖에 없다. 아빠가 한꺼번에 마중을 나온 건가?

우리는 그대로 차를 타고 집으로 향했는데……. 어? 우리 집에 가는 거야? 요신네 집에는 안 가고?

"두 사람 다 생일 데이트는 재미있었어?"

"응, 즐거웠어."

"재미있었어요. 감사합니다."

"하하하, 우리한테 고맙다는 말은 안 해도 돼. 전망대에서 선물도 잘 준 것 같던데. 뭘 받은 거야?"

"아, 머그컵과 반지……. 어?"

"반지라, 좋네, 젊은 애들은. 나도 다음에 아내한테 뭔가 선물해 볼까?"

"아, 응…… 엄마가 좋아하겠다."

어라? 어떻게 아빠가 전망대에서 선물을 받았다는 걸 알지? 혹시 요신이 계획을 상담했나?

요신 쪽을 바라보자 그가 붕붕 고개를 저었다. 어? 그럼 왜?

설마 그 자리에 아빠도 있었던 건가? 혼자? 그 후에도 아빠와 차 안에서 대화했지만, 아까의 대화에 대한 위화감은 지워지지 않았다.

그리고 우리 집에 도착하자 아빠가 차에서 내렸다. 먼저 나를 데려다주고 그다음에 요신을 데려다주는 게 아닌가?

"자, 둘 다 내려, 내려."

나와 요신은 그대로 집으로 들어갔다. 그러자 거기서 면면 모두가 기다리고 있었다.

"나나미, 생일 축하해~."

"축하해~!"

하츠미와 아유미, 오토 오빠 일행이 모두 모여 폭죽을 터뜨렸다. 나도 요신도 깜짝 놀라 눈을 동그랗게 떴다.

여기서부터는 생일 2차. 모두가 떠들썩하게 달아올랐고, 요신은 예전에 그랬던 것처럼 또 자고 가게 되었다.

모두가 축하해 주는 것이 기쁨과 동시에, 아직도 요신과 함께 있을 수 있다는 사실이 감격스러워서…… 나는 있는 힘껏 그를 껴안았다.

주위의 놀림을 받으며 생일 2차의 막이 올랐다.

나중에 들은 이야기.

우리가 갔던 전망대가 지금은 라이브 카메라로 계속 중계되고 있다고 한다. 그야말로 아침부터 저녁까지 쭉. 라이브 방송이라는 것이다.

멀리서 찍는 거라 얼굴 구분은 쉽게 할 수 없지만, 적어도 복장을 보고 친구인지 아닌지는 알 수 있을 정도로는 선명하게 나오는 것 같다.

그래서 이제 슬슬 전망대에 갔겠다고 생각한 하츠미네가 스마트폰으로 찾아보다가 우리를 발견했다고.

그 말을 들은 나와 요신은 모두에게 그 모습을 보였다는 사실에 경악했다. 그래서 아빠가 전망대에서 있던 일을 알고 있었던 거야……. 그래…….

다음 기념일은 꼭 행선지를 비밀로 해 주겠어!

파란만장한 여름 방학이 끝났다.

아니, 정말 올해 여름 방학은 강렬했다. 여자친구가 있는 첫 여름 방학이었지만 이것이 세상에서는 평범한 일인 걸까.

확실히 게임만 하고 지내는 것보다 충실하긴 했지만, 피로감이라고 할지…… 방학이 끝나는 것에 대한 상실감이 굉장했다.

옛날에는 방학이 끝나면 오늘 돌아가서 무슨 게임을 할까, 그 정도만 생각했는데.

"……어쩌지, 요신. 나 학교 가기 싫어졌어."

"우연이네. 나나미. 나도 그래."

아무래도 나나미도 자신의 첫 감정에 당황한 모습이었다. 학교에 가기 싫다는 말을 나나미 입에서 들을 줄은 나도 몰랐다.

다만 정말로 그럴 수는 없었기에 우리들은 무거운 다리를 질질 이끌며 천천히 걸어갔다. 평소보다 시간을 두고 등교하지 않으면 마음을 다잡을 수 없을 것 같은 기분이다.

교복을 입고 평소처럼 손을 잡고 평소처럼 통학로를 걷

는다. 서서히 평소와 같구나…… 라는 실감이 들었다.

교복을 입은 나나미를 보는 것도 오랜만이다. 여름 방학 중에는 계속 사복이었으니까.

……아차, 라운드걸 차림이나 수영복 차림의 나나미를 떠올려 버렸다. 지금 나나미는 교복이다, 진정하자.

"그리고 보니 숙제는 다 끝냈어?"

"아…… 음…… 일단. 네. 일단은요."

여름 방학의 대적, 숙제는 나나미의 도움으로 무사히 끝냈다. 솔직히 말해 나나미한테 감시받으면서 한 부분도 있다.

늘 하는 교사 코스프레로.

왠지 요즘 나나미가 다양한 옷을 입고 있어서 그런가, 내 앞에서 코스프레 같은 의상을 입어도 거부감이 없어지는 것 같은 느낌이 드는데 기분 탓일까.

언젠가 또……. 확실히 말하진 않겠지만 이런저런 옷을 입어주면 좋겠다.

여름 방학이 끝난 후의 월요일이라는 점도 우울함에 더욱 박차를 가하고 있었다. 아니, 하지만 만약 금요일이었다면 다음 휴일에 리듬이 깨졌으려나.

오늘은 개학뿐이니까 그나마 낫다.

"숙제를 끝냈다면 오후부터 있을 실력 테스트도 안심이겠네."

"뭐?"

"어?"

잠깐, 그게 무슨 말이야. 실력 테스트?

혼란스러워하는 나에게 나나미가 아주 살짝 동정어린 시선을 보낸다.

"1학년 때도 있었는데……?"

"진짜냐고…….."

전혀 기억나지 않는 나는 그대로 하늘을 바라보았다. 1학년 때도 있었다고? 거짓말이지? 말도 안 돼…….

하지만 나나미가 말한다면 사실이겠지.

내 반응을 보던 나나미가 쓴웃음을 지으며 한숨을 내쉬었다.

"여름 방학 숙제를 잘했다면 괜찮을 거야. 내가 공부도 알려줬잖아. 게다가 실력 테스트는 성적에 반영되지 않으니까."

"그래? 그렇다면 편하게…….."

"혹시, 또 상을 안 받으면 의욕이 안 나는 걸까? 여름 방학이 끝났는데 누나한테 자꾸 어리광을 부리네, 요신."

등교 중에도 그 말을 꺼내는 거야?! 생일 한정인 줄 알았는데……! 누군가가 물어보면 대답하기 어려웠다.

여, 열심히 하자. 교실에서 이 화제가 나오면 좀……

싫다고 할까, 나나미를 누나라고 불렀다는 사실이 반 친구들에게 알려지면 당연히 곤란하지 않을까?

평소에 대체 무슨 짓을 하냐는 말을 들을 것 같다.

아무튼 열심히 해자. 실력 테스트도, 다른 쪽도.

"그래서 말인데, 요신. 오늘, 이야기하는 거지?"

"그럴 생각이야. 처음에는 나 혼자 가려고 했는데……."

"나도 무조건 갈게. 둘의 문제니까."

이건 아마 내가 혼자 간다고 해도 같이 온다고 할 분위기다. 그럼 그냥 같이 가는 게 낫겠지.

뭐, 나나미와 함께 이야기를 들을 생각이긴 했지만.

무슨 이야기냐, 바로 반장과의 이야기다.

여름 방학 때는 애초에 만날 생각이 없었기 때문에 여름 방학이 끝난 뒤로 잡았는데, 나나미와 있었던 일도 생각하면 미루길 잘한 것 같다.

그리고 개학인 오늘이 타이밍상 딱 좋았다. 평소보다 학교도 일찍 끝나고 사람도 더 빨리 줄어들 테니까.

비밀 이야기를 하기엔 오늘이 최적일 것이다.

……실력 테스트가 있다는 것은 예상외였지만. 그래도 평소보다 일찍 끝난다는 점에는 변함없다.

살짝 마음이 느슨해졌으니까 다시 한번 기합을 넣자.

어제 여름 방학 보충 수업 중에 받은 연락처로 확인차 다시 연락했다. 내일 이야기, 잘 부탁해.

나나미도 함께 이야기를 듣는다는 말도 덧붙여서.

말하지 않고 나나미를 데려가는 경우도 생각해 보긴 했지만, 그렇게 했다가 이야기가 더 복잡해지는 것도 싫어서 미리 전달해 두었다. 마음의 준비는 필요하다.

명목상으로도 여자친구가 있는데 다른 여자와 단둘이 있을 수는 없으니까.

반장은 엄청나게 혼란스러워 보였지만.

그녀에게 비밀로 해야 하는 이야기를 그녀와 함께 듣는다니, 바라토 씨는 그걸로 상관없다고 했느냐, 애초에 왜 바라토 씨에게 말했느냐.

문장에서 혼란스러움이 전해져 왔다.

뭐, 나도 반대 입장이면 충분히 혼란스러울 수 있었다. 보통 만화였다면 여자친구 몰래 단둘이 있게 되며 오해가 생긴다는 그런 전개니까.

하지만 이제 파란의 전개는 충분히 경험했다.

저번 아르바이트 사진 사건으로 질리도록 경험했다. 정말 질리도록. 경솔한 행동은 곧 죽음을 초래한다. 죽음이 아니라 위통이었지만. 그건 실패였지……

그래서 사진 속 사건도, 반장이 뭘 아는지에 대해서도 깔끔하게 해결할 생각이었다. 더 이상의 파란은 없다.

담백하게, 후련하게, 깔끔하게 끝내도록 하겠습니다.

그럴 생각으로 나나미와 함께 이야기를 듣겠다고 한 것이다. 아마 여름 방학 때 일이 없었다면 나는 반장과 단둘이 만났을 것이다.

　반장 건은 나나미에게 전해두긴 했지만, 그래도 단둘이 만났다면…… 거기서 무슨 일이 일어났을 것만 같다. 가정의 이야기지만.

　그게 오해인지 오해가 아닌지는 모르겠지만. 일어나기 전에 그럴 미래는 미리 차단해 두기로 했다.

　나랑 나나미는 함께 간다.

　……2대1이라 좀 비겁한 느낌도 들었지만, 딱히 싸우는 것도 아니고 대결하는 것도 아니니까 괜찮겠지?

　나와 나나미는 함께 교실로 들어갔다. 일찍 온 반 친구들에게 인사를 하고 여전히 사이가 좋다는 둥 여름 방학 이미지 변신은 없었냐는 둥 하며 놀렸다.

　그리고 보니 여름 방학 동안만 염색을 할까 이야기했던 것을 완전히 잊고 있었다. 하지만 뭐, 정신없는 나날의 연속이었으니 염색을 했다면 그대로 방학이 끝났을 것 같고, 안 해서 차라리 다행이었다.

　그렇게 주위를 둘러보니 반장도 이미 자리에 앉아 있었다.

　"안녕, 반장."

　"……안녕."

　나는 반장 근처까지 가서 그녀에게 아침 인사를 했다. 반장은 어딘가 당황스러운 모습으로 쌀쌀맞게 대답했다.

　역시 좀 경계하고 있나? 뭐 상관없지, 하며 나는 그대로 내 자리에 앉았다.

힐끔힐끔 나를 보는 반장은 쉽게 당혹감을 감추지 못하는 눈치다. 미안하지만 방과 후까지는 당황한 채로 있었으면 좋겠다.

너무 큰 소리로 말하면 나나미한테 미움받을지도 모르지만, 조금 짓궂게 굴 예정이다.

새삼스러울지도 모르지만 여름 방학에 그런 말을 해서 나나미를 불안하게 만든 것에 대해 조금 화가 나기도 했다.

나에 대해서는 아무래도 상관없다. 딱히 신경 안 쓰니까.

하지만 나나미에게 어쩌면 반장이 나를 좋아할지도 모른다는 이상한 오해를 받았던 것은…… 그렇게 쉽게 용서할 수 없는 이야기다.

조금 화풀이하는 것 같기도 하지만, 그것도 포함해서 조금은 조바심이 나게 해주고 싶다.

이런 말, 나나미에게는 할 수 없겠지만 말이지.

실력 테스트는 생각 외로 좋은 결과가 나왔다.

성실하게 보충 수업을 받고 성실하게 숙제해서 그런가. 아니면 나나미한테 배워서 그런가. 잘은 모르겠지만 나로서는 의외로 괜찮은 성과였다고 생각한다.

하나의 과제를 끝내고, 우리는 다음 과제에 도전한다. 그렇지만 이쪽은 학교 수업에서는 배울 수 없는 과제이다.

반장의 이야기…… 도대체 무엇이 튀어나올까.

나와 나나미는 먼저 어떤 장소에서 기다리고 있었다. 그곳은 나와 나나미에게 무척 추억으로 가득한 장소였다.

나와 나나미가 사귀기 시작한 곳. 그리고 벌칙이 끝난 곳이기도 하다.

……내가 고백을 받았던, 교사 뒤다.

뜻밖에도 그곳을 지정한 사람은 반장 쪽이다. 조금 늦을 것 같으니 잠깐 거기서 기다려달라고 했다. 이러니저러니 해도 연이 많은 곳이다.

이곳을 지정했다는 건 거기까지 알고 있다는 거겠지.

"……무슨 이야기가 나오려나?"

"괜찮아. 아마 나쁜 일은 없을 것 같아."

그보다 뭐, 벌칙 게임 등의 이야기는 이미 알고 있으니까, 그 이야기를 꺼낸다면 어떻게 보면 결과는 뻔해지는 셈이다.

그래도 '그건 이미 알고 있어' 한마디면 끝나는 이야기니까 빨리 끝낼 수 있으려나.

문제는 어떻게 아느냐와 또 아는 사람이 있느냐는 점이었다. 떠벌리지는 않았을 거라 생각하지만.

그 부분이 오싹한단 말이지……. 왜 퍼뜨리지 않은 거지?

나나미의 불안감을 해소하기 위해 손을 잡아주려던 타이밍에 반장이 찾아왔다.

겉보기엔 무척 평소와 같다. 평소 모습은 잘 모르겠지만, 보충 수업 때 봤던 쿨한 인상으로 보였다. 성실한 반장이라는 느낌은 무너지지 않았다.

나나미가 있는데도 굉장하네.

"늦어서 미안해. 개학식이라 선생님을 도와드릴 일이 많았거든."

"괜찮아. 힘들겠네, 반장도."

딱히 대수롭지 않다는 투로 반장은 늦은 것에 대해 사과했다. 하지만 그런 반장도 나나미를 힐끔 보더니, 눈이 휘둥그레진다.

"……정말로, 바라토 씨와 왔구나. 조금 놀랐어."

도저히 놀란 것처럼 느껴지지 않은 목소리인데, 표정을 보면 아마 정말 놀라긴 한 거겠지.

"응. 물어보고 싶은 게 있어서."

"물어보고 싶은 거……?"

거기서 나는 그녀에게 종이 한 장을 꺼내 보였다. 나나미의 신발장에 들어 있던 그 편지다. 반장은 그 종이를 보고 조금 놀란 표정을 지었다.

바로 평정심을 되찾았지만. 정말 표정이 쉽게 변하지 않는 사람이다.

"이 편지, 나나미 신발장에 넣은 사람 반장 맞지? 무슨 생각으로 이런 편지를 넣은 거야?"

내 말을 들은 반장이 잠시 적의 어린 시선을 나나미에게 향했다. 하지만 그것도 금세 사라지고, 이번에는 나를 바라보더니 한숨을 내쉬었다.

"……맞아, 그건 내가 바라토 씨에게 보낸 편지야. 설마 그것도 알고 있었다니. 그걸 보고 미스마이 군은 어떻게 생각했어?"

"어떻게 생각했냐니……."

"본인 여자친구가 이럴 리가 없다고 생각했어? 하지만 거기에 적혀있는 건 사실이야. 미스마이 군은 몰랐겠지만."

아니, 알고 있습니다.

심각한 표정을 짓고 있는 반장한테는 미안하지만, 알고 있었다. 역시 반쯤은 뻔한 결과가 돼 버렸네…….

내가 물어보고 싶었던 건 무슨 생각으로 보냈느냐는 동기 부분이었지 그 부분을 딱히 깊게 파고 싶은 건 아니었는데.

그렇게 생각했는데, 나도 모르는 이야기가…… 반장의 입에서 튀어나왔다.

"그리고 한 가지 더. 나, 미스마이 군에게 사과해야 할 일이 있어."

"사과라니? 딱히 나한테 사과받을 일은 안 한 것 같은데."

나나미에게는 좀 사과해 줬으면 좋겠지만…….

그러나 이어지는 말에 나는 말문이 막히고 말았다.

"……바라토 씨가 고백하던 날, 창문으로 물을 버렸던 건 나야."

그 한마디에 나도 나나미도 사고가 멈췄다. 그게 반장이 었다고……?

그때의 일이 떠오르자 머리에 희미한 통증이 느껴지는 기분이었다.

다친 부분은 이미 다 나았고 통증도 없지만, 나는 무심 코 그 부분을 만졌다.

나나미는 눈을 동그랗게 뜨고 반장 쪽을 보고 있다.

"그 점에 관해서는, 정말 미안해. 다치게 할 생각은 없었 어, 그냥……."

그녀는 거기서 잠시 말을 끊었다. 그리고 거기서 다시 나나미 쪽으로 힐끔 시선을 돌리더니, 가슴을 펴고 말을 이었다.

그 모습은 마치 자신은 잘못하지 않았다며 고무된 사람 처럼 보이기도 했다.

"벌칙 고백을 망치고 싶었을 뿐이야."

그 일에 대해, 우리에게 확실하게 전한다.

그 눈은 똑바로, 내가 아닌 나나미를 바라보고 있었다. 거기서 알게 된 것이 있다. 아까의 말에서는 적의 같은 감 정이 느껴졌다.

여름 방학 동안 있었던 묘하게 연극적인 느낌은 전혀 들지 않았다. 반장은 지금 확실한 감정을 우리에게, 아니, 나나미에게 향하고 있었다.

나는 나나미를 지키듯이 그녀를 등지고 섰다.

"그때 내가 다친 원인에 대해서는 범인을 모른다고 들었는데, 범인이라고 자백은 안 했어?"

"자백했어. 내가 양동이를 떨어뜨렸다고. 하지만 믿어주지 않았어."

믿어주지 않았다?

내가 고개를 갸우뚱하자 반장은 어딘가 자조하듯 웃었다.

"난 이래 보여도 품행이 단정한 우등생이야. 수학만큼은 좀 어렵지만, 그 이외 공부는 비교적 잘하고, 자청해서 선생님들을 도와주기도 하지."

"……혹시, 그래서?"

"내가 범인을 감싸주려고 나선 거라 생각한 것 같아. 평소 행실이 좋은 게 그런 식으로 문제가 될 줄은 몰랐는데."

반장은 쓴웃음을 지으며 교사를 올려다보았다. 그곳에는 완전히 잠겨 열리지 않게 된 창문이 있었다. 이제 그곳의 창문이 열리는 일은 없을 것이다.

……사실, 나도 반장이 무슨 일의 범인이라고 자청해도 말도 안 된다고 생각하며 넘길 것 같다.

현행범이라면 몰라도 말뿐이라면 믿기 어렵다.

아니, 그보다도 말이지. 벌칙 고백이라는 걸 알고 그걸 망치려고 한 거라면, 설마……

"벌칙에 대해서는 선생님께 말씀 안 드렸어?"

"안심해, 그게 벌칙 고백이라는 건 선생님들한테는 말하지 않았으니까."

선생님한테 말해도 아무것도 변하지 않을 테고. 그녀는 체념과도 비슷한 표정으로 그런 말을 중얼거렸다. 하긴 뭐, 학생 사이에서 벌어진 확증 없는 이야기엔 끼어들기 어렵겠지.

그 말을 듣고 나는 아주 조금 안도했다. 선생님이 모른다면 그건 그거대로 문제없다. 나나미의 이미지가 안 좋아지는 일도 없겠지.

"왜 안심하는 거야?"

그런 내 반응이 의아하다는 듯 반장은 표정을 일그러뜨렸다. 그것은 조금 전까지의 표정과는 다른…… 감정이 실린 표정이다.

"바라토 씨가 너한테 고백한 건 벌칙 때문인데? 고작 벌칙 게임 때문에……. 용서할 수 없다는 기분은 안 들어? 왜 안심을 하고 있어?"

노기를 품은 그 말에 나나미는 압도당한 듯 한발 물러섰다. 나는 나나미를 안심시키기 위해 그녀의 손을 잡았다.

그 모습을 보고 그녀의 분노는 점점 더 깊어졌다.

"왜 감싸줘? 한 달 만에 헤어진다니 뭐니 하며 얘기했는데? 그래서 당연히 헤어질 줄 알았는데…… 교제는 계속되고 있고, 주위에서도 사이좋다는 말을 듣고 있고, 정말 영문을 모르겠어……."

고요하지만 깊은 분노가 느껴지는 그 말에 나까지 압도되는 기분이었다. 이렇게 뚜렷한 적의를 받은 적은…… 과거에도 없었다.

굳이 말하자면 시베츠 선배와의 승부 때 정도일까. 하지만 그때는 이것보다 더 상냥한 적의였다.

너무 강렬해서 당장이라도 나나미를 데리고 도망치고 싶어졌다. 다리가 조금 떨리고, 한심한 마음이 솟아올랐다.

화가 난 여성과 대치하는 건 이렇게나 무섭구나. 내가 적의에 약해서 그런 것도 있지만. 하지만 안 된다. 내가 여기서 물러설 순 없다.

나나미에게 멋진 모습을 보여주지 못할망정, 도망치는 모습을 보여줄 수는 없었다.

"반장, 그 전에 먼저 짚고 넘어가고 싶은 부분이 있는데."

"뭔데? 나한테 확인하는 것보다 바라토 씨한테 확인하는 편이……."

"반장은 혹시 나를 좋아해?"

무심코 말했는데, 뭐지, 이 자의식 과잉 남자 같은 대사는? 플레이보이도 요즘 이런 대사는 안 하지 않을까?

아, 이거 봐, 공기가 이상해졌잖아.

나나미는 넋이 나간 멍한 표정으로 나를 보고 있었고, 반장은 구제할 길 없는 바보를 보는 표정으로 나를 보고 있었다.

나도 이런 대사는 하고 싶지 않았다. 아무리 생각해도 나만 미쳐 보일 뿐이니까.

하지만 이 부분을 확인하지 않으면 이야기를 이어갈 수가 없다. 나나미를 안심시켜 줄 수도 없다. 그래서 반장이 나를 좋아하지 않는다는 확신이 필요했다.

그로 인해 나는 큰 화상을 입고 말았지만…….

"저어, 그, 아니, 그게……. 왜 얘기가 그렇게 돼……?"

반장은 몹시 곤혹스러워 보였다. 드물게 손을 이리저리 움직이며 과한 리액션까지 취하고 있다.

명확한 반응이 없으면 그만큼 나도 부끄러워진다. 진지한 상황이니까 참아야 한다며 버티고는 있지만, 아주 조금 볼이 뜨겁고, 이상한 땀이 흘렀다.

"아니, 벌칙을 망치려고 한 이유가 궁금해서. 단순한 정의감인지, 아니면 그런 이유인 건지."

"아, 아아…… 그런 뜻이구나. 으음, 저기, 그…… 딱히 내가 미스마이 군을 좋아하는 건 아니니까 안심해. 나는 좋아하는 사람이 달리 있거든."

안심하라는 것도 좀 이상한 이야기 같긴 했지만, 그 말을 들은 덕분에 확실히 안심할 수 있었다.

일단 나나미가 우려한 점은 한 가지 클리어.

뒤에 있던 나나미가 남몰래 안도한 것을 공기로 알 수 있었다. 다만 여기서 반장에게 안심했다는 말을 돌려주는 것은 눈치 없는 발언일 테니 대답은 하지 말자.

오가는 대화만 생각하면 내가 최악의 남자가 돼 버린다. 이런 상황에서는 쓸데없는 말은 아끼는 것이 제일이다.

다만 그렇다면 대체 왜 그런 짓을 했는지가 궁금해진다. 정의감일까?

인간이 단순한 정의감만으로 그런 일을 할 수 있을까?

"그럼 반장하고는 사실상 무관한 거잖아. 왜 막으려고 했어?"

"무관하다라……. 글쎄, 무관하긴 하지. 하지만 용서할 수 없었어."

"용서할 수 없다니, 반장의 성격상 용납할 수 없는 일이라서?"

명확하게 나온 용서할 수 없다는 말, 역시 정의감에서 비롯된 행동이었나?

그게 보편적인 감각이다. 그 분노는 당연하다. 그에 대해 내가 뭐라고 말할 수는 없다.

다만 저지하기 위해 물을 끼얹었다는 건…… 말 그대로 찬물을 끼얹으려고 그런 걸지도 모르지만, 그에 대해서는 좀 옳지 못했다.

하지만 반장은 내 말을 부정하듯 고개를 저었다. 고개를 젓고는, 마치 상처가 아프기라도 한 듯 가슴 언저리의 옷깃을 잡는다.

"아니야, 성실해서 그런 게 아니야. 정의감도 아냐. 단지 용서할 수 없었어."

"아니, 대체 왜……?"

"왜냐하면 나도 옛날에…… 벌칙 고백을 받았었거든."

……!

말문이 턱 막혔다. 반장이 벌칙 고백을 받았다고?

몰랐던 그 사실에 나와 나나미의 시선이 교차했다.

우리의 그런 모습을 본 것인지, 반장이 말을 이었다.

"좋아하는 사람이 있었는데, 그 사람한테 고백을 받았어. 기뻤어, 너무 기뻤어. 하지만 벌칙 고백이라는 말을 듣고, 놀림을 받았어. 슬프고, 괴로웠어……!"

처음에는 작고 냉정한 말투였지만, 그 목소리는 점점 커지고, 강해지고, 거칠어졌다. 떠올리자 다시 화가 되살아난 것처럼.

"그 일로 나는 점차 남자를 대하기 어려워졌고, 나중에는 혼자라도 상관없다고 생각하기 시작했지. 그런데 우연히…… 우연히 들어버렸어, 벌칙 고백을 한다는 걸. 또 나랑 같은 경험을 겪는 사람이 나오게 된다는 걸……."

비통한 외침에 이쪽까지 슬퍼지는 기분이었다. 그래서 반장은 나나미에게 적의를 향했던 건가. 이제야 납득이 갔다.

나나미는 나와 잡고 있던 손에 힘을 주었다. 잡은 손이 점점 뜨거워졌다.

나는 그 손을 부드럽게 감싸주었다.

"그래서 벌칙을 말리려고 했어. 그리고, 벌칙으로 고백하는 사람이 따끔한 맛을 봤으면 좋겠다고 생각했어. 그때 하지 못한 보복을 하려고 했어."

그녀의 과거를 들으니, 그녀가 용서할 수 없다고 말한 것이 이해가 갔다. 어쩐지 반장과 처음으로 대화를 하는 기분이었다.

우리들은 반장이 이야기를 마칠 때까지 끼어들지 않고 조용히 그녀의 말을 들었다.

역시 반장이 움직인 이유에는 정의감도 있었다. 예전의 자기 자신과 같은 사람을 만들지 않기 위해 그녀는 벌칙을 멈추려고 했다.

그러면서 동시에 그녀 안에 있던 어두운 욕망도 함께 얼굴을 드러냈다. 반장에게 벌칙으로 고백한 것은 나나미가 아니었지만, 나나미에게 벌을 내리려고 했다.

직접 물을 뿌렸다는 부분에서 반장의 성격도 엿볼 수 있었다. 양동이까지 떨어뜨린 것은 실수였겠지. 비명에 깜짝 놀라서 놓쳤다거나. 그것이 우연히 나에게 맞고 말았다.

그래서 이야기가 조금 복잡해졌다.

"지금에 와서 그걸 밝히는 이유는……?"

"그런 건…… 그런 건 용서할 수 없으니까……."

자신의 과거를 떠올린 것인지, 반장이 눈에 눈물을 글썽인다.

그게 어떤 과거인지는 잘 모르겠지만, 그때 슬픈 경험을 했으리라는 것은 상상하기 어렵지 않았다.

하지만 조금 전까지 반장이 했던 말을 떠올리면, 지금에 와서 그것을 밝힌 이유가 단순한 정의감뿐만이 아니라는 건 분명하다.

나는 나나미를 지키기 위해 더더욱 그녀를 숨기듯 앞으로 나섰다.

지금 여기서 주고받는 것은 말뿐이었기에 그것으로 무엇이 바뀌는 것은 아니다. 하지만 지금 반장의 모습을 나나미에게 보여주는 것은 어쩐지 내키지 않았다.

"벌칙 고백이 아직도 이어지는 게 마음에 들지 않았다는 뜻이야?"

나는 구태여 짚어 물었다. 내 말을 듣고 반장이 눈을 부릅떴다.

그녀는 한번 숨을 크게 들이쉬더니 작지만 분명하게 나에게 말했다.

"그래, 벌칙인데…… 벌칙으로 한 고백인데 왜 아무것도 모르고 행복하게 교제를 이어가는 거야? 왜 서로 좋아한다는 얼굴을 하고 있어?!"

똑같이 벌칙 고백을 받았는데, 어째서 행복해 보이는 거야.

나는 그러지 못했는데, 치사해.

그녀가 결정적인 말을 던졌다. 치사하다는 말은 분명 나나미에게만 해당하는 말이 아닐 것이다. 나를 향한 말이기도 하다.

치사하다고 말한 순간, 지금까지 나나미에게만 향했던 적의 어린 시선이 나에게도 향했다. 그녀에게 있어 치사한 것은 나도 마찬가지다.

그래서 나나미에게 반응이 없자 이후 그녀는 내게 접촉했다.

다시 말해 그녀는 나와 나나미가 교제를 끝내거나, 우리 사이가 엉망이 되면 좋겠다고 생각해서 그런 짓을 한 거다. 정의감에서 비롯된 일은 아니었다.

이건 명백한 적의였다.

"이것이 내가 아는 모든 것과…… 왜 이제야 밝혔는지에 대한 이유야. 그러니까 들려줘. 왜 지금도 미스마이 군은 바라토 씨를 감싸주고 있는 거야?"

울기 직전의 얼굴을 한 반장을 보자, 말하려고 했던 것을 말해야 하나 순간 고민이 들었다.

그녀가 우리에게 그것을 말한 이유는 순수한 마음이라기보단 자신의 울분을 풀기 위해서라는 사실을 알았다.

솔직히 그녀의 처지가 가엾게 느껴지면서도 동시에 조금만 어긋났으면 자신도 반장처럼 되지 않았을까 생각하니…… 그 사실을 알리는 것이 망설여졌다.

내가 어떻게 할까 고민하고 있는데, 내 뒤에 있던 나나미가 내 앞으로 나섰다.

그리고 그대로 반장 곁으로 천천히 걸어갔다. 나는 황급히 나나미에게 달려갔다. 어쩔 생각인 거지?

나나미는 반장 앞으로 다가가더니, 그대로 깊이 고개를 숙였다.

"미안해."

그녀에게서 건네진 사과의 말에 반장은 아무 말도 하지 못했다.

"사과한다고 용서받을 일은 아니지만, 미안해. 나 때문에 괴로운 기억을 떠올리게 해서……."

고개를 숙인 나나미는 고개를 들고 똑바로 반장을 바라보았다. 나나미가 직접적으로 무언가를 한 것은 아니지만, 그래도 그녀의 영향이 전혀 없었다고 할 수는 없다.

그런 점에서 나는 나나미를 옹호할 수 없었다.

하지만 옆에 있을 수는 있다.

"하지만 말이야, 고백의 계기는 확실히 벌칙으로 시작했지만, 나는 요신을 좋아하게 됐어. 그건 사실이고, 그래서 한 달이 지난 뒤에도 우린 사귀고 있는 거야."

"그게 뭐야…… 그게 뭐냐고……."

다른 사람이었다면 격앙됐을지도 모르는 상황에서도 반장은 가까스로 냉정을 유지했다. 하지만 분노가 사그라든 건 아니었다.

"벌칙인데 좋아하게 됐다니…… 대체 어떻게 그럴 수 있어! 나 때는 안 그랬는데! 미스마이 군은…… 다 알고도 변함없이 바라토 씨를 좋아했다는 거야?!"

나나미는 진지하게 반장의 말을 듣고 있었다. 아마 나나미는 반박할 마음이 없을 것이다. 그래서 사과한 후에는 별다른 변명을 하지 않고 있었다.

그걸 알기 때문인지 반장은 나를 향해 물어왔다. 나는 그 말을 듣고…….

"그렇지……. 난 나나미를 좋아해. 다 알고 난 뒤에도 변함없이."

"어째서……."

"왜냐하면 나는 처음부터 벌칙에 대해서 알고 있었거든."

"뭐?"

나는 여기서 반장에게도 털어놓기로 했다. 나와 나나미

와의 관계를.

　개인적으로 난 이번 반장의 행동이 어느 정도는 이해가
갔다.

　아니, 정확하게는 이해를 표한다고 해야 할까. 정의감에
서 비롯된, 겉만 번지르르한 말을 듣는 것보다는 **훨씬** 더
납득하기 쉬웠다.

　반장은 자신의 감정에 따라 행동했고, 과거의 경험과 개
인적 감정에서 행동했다.

　협박에 가까운 행위였기에 칭찬받을 행동은 아니지만,
이해는 한다.

　……뭐, 그렇게 생각한 것은 반장의 현 상황 때문이기도
했다.

　결론부터 말하면 반장은 울음을 터뜨리고 말았다. 그것
도 조용히 우는 것이 아니라, 펑펑 울고 있다. 마치 어린애
처럼.

　반장과는 여름 방학 보충 수업 이후로 조금 대화를 나누
게 된 사이였지만, 이건 예상외였다. 나는 그 울음소리에
나도 모르게 당황했다.

　그리고 예상외로 또 하나.

나나미도 함께 울음을 터뜨렸다. 나나미 쪽은 펑펑 우는 것이 아니라 조용히 울고 있지만, 충격은 받은 것 같았다.

왜 이런 짓을 했는가에 대해 울면서 앞뒤 맥락 없이 말을 이어갔지만, 대략적인 사정은 이해할 수 있었다.

반장에게는 좋아하는 사람이 있었다. 그것은 그녀의 소꿉친구이자 줄곧 함께 있던 남자였다고 한다. 그 남자에게 중학교 때 고백을 받았다.

하지만 그건 벌칙 고백이었다. 그 사실은 그녀에게 고백한 뒤 바로 털어놓아서 사귀지는 않았다.

이것만으로도 상처가 될 일이건만, 하필이면 그 남학생이 나나미에게 고백을 했다. 설마 같은 고등학교였을 줄이야…….

지금을 보면 알다시피 그도 결국 차였지만, 반장에게 나나미를 향한 질투심이 피어나기에는 충분했다.

물론 처음에는 가벼운 질투였겠지. 자신은 벌칙으로 고백을 받았는데, 첫사랑이 깨졌는데, 나나미는 그 상대에게 고백을 받았다니…… 하는 가벼운 질투.

이런 상황이라면 누구나 품을 수 있는 감정이다. 반장도 그것뿐이었다면 굳이 이런 행동은 하지 않았을 것이다.

문제는 그 후…….

나나미가 벌칙 고백을 했고, 반장은 그것을 듣고 말았다. 그것으로 그녀 안에 있던 여러 감정이 폭발했고…… 물을 창문 밖으로 끼얹기에 이르렀다.

양동이까지 떨어뜨린 건 실수였을 뿐이다.

그런데 내가 그걸 저지해 버렸다. 그래서 나나미의 고백은 성공했고, 교제가 시작되었다. 반에서 그것을 공개했을 때, 반장은 어떤 마음으로 우리를 보고 있었을까.

그 후 그녀는 별다른 행동을 취하지 않았다.

어차피 한 달 만에 헤어지는 거라면, 괜한 풍파를 일으키지 않아도 어차피 헤어질 테니까. 섣불리 공개했다가 나에게 자신과 같은 경험을 겪게 할 필요는 없다.

하지만 우리들의 교제는 한 달로 끝나지 않았다.

그래서 그녀는 생각했다. 어쩌면 한 달이 넘도록 계속되고 있는 것은 더 잔인하게 헤어지기 위함이 아닐까.

그와 동시에 그녀는 무의식적으로 깨닫고 있었을 것이다. 우리들이 정말로 교제하고 있을지도 모른다는 가능성을. 하지만 그것을 인정할 수 없었다.

자신에게는 그것이 찾아오지 않았으니까.

그리고 될 대로 되라는 심정으로 여름 방학 전의 그런 행동을 벌였다.

으음……. 그렇다면 뭐, 어쩔 수 없는 일 아닐까? 잘못한 건 맞지만, 나라도 같은 처지였다면 비슷한 일을 했을지도 모른다.

좋아하는 사람한테는 벌칙으로 고백받고, 정작 그 사람

은 다른 사람한테 고백했다가 차이고, 고백받은 사람은 또 벌칙으로 고백하고…….

말하다 보니 더 헷갈리네.

반장의 가장 큰 오산은 내가 그 사실을 알고 있었다는 거겠지. 뭐, 나한테도 충격적인 사실이 많았으니 비긴 걸로 치자.

"어떻게…… 흑…… 어떻게 알고 있는 거야…….."

"나도 그날 교실에 있었거든."

"어째서……? 전혀 눈치 못 챘는데…….."

나나미에게 위로받으며, 눈물로 엉망진창이 된 얼굴로 반장이 나를 노려보았다. 더는 조금도 무섭지 않다.

그나저나 옛날의 난 얼마나 존재감이 없었던 걸까. 정말 닌자에 가까웠던 걸까? 지금이라면 조금 더 눈에 들 자신은 있지만.

그러고 나서도 그녀는 한동안 계속 울었다. 나나미도 그녀에게 이끌린 것일까, 아니면 반장을 향한 미안함 때문일까, 그녀를 계속 위로했다.

끌어안고 있는 그 모습이 어쩐지 '엄마' 같다는 느낌이 들었지만, 이 자리의 분위기와는 맞지 않았기에 입에 담지는 않았다. 그래도 나중에 말해두자.

나나미가 반장을 끌어안고 위로하고 있는 탓에 나는 나나미를 끌어안을 수가 없다. 그게 조금 아쉬웠다.

그 후에도 그녀는 한참을 그렇게 울었다. 다행히 학교 뒤편으로 아무도 오지 않은 덕분에 우리가 누군가에게 목격되는 일은 없었다.

나나미에게 위로를 받으며 한바탕 울고 나니 개운해진 것일까. 이윽고 고개를 든 반장이 내 쪽으로 의문이 담긴 시선을 보내왔다.

"저기, 미스마이 군…… 하나만 물어봐도 될까?"

"하나가 아니라 몇 개라도 다 대답할게."

"일단은 하나면 돼……."

가볍게 건넨 내 말에 반장은 코를 훌쩍이며 눈물을 닦더니 위로를 받던 나나미에게서 조용히, 천천히 떨어졌다.

떠나는 순간 그녀가 작은 목소리로 나나미에게 고맙다고 말하는 것이 내 귀에 닿았다.

그리고 그녀는 정신을 차리듯 고개를 흔들더니 똑바로 나를 직시했다.

그 시선을 받은 나는 침을 한번 삼켰다. 무엇을 물어보려나. 아주 조금의 긴장감이 내 몸을 감쌌다.

"……어떻게 벌칙인 줄 알면서도 좋아하게 된 거야?"

어떻게 좋아하게 됐냐고……?

단순한 질문이지만 무척 어려운 질문이다. 좋아하게 되었다……. 좋아하게 된 타이밍이라면 짐작이 있지만, 어떻게 좋아하게 되었는가에 대해서는 생각해 본 적도 없었다.

"아마…… 그녀가 날 좋아할 수 있도록 노력했기 때문 아닐까?"

"미스마이 군이 노력했다고?"

"응, 뭐라고 하면 될까……. 그녀가 날 좋아하게 된다는 건 다시 말해 나도 그녀를 좋아하게 된다는 뜻이었으니까."

"그게 뭐야…… 무슨 말이야……."

달걀이 먼저냐, 닭이 먼저냐.

내가 그녀에게 호감을 얻기 위해 한 행동은 다시 말해 내가 그녀를 좋아하지 않는 이상 할 수 없는 일들뿐이었다.

그런 것들을 해 나갔기 때문에 나는 그녀를 좋아하게 되었다.

어쩌면 나도 쉬운 남자였다는 뜻일 수도 있고, 인과관계가 반대라고 생각할 수도 있지만, 그런 말도 있지 않나. 좋아하게 되려면 먼저 자신부터.

나 같은 경우는 그것이 우연히 딱 맞아떨어진 거겠지. 톱니바퀴가 딱 맞물려서 서로 좋아하게 된 것이다.

운이 좋았다는 말도 뭔가 아닌 것 같지만, 운을 끌어들였다고 할까? 여러 가지 행운이 겹쳤다는 것도 분명했다.

뭐 하나라도 달랐다면 지금 우리는 이러고 있지 않았을 것이다.

"그랬구나……."

이것이 답이 될지는 모르겠지만, 반장은 내 대답에 조금은 납득해 준 것 같았다. 어딘가 생각에 잠긴 얼굴을 하더니 이내 큰 한숨을 내쉬었다.

그런 그녀를 보며 나나미도 내 쪽으로 몸을 돌렸다.

"……미안해, 내 경솔한 행동으로 폐를 끼쳤어. 요신도, 나 때문에 말려들게 해서 미안해."

"그러게……. 하지만 이번 일은 나도 공범이나 다름없으니까. 나나미의 행동에 말려드는 건 남자친구로서 대환영이야."

그렇지 않다든가, 나나미 때문이 아니라든가, 본래라면 그렇게 말해 주는 것이 정답일지도 모른다.

하지만 사실에서 벗어나면 안 된다. 나나미도 그것을 원하지는 않을 것이다.

나나미는 벌칙으로 고백했다. 나는 그것을 알면서도 받아들이고 행동했다. 그 결과가 이것이라면 그것은 두 사람만의 것이다. 거기서 다시 행동하면 그만이다.

나나미도 내 말을 듣고 약간 눈썹을 늘어뜨리며 고맙다고 말했다. 나도 그 미소를 보고 미소 지었다.

나와 나나미의 얼굴을 번갈아 쳐다본 반장은 어딘가 슬픈 얼굴로, 분하다는 듯이 중얼거렸다.

"나도 벌칙 고백을 받았을 때 좀 더 노력했으면 달랐을까……."

"글쎄. 반장의 경우는 곧바로 벌칙이라는 걸 밝혀버렸으니까. 노력해도…… 잘되지 않았을지도 몰라."

"미스마이 군은 엄격하네. 하지만 지금이라면 알 것 같아……. 혹시 상대에게도 사정이 있었던 게 아닐까, 어째서 벌칙의 대상을 나로 했을까. 차분하게 생각할 수 있을 것 같아."

냉정해진 그녀는 당시의 일을 회상하는지 시선을 허공에 두었다. 트라우마를 마주하는 것은 두려운 일이지만, 지금의 그녀는 필사적으로 그것에 맞서려고 하고 있었다.

"만약 내가 그 이유까지 생각했다면, 지금쯤 소꿉친구와 사귀고 있었을까…… 아니면 헤어져 버렸을까?"

뭐, 이미 늦었지만. 반장은 그렇게 말하며 웃었다.

쓸쓸해 보였지만 어딘가 짐을 덜어낸 듯한 미소로 보이기도 했다. 내가 느끼고 있던, 어딘가 연극적이던 느낌도 지금은 전혀 들지 않는다.

지금에서야 그녀는 과거의 일에서 해방된 것인지도 모르겠다.

그녀가 크게 숨을 들이마시고 천천히 내뱉는다. 여러 차례 심호흡하더니 천천히 눈을 감는다.

그대로 천천히 일어서더니, 눈을 뜨고 우리들을 향해 깊이 고개를 숙였다.

"두 사람 모두에게 폐를 끼쳤어. 정말 미안해."

그 입에서 나온 사과의 말에 나도 나나미도 서로를 마주

보았다.

이 반장은 어쩌면 내가 도달했을지도 모르는 가능성이다. 새삼스럽게 그런 생각이 들었다.

만약 나와 나나미의 단추가 잘못 채워져서 서로에게 오해가 생기고, 관계가 꼬이면서…… 헤어졌다면.

상상만 해도 몸이 떨렸다.

하지만 그럴 가능성도 분명히 있었다. 그것이 내가 경험했을지도 모르는 미래라고 생각하면…… 분명 그동안의 모든 행동은 헛되지 않았다고 생각한다.

벌칙 고백을 받은 것도, 나나미를 구한 것도.

내 시선에서 생각을 감지한 것인지 나나미가 작게 고개를 끄덕였다. 나도 화답하듯 고개를 끄덕이고는 반장에게 말을 건넸다.

"고개 들어줘, 반장. 적어도 나는 이걸로 널 비난할 생각은 없어. 나나미는 모르겠지만……."

"나도 괜찮아! 용서해 줄 거야!"

따지고 보면 우리들이 계기가 된 셈이니까…… 적어도 편지에 관한 일들은 사과받을 수 있었으니 그것으로 충분하다.

우리들의 말에 반장은 고개를 들더니 그대로 부드럽게 미소를 지었다.

"고마워……."

그 미소는 아까까지 띠고 있던 쓸쓸한 미소가 아니라 진심 어린 미소처럼 보였다. 그리고 한숨을 내쉬던 그녀는 그대로 그 자리에 주저앉았다.

"긴장이 풀렸더니 힘이 빠져버렸어……. 내가 해놓고 말하긴 좀 그렇지만, 여러모로 엄청 긴장하고 있었거든."

반장은 마음을 진정시키려는 것인지 크게 숨을 들이마시고는 다시 크게 숨을 내쉬었다. 몇 번이고 심호흡을 반복했지만, 한동안은 일어설 수 없을 것 같았다.

진정될 때까지는 여기 같이 있는 것이 좋겠다.

"그러고 보니 반장, 남자가 좀 어려웠구나."

"중학교 때 일로 어려워졌어……. 미스마이 군에게 말을 거는 것도 엄청 용기를 내야 했어."

그래서 보충 수업 때도 나랑 최소한의 대화밖에 안 하고 점심도 매번 따로 먹었던 걸까. 어딘가 연극적인 모습을 보였던 이유도 그것이 원인일지도 모른다.

남자를 어려워한다는 점에서는 나나미와도 조금 비슷해 보였다. 나나미도 초등학교 때 남자아이에게 당한 일 때문에 남자를 어려워하게 됐다고 했었지.

나나미는 그 일을 자세히 기억하고 있지 않았지만, 역시 중학교 때라면 확실히 기억하고 있을 테니까. 상당한 트라우마였을 것이다.

그 트라우마도 이번 일로 조금은 희석되었으면 좋겠다.

"반장, 남자가 어렵구나. 나랑 똑같네."

"바라토 씨가……?"

"응. 정말로 엄청 심각했어."

지금은 요신 때문에 조금 나아졌지만, 하고 나나미가 덧붙였다. 반장의 사정을 배려해서인지 내 쪽을 보기만 할 뿐 다가오지는 않았다.

그렇단 말이지, 나로서는 조금 복잡하지만……. 나나미의 남자 거부증은 상당히 줄어들었다고 생각한다. 너무 가까워져도 걱정이지만.

그 부분은 나나미를 믿는 수밖에 없겠지.

"그렇구나, 그 덕분에……. 하지만 미스마이 군과 사귀기 전에도 의외로 괜찮아 보이던데?"

"그랬어? 아, 하지만 괜찮아질 수 있도록 당시에도 이런저런 걸 했었으니까……."

거기서 나나미는 문득 무언가 떠올랐는지 검지를 휙 세운다. 그리고 무척 흡족한 미소로 반장을 바라보더니…… 그녀에게 무어라 귓속말을 했다.

처음에는 당황했던 그녀도 나나미의 장난스러우면서도 어딘가 진지한 설득에 이윽고 작게 고개를 끄덕였다.

내가 그 귓속말의 내용을 알게 된 것은 다음 날이 되어서였다.

이튿날, 교실이 약간 소란스러워졌다.

아니, 학교 전체가 소란스러웠다. 아무것도 모르고 있던 나도 놀랐으니까.

왜 그런 소동이 일어났는지 설명하려면 어제 그 뒤에 있었던 이야기를 해야 한다.

어제 나는 나나미와 함께 돌아가지 않았다. 혼자 돌아간 게 얼마 만일까? 나나미는 갈 데가 있다고, 반장과 함께 어딘가로 가버렸다.

그동안 있었던 일에 관해 바론 씨 일행에게도 가볍게 상담…… 아니, 사후 보고를 했다. 최근에는 거의 보고는 하지 않고 놀기만 해서 그런지 묘하게 그리운 느낌이었다.

들은 말은 한 가지뿐.

『무의식적으로 상처를 준 상대가 제일 성가셔, 내가 눈치를 챌 수 없으니까. 앞으로도 그런 일이 있을지 모르니 조심해.』

무의식적으로 상처를 준 사람이라.

그런 부분까지 신경을 써야 한다니, 몹시 귀찮다. 하지만 이번 일은 많은 교훈을 남겨주기도 했다.

이제 이런 일은 더 없었으면 좋겠는데. 그래도 만일의 경우에는 움직일 수 있도록 대비해 두는 것이 좋겠지.

이번에는 대상이 여성이었기 때문에 폭력적인 일로 번지지 않았지만, 앞으로도 그런 일이 없을 거라는 보장은 없다. 진지하게 소이치로 씨에게 격투기를 배워볼까?

그런 대화를 하고 있으니 나나미에게 연락이 왔다.

『내일 학교에 평소보다 좀 일찍 가자.』

빨리……? 늘 비교적 빠른 편인데 그것보다 더 빠르게? 그럼 일찍 일어나야겠네. 나나미에게 알겠다고 대답하자 내일을 기대하라는 대답이 돌아왔다.

내일 무슨 일이 있었나? 그때의 나는 그런 생각뿐이었고, 사실상 교실에 도착하기 전까지는 아무 일도 없었다.

우리가 교실을 보며 사람이 적다고 이야기하고 있을 때, 평소와 확연히 다른 비일상이 시작됐다.

교실에 한 번도 본 적 없는 갸루가 들어온 것이다.

언뜻 보면 나나미와는 타입이 다르다. 조금 늘씬하지만, 미인인 갸루다.

도대체 누구지? 다른 반 아이인가? 아니면 다른 학년인가?

그 갸루는 성큼성큼 걸어 우리 앞으로 다가왔다.

걷는 모습은 그야말로 위풍당당, 가슴을 펴고 있어서 몸의 이곳저곳이 흔들리고 있었다.

나나미와 그녀의 친구들과 함께 지내며 익숙해졌다고 생각했는데, 처음 보는 사람이 갑자기 다가오면 솔직히 말해 무섭다. 나도 모르게 몸이 살짝 뒤로 빠졌다.

아니, 잠깐만. 나나미를 지켜야지……! 그런 생각에 그녀 쪽을 힐끔 보니, 나나미는 즐거운 얼굴로 그 여자에게 손을 흔들고 있었다.

어? 나나미가 아는 사람?

그렇구나, 갸루 동료인가……. 갸루 동료라니, 무슨 말이야 그게?

그건 그렇고 한 번도 본 적 없는 사람이네.

그 여자는 우리 앞에 서더니 웃는 얼굴로 손을 들었다.

"좋은 아침, 나나미. 미스마이 군"

"좋은 아침, 코토하."

"……?"

가볍게 인사하는 나나미에 반해 나는 혼란스러웠다. 아니, 내 이름을 불렀는데 대체 누구야?!

내가 혼란스러워하자 코토하라 불린 갸루가 나를 들여다보듯 시선을 맞춰왔다. 갑작스러운 그 행동에 심장이 쿵 내려앉았다.

"나야, 시리시즈 코토하."

"으음…… 미안, 이름을 들어도 잘 모르겠어……."

눈앞에 있는 갸루 소녀가 이름을 알려주었지만, 나는 그 이름을 듣고도 전혀 감이 오지 않았다. 내가 아는 사람 중에 이런 느낌의 갸루는 없었는데.

느슨하게 웨이브진 긴 머리, 나나미만큼이나 짧은 치마, 대담하게 벌어진 가슴팍, 줄인 것으로 보이는 교복과 약간의 액세서리.

목에는…… 초커라고 하나? 그런 것도 두르고 있었다. 응, 역시 모르는 사람이다.

그러자 소녀의 미소에 경련이 일었다. 나나미는 또 시작이라며 쓴웃음을 지었다.

"요신, 반장이야."

"엑?!"

나나미가 소개하듯 손바닥을 위로 향해 그녀를 가리켰다. 그러니까…… 반장이라고?

내가 놀람의 탄성을 낸 것과 교실이 술렁이기 시작한 것은 거의 동시였다. 주위도 전혀 눈치채지 못한 모습이었다.

그야 그렇다. 이 정도로 달라지는 이미지 변신은 본 적이 없다.

너무나도 다른 모습에 나는 다시 한번 차분히 그녀의 위에서 아래를 바라보았다. 전혀 다른 사람인데?

내 시선을 받은 반장이 무표정한 얼굴로 브이자를 보여

준다.

"……반장, 시리시즈라는 이름이었구나."

"이걸 보고 말한다는 소감이 그거야?"

엇나간 내 말에 반장은 가볍게 입꼬리를 들어 미소를 지었다. 아니, 그도 그럴 게 혼란스러운 상태라서 제대로 된 말이 나오지 않는다…….

"정말로 미스마이 군은 나나미 말고는 관심이 없구나…….."

무표정 그대로 어이없다는 듯한 말을 듣고 말았다.

확실히 나는 나나미 이외의 변화에 대해서는 별로 관심이 없지만, 애초에 난 사람의 얼굴과 이름을 기억하는 것이 어렵다. 그것에 대해서는 양해해 줬으면 좋겠다.

"그 뭐냐…… 대담한 변화네."

"나나미한테 여러모로 조언을 받았어. 이렇게 짧은 치마는 입어본 적이 없어서 살짝 어색하긴 하네."

치맛자락을 살짝 집은 그녀가 그것을 가볍게 들어 올렸다. 내 방향에서는 딱히 뭐가 보이는 건 아니었지만, 나도 모르게 뿜을 뻔했다.

나나미가 자신의 손으로 황급히 내 두 눈을 가리더니 반장…… 시리시즈 씨에게 주의를 준다.

"잠깐, 코토하?! 팬티 보이는데?!"

"아, 그렇구나. 치마가 짧으니까 하면 안 되는 건가…….

하지만 팬티 정도라면 닳는 것도 아니고 딱히 상관없지 않을까?"

"상관있어! 뭔가가 닳는다고!"

"그렇구나……. 갸루 복장은 자유로워 보였는데, 은근 귀찮네."

닳는구나.

그보다 시리시즈 씨, 원래 이런 캐릭터였나? 쿨한 인상이라고 생각했는데, 실제로는 의외로 둔하다고 할까, 천연 타입?

내 의아함이 담긴 시선을 느꼈는지 시리시즈 씨는 이번에는 자신의 상의 끝을 집었다. 하지만 그것을 들추는 짓은 하지 않았다.

"나나미가 알려줬거든. 심적으로 강해질 수 있다고."

아아, 그런 거구나. 확실히 나나미도 남자가 어려워서, 그걸 극복하기 위해 화려한 차림을 해서 정신적으로 강해지려고 했다고 했었지.

내가 시리시즈 씨에게 어쩌면 내게 일어났을지도 모르는 가능성을 느꼈듯이, 나나미도 그녀에게서 자신과 비슷한 점을 느꼈을지도 모른다.

"내 코디 어때? 귀엽지? 난 초커가 안 어울려서 부러워."

"그래? 나나미라면 초커도 잘 어울릴 것 같은데."

"으음, 직접 해보면 뭔가 느낌이 다르거든……."

멋과는 먼 나에게는 알 수 없는 세계가 있는 모양이었다. 그런 우리들의 대화를 시리시즈 씨는 부드러운 미소로 바라보고 있었다.

그 시선에서 보충 수업 중에 느꼈던, 어딘가 적의가 담겼던 시선은 전혀 느껴지지 않았다.

"두 사람 다 다시 한번…… 미안해."

"이제 됐어. 그보다 이제 마음은 좀 괜찮아?"

"솔직히 말하면 마음은 아직 답답한 부분도 있어. 두 사람에게 조금 질투가 나는 부분이나, 왜 그런 짓을 했을까, 뭐 그런 거……."

당연하지만 몇 년 동안 품고 있던 생각이 하루아침에 완전히 사라지지는 않을 것이다. 그래도 그녀의 표정은 조금 개운해 보였다.

그리고 그녀는 자신의 가슴 언저리에 손을 얹으며 웃었다. 그 모습은 마치 누군가에게 보여주는 것처럼 보이기도 했다.

"하지만 지금까지 아무에게도 할 수 없었던 이야기를 하고, 잔뜩 울고, 심정을 토해내서 마음은 좀 편해졌어. 이런 기분은 오랜만이야."

"그래, 그렇다면 다행이네."

"언제든지 상담이 필요하면 해 줄 테니까 사양하지 말고 말해."

……나나미는 굉장하구나, 하고 새삼 감탄했다. 이런 식으로 말하는 것은 나는 할 수 없는 일이다. 실수를 용서한다. 그런 의미에서는 나도 아직 망설임이 남은 것 같다.

하지만 뭐, 그렇겠지. 스위치처럼 감정이 완벽하게 전환된다면 누구도 고생하지 않을 것이다. 결국 어딘가에서 결론을 지을 수밖에 없는 것이다.

분명 이 마음도 시간이 서서히 해결해 주겠지.

"미스마이 군에게는 사과나 보답의 의미로 뺨에 키스 정도는 해 주는 편이 좋을 것 같지만……."

"사양하겠습니다."

"그럼 나나미한테 할까?"

"그것도 싫어. 아니, 나나미한테 연애 감정이 없으면 가능한가?"

다들 여자친구가 동성에게 볼 키스를 받는 것에 대해 어떻게 생각할까? 이성은 안 되지만 동성이라면 가능한 걸까. 어려운 문제다.

뭐, 시리시즈 씨는 진심은 아닌 것 같다. 농담으로 건넨 말에 나는 어깨를 으쓱이며 가볍게 대답하는데, 우리에게 쏠리는 시선이 점점 더 많아졌다.

아무래도 다들 반장의 달라진 모습을 궁금해하는 눈치였다.

여름 방학 변신이 아닌, 여름 방학 후 하루 늦은 변신.

당연히 신경 쓰이겠지. 반대로 만약 어제였다면 자연스럽게 받아들였을까?

"그럼 무슨 일이 있으면 또 상담할게. 나도 무슨 일이 있을 때 힘이 되어줄 테니까."

시선이 집중됐다는 것을 알아차렸는지, 시리시즈 씨는 우리에게 폐를 끼치면 미안하다면서 그대로 떠나더니, 교실 밖으로 나갔다.

……괜찮은 건가?

조금 걱정이 되기도 하지만 뭐, 반장을 하던 그녀라면 괜찮겠지. 그렇게 생각하고 나는 나나미에게 시선을 돌렸다. 나나미는 아주 조금 볼을 부풀리고 있었다.

나는 그 부푼 뺨을 쿡 찔러서 그 안의 공기를 푸슉 빼냈다.

"왜 그래?"

"……걱정이 현실이 되면 어쩌지."

"무슨 걱정……?"

"코토하가, 요신을 좋아하게 될 것 같아서."

여러 가지 일들이 끝나서 일단은 안심……이라고 생각했는데, 나나미의 걱정은 사라지지 않은 모양이었다. 분명 이런 고민은 늘 따라다니겠지.

하지만 시리시즈 씨가 나를 좋아하게 될 일은 없을 것이다.

걱정스러워 보이는 나나미를 어떻게 하면 안심시켜 줄

수 있을까. 우선 오늘 방과 후 즐거운 데이트를 할까?

이렇게 해서 우리에게 일어난 일련의 소동은 일단 마무리되었다.

참고로 시리시즈 씨가 갸루가 된 일은 교실 안에서 끝나지 않고, 선생님들의 화제에까지 오르게 되었다.

원인이 뭔지 모르냐며 나는 선생님들의 질문 공세를 받게 되었지만…… 뭐, 그건 사소한 일이다.

7이라는 숫자는 특별한 의미를 담고 있는 경우가 많은 것 같습니다. 일주일이기도 하고, 칠복신, 7대 불가사의, 일곱 바다 같은 것도 있네요.

종교적인 해석이라면 일곱 가지 대죄 같은 것도 있고요. 일곱 가지 대죄는 여러 작품에서 모티브로 다뤄지는 경우가 많기 때문에 은근 익숙하신 분들도 많지 않을까요.

그런 운수 좋은 숫자를 가진 7권입니다. 럭키 세븐입니다. 7권은 어떠셨나요? 즐거우셨다면 좋겠습니다.

개인적으로는 7권째, 만화 서적도 합치면 9권째입니다. 만화 2권도 얼마 전 발매가 되었으니 그쪽도 잘 부탁드립니다.

이번에는 조금 파란을 품고 있었습니다. 그렇다고는 해도 가벼운 파란이었기에…… 만약 그런 것을 기대했던 분들이 계셨다면 죄송합니다.

기대에 못 미쳤다면 완전히 제 실력 부족입니다. 다만 개인적으로 이 두 사람에게 파국 직전의 파란은 찾아오지 않았으면 하는 마음도 있습니다.

앞으로 어떻게 될지는 알 수 없겠지만…….

다만 이 두 사람이라면 그런 전개가 와도 불타오를 재료로 삼아 언제까지나 사이좋게 함께 있지 않을까 하는 생각이 들기도 합니다.

부부싸움은 개도 안 말린다고 할까요, 주위에서 봤을 때 흐뭇해지는 그런 싸움밖에 하지 않을 것 같습니다.

안심하고 읽을 수 있는 로맨틱 코미디. 그런 작품이 세상에 있어도 좋지 않을까 하는 생각으로 매일 집필하고 있습니다.

그건 그렇고 올해 여름은 정말 더웠습니다……. 심지어 현재 이 후기를 집필하고 있는 시점에서도 조금 덥습니다.

홋카이도는 29년 만에 연속 무더위를 갱신했고, 실제로 혼슈보다 더 더운 날도 있었습니다. 작년에도 더웠는데 올해는 그 이상이었네요.

신기하게 작중에서도 여름이었는데, 역시 이렇게까지 덥지는 않았습니다. 내년에는 어떻게 될까요? 벌써 조금 무섭습니다.

작중에서도 여름이라고 기재했는데 이번 권으로 여름도 거의 끝. 이제 가을, 그리고 겨울로 계절은 반복됩니다.

가을이나 겨울 모두 고등학생은 이벤트로 가득합니다. 복장도 다양하게 입혀보고 싶네요. 여름 막바지에는 아직 얇은 옷, 가을부턴 조금 두껍게, 겨울에는 겨울옷……

그런 식으로 어떤 패션을 나나미에게 입힐지 기대가 됩니다.

만약 어떤 복장을 입혀주었으면 좋겠다는 희망 사항이 있다면 알려주시면 좋겠습니다.

7권이 발매되기까지 여러 일들이 있었습니다. 만화는 2권이 발매되었고, 7권으로는 태피스트리 특별판이 나오고, 제가 십이지장 궤양에 걸리고……

그리고 보이스 만화화가 됐습니다. 요신과 나나미에게 목소리가 생겼습니다.

예전에 ASMR 영상에서도 해 주셨었는데 이번에는 그것과 또 다른 영상입니다. 만화에 목소리가 붙었습니다.

녹화 때도 잠깐 참관했는데 감동입니다. 설마 제 인생에서 성우분의 녹화에 참여하는 날이 오다니.

굉장히 멋지게 완성되었으니 유튜브 에이스코믹 채널에서도 한번 봐주세요.

'좋아요'를 눌러주시면 앞으로 또 나올 수도 있으니 잘 부탁드리겠습니다.

이것도 다 독자분들, 그리고 관계자분들 덕분입니다. 매일의 인생이 새로운 경험으로 가득해 무척 즐거운 집필 생활을 하고 있습니다.

앞으로도 이렇게 다양한 경험을 할 수 있다면 좋겠습니다.

카가치 사쿠 선생님, 7권에서도 훌륭한 일러스트를 그려 주셔서 감사합니다. 앞으로도 잘 부탁드립니다.

만화판을 담당하고 계시는 칸나 나고미 선생님, 발매한 2권에서도 훌륭한 만화를 내주셔서 감사합니다.

그리고 7권에서 제 담당자가 바뀌게 되었습니다. 제 실수 로 교체되는 것이 아닌, 아주 긍정적인 의미의 교체입니다.

제가 책을 낼 수 있었던 것은 담당자님 덕분이고, 말을 걸어주지 않으셨다면 이렇게 여러분에게 7권을 보내드릴 일도 없었다고 생각하면 조금 쓸쓸합니다.

또 언젠가 함께 일할 수 있다면 좋겠습니다.

그리고 새로운 담당자이신 S님 앞으로 잘 부탁드립니다. 부족한 부분이 많아 불편을 끼칠지도 모르지만, 함께 좋은 작품을 만들어가면 좋겠습니다.

무사히 끝났으니 한숨 돌리고……. 이제 다음에는 어떤 이야기를 쓸까요? 벌써 기대가 됩니다.

그럼 8권…… 8권이 있다면 다시 뵙겠습니다.

……있겠지?

2023년 10월
8권을 어떻게 할까 고민하는 유이시로부터

다음 권 예고

ROUND

문화제에 수학여행까지,

두 사람의 달달한 기류는 멈추지 않는다?!

편지 사건을 마무리한 요신과 나나미. 하지만 반장이 화려한
갸루가 되며 요신에게 함락당했다는 소문이 퍼지면서
『미스마이 하렘』이라는 불명예스러운 호칭이 붙게 된다.
이미지 불식을 위해 요신은 동성 친구를 늘리기로 결심.
문화제와 수학여행이라는 거대 이벤트로
과연 요신은 동성 친구를 사귈 수 있을 것인가?!
또한 과거 반장에게 벌칙으로 고백했던 요신과 동갑인 소년
데시카가 요신에게 다가오는데……?!

파란의 2학기가 지금 시작된다!

Inkya no Boku ni Batsu Game de Kokuhaku site kita hazuno Gyaru ga
dou mitemo Boku ni Betabore desu 7
©Yuishi
Originally published in Japan in 2023 by HOBBY JAPAN CO., Ltd.
Korean translation rights ©2023 by Somy Media, Inc.

**아싸인 내게 벌칙 게임으로 고백해 온 갸루가
아무리 봐도 나한테 반한 것 같다 7**

2024년 4월 15일 1판 1쇄 발행

저   자 유이시
일 러 스 트 카가치 사쿠
옮 긴 이 이소정
발 행 인 유재옥
이   사 조병권
출판본부장 박광운
편 집 1 팀 최서영
편 집 2 팀 정영길 박치우 정지원 조찬희
편 집 3 팀 오준영 권진영 이소의
디자인랩팀 김보라 박민솔
디지털사업팀 박상섭 김지연 윤희진
라이츠사업팀 김정미 맹미영 이윤서
영업마케팅팀 최원석 박수진 이다은
물 류 팀 허석용 백철기
경영지원팀 최정연
인쇄제작처 ㈜코리아피엔피
발 행 처 ㈜소미미디어
등   록 제2015-000008호
주   소 서울시 마포구 토정로222, 501호 (신수동, 한국출판콘텐츠센터)
판매 및 마케팅 (070) 8822-2301

ISBN 979-11-384-8271-4
ISBN 979-11-384-1250-6 (세트)